Über die Autorin:

Corinna Weber wurde 1976 in Darmstadt geboren. Sie lebt mit ihrer Familie in dem beschaulichen Örtchen Wald-Michelbach im Odenwald.
Mit einer 21jährigen und einer 9jährigen Tochter an der Hand, ihrer kleinen Krawalli fest im Herzen und seit 24 Jahren einem Mann an ihrer Seite, der fest zu ihr steht, hat sie bis jetzt alle Stürme des Lebens (fast) erfolgreich gemeistert.
Ihr erstes Buch erzählte von diesen Stürmen, den leichten Winden, aber auch der strahlenden Sonne. Von fünf Menschen, die das Leben und das Schicksal fest miteinander „verankert".
Und es gibt immer wieder genügend Stoff für Fortsetzungen…..

Corinna Weber

„Muddi"

ZUSAMMEN SCHAFFEN WIR ALLES

Teil 4

Impressum:

Bibliografische Information der Deutschen Nationalbibliothek:
Die Deutsche Nationalbibliothek verzeichnet diese Publikation in der
Deutschen Nationalbibliografie; detaillierte bibliografische Daten sind im
Internet über dnb.dnb.de abrufbar.

Copyright 2021 Corinna Weber
Herstellung und Verlag: BoD – Books on Demand, Norderstedt

ISBN: 978-3-7557-1510-8

FÜR UNSERE KRAWALLI

INHALTSVERZEICHNIS

Vorwort

Da bin ich schon wieder! Und ich hätte eigentlich nahtlos da weitermachen können, wo ich bei „Muddi" Teil 3 aufgehört habe. Keine Woche später gab es schon wieder richtig viel zu erzählen. Und jetzt im März 2021, der Zeitpunkt, an dem ich mich wieder ans Pad setze und Euch auf unsere Reise mitnehme, ist mein Notizblock schon wieder prall gefüllt mit vielen, teils unglaublichen Ereignissen. Nur eines hat sich leider immer noch nicht geändert, auch wenn ich es bei mittlerweile zwei Büchern am Ende gehofft hatte:
Corona ist immer noch ein fester und sehr nerviger Bestandteil unseres Lebens, und mittlerweile schwant sogar MIR, dass es nie wieder werden wird, wie es mal war. Diese Unbekümmertheit und Sorglosigkeit, die mich die letzten fast 43 Jahre begleitet hatte, ist fast völlig verschwunden (wobei das bei mir ja auch immer noch einen anderen Grund hat). Unser aller Leben hat sich grundlegend geändert, und wir sehnen uns alle wieder nach etwas mehr Leichtigkeit und Normalität. Nichtsdestotrotz (oder vielleicht sogar gerade deshalb) gibt es bei uns wieder mal so viel Neues, dass ich an manchen Tagen nur kopfschüttelnd dasitze und denke „echt jetzt???" Aber wie wir ja in den vergangenen drei Teilen schon gelernt haben: Es geht IMMER irgendwie weiter! Ich nehme Euch wieder mit durch UNSER Jahr, mit allem, was der „Weber´sche Alltag" so zu bieten hat. Dieses Jahr hatte vieles, was einfach so vor sich hin plätscherte, aber auch eben einige „Knalleffekte" zu bieten. Mein „Gefühls-Schiff" schipperte mal wieder über alle denkbaren Emotions-Meere und so manches mal drohte es sogar, zu kentern. Aber ich konnte immer wieder einigermaßen unversehrt in meinen sicheren „Heimathafen" zurückkehren.
Also anschnallen, Kaffee holen und los geht's!
Willkommen zu „Muddi - Zusammen schaffen wir alles" Teil 4!
Ich wünsche Euch wie immer ganz viel Spaß, viele Lacher, noch mehr Emotionen und zwei Taschentücher: eins für das lachende und eins für das weinende Auge.

Oktober und November 2020 „in dubio pro reo", ein seltsamer Abschied" und „eine fantastische Idee"

Wie gesagt, ich hätte eigentlich nahtlos weiterschreiben können. Die ersten paar Seiten dieses Buches könnten Euch leicht verwirren und Ihr werdet bemerken, dass ich einfach mit meiner Geschichte noch nicht wirklich „im Fluss" bin. Aber genau dieses Gefühl hatte ich zu Anfang des Jahres, Ihr werdet hoffentlich verstehen warum, und trotzdem einigermaßen Durchblick durch mein Gedanken-Wirrwarr bekommen.

Kaum zwei Wochen nach der Vollendung von „Muddi" Teil 3 bekamen wir Post von unserem Anwalt. Darin stand, dass das Verfahren bezüglich des Unfalltodes unserer kleinen Krawalli aus „Mangel an Beweisen" eingestellt wurde. Zunächst musste ich tief atmen. Was bedeutete das also jetzt für mich, beziehungsweise uns? Sollte ich jetzt wütend werden, schreien, traurig sein, weinen? Ich horchte in mich hinein und empfand seltsamer Weise… Erleichterung. Vielleicht konnte ich dann endlich auf eine gewisse Art und Weise damit abschließen. Immerhin hieß das ja auch, dass ich in Zukunft keine anstrengenden und nerven-aufreibenden Anwaltstermine mehr würde bewältigen müssen. Das war ja etwas, was mich die letzten eineinhalb Jahre immer wieder ziemlich gebeutelt hatte. Nach jedem Termin war ich am Boden zerstört und tagelang mit den Nerven am Ende. Sämtliche Gutachten, die über die Laufe der Zeit bei uns eingetrudelt waren, blieben von mir ungelesen. Die Einzelheiten darin hätten mich sehr wahrscheinlich in den kompletten Wahnsinn getrieben. Und entgegen aller landläufigen Meinungen diverser Mitmenschen hatten wir damals das Verfahren ja auch gar nicht angeleiert. Zur Erinnerung: einige Zeit nach dem Unfall wurden wir darauf hingewiesen, dass wir uns doch vielleicht besser mal um einen Anwalt kümmern sollten. Das Ganze wäre nämlich von der Staatsanwaltschaft zur Anklage gebracht worden. Ich dachte damals noch so leichtgläubig und naiv, dass das ziemlich bald erledigt wäre. Dass sich das alles dann fast eineinhalb Jahre in die Länge ziehen würde, ahnte ich ja damals Gott sei Dank noch nicht. Jetzt sollte es also vorbei sein. Unser Anwalt informierte uns noch darüber, dass er sich jetzt um die abschließenden Formalitäten kümmern werde. Das würde dann allerdings auch noch eine Weile in Anspruch

nehmen. Also doch noch nicht ganz vorbei. Ich informierte meine Trauertherapeutin über den aktuellsten Stand der Dinge. Woraufhin sie meinte: „Und? Empfinden Sie jetzt Wut oder Aggressionen in sich? Immerhin Also ich finde schon, dass Ihnen da mal so richtig viel Wut zusteht! Ich an Ihrer Stelle wäre auf alle Fälle aber mal SO RICHTIG sauer!"
Hm....tatsächlich? Wären Sie das? Ich sah sie an. Wieder einmal bekam ich das Gefühl, dass niemand WIRKLICH verstand, oder halt auch verstehen konnte, was ich fühlte und dachte. Ich dachte nochmal kurz nach und fragte dann: „Warum genau sollte ich denn jetzt wütend sein?
Ändert das dann etwas an der Situation? Macht es mein Kind wieder lebendig? Bin ich dann nicht mehr traurig? Ich glaube ja, dass Wut oder Aggression Gefühle sind, die mich jetzt unnötig Kraft und Nerven kosten würden. Und eigentlich bin ich doch einfach nur erleichtert, dass es jetzt vielleicht endlich ein Ende hat mit den ständigen Anwalts-Kontakten!" Sie sah mich an, als sei meine Grundstücksbegrenzung weg. Also auf gut deutsch, als hätte ich nicht alle Latten am Zaun. „Also Frau Weber, ich finde, Sie hätten sehr wohl das Recht darauf, richtig sauer zu werden." Sie sah mich wieder erwartungsvoll an und wartete wohl nun auf einen mentalen Ausraster.
Die einzige Familie, die nun wirklich jubeln würde, war die, die uns im August letzten Jahres so schändlich an die Staatsanwaltschaft „verkauft" hatte. Die, die behaupteten, ich sei sowieso schuld an dem ganzen Drama gewesen. Die, die sich damit endlich mal wieder ein wenig wichtig tun konnten in ihrer sonst so kleinen, langweiligen und ereignislosen Welt. Die, in der die Frau behauptete, ich hätte teilnahmslos an der Straßenlaterne gesessen, während sie, Chantal und der Rettungsdienst versucht hätten, mein Kind wieder-zubeleben. Also dass ich quasi meinem Kind beim Sterben zugeschaut hätte. Und dass es irgendwann ja mal so hätte kommen müssen, weil Ronja ja IMMER GANZ ALLEINE auf der Straße gewesen wäre. Manches mal ist einfach jedes weitere Wort zu viel...
Aber da mir diese komplette Familie so oder so (fast schon immer!) gänzlich egal war, sollte mich das jetzt auch nicht mehr allzu sehr belasten. Ich musste endlich anfangen, mit allem (und vor allem mit jedem) irgendwie abzuschließen. Der Meinung war Thorsten dann auch. Wir beschlossen nach einigen intensiven Gesprächen, KEINEN Widerspruch einzulegen und somit endlich Ruhe einkehren zu lassen.
Unser Anwalt wollte uns dann natürlich trotzdem nochmal sehen.

Er erläuterte uns in allen Details, was passieren konnte, wenn wir in den Widerspruch gehen würden. Und als er fertig war, waren wir umso bestärkter darin, genau DAS nicht zu wollen. Er gab uns nochmal zwei Wochen Bedenkzeit und schon auf dem Nachhauseweg hatten wir den festen Entschluss gefasst, es dabei bewenden zu lassen. Wir wollten das beide nicht mehr, egal wer sich jetzt darüber freuen würde. Auch wenn ich in Gedanken den ein oder anderen jetzt jubeln hörte und sich die Hände reiben sah. Und nein, ich meine damit nicht Chantal...

Im Januar war dann tatsächlich alles erledigt, was für unseren Anwalt noch offen stand und somit legte ich meine Gedanken über all das notarielle Drama komplett ad acta und konzentrierte mich auf wichtigere Dinge.

Mitte Oktober hatte sich Jenny mit ihrer gesamten Familie für einen Sonntag bei uns angemeldet. Ihr erinnert Euch vielleicht, ich hatte sie über Facebook kennengelernt und einmal in Köln getroffen. Sie waren auf dem Weg in den Urlaub und wollten vorher bei uns vorbeikommen. Ich freute mich riesig auf sie, hatte aber schon drei Tage vorher Bauchschmerzen wegen der Kinder. Sie hat ja sechs an der Zahl, darunter auch einen fünfjährigen Sohn. Ich hatte Angst, dass mir meine Emotionen wieder einen üblen Streich spielen würden und ich somit das ganze Treffen über den Tränen näher sein würde als dem Lachen. Aber schon in den ersten fünf Minuten spürte ich, wie mir das Herz aufging. Die Kinder waren fantastisch, alle sechs. Sie waren so unglaublich gut erzogen, dass ich vor Staunen den Mund nicht mehr zubekam. Svenja hatte den ganzen Nachmittag über Spielkameraden um sich herum, weil sie immer abwechselnd bei ihr im Zimmer oben waren und mit ihr spielten. Wir unterhielten uns angeregt mit Jenny und ihrem Mann. Den kannte ich vorher auch noch nicht, aber wir fühlten uns alle zusammen unglaublich wohl. Als sie gegen Abend wieder gingen, hatte ich ein neues Bild auf dem Handy: Ich mit zwei der kleinsten von Jennys Kindern im Arm. Und ich strahlte aus vollem Herzen. Wir versprachen uns, uns auf alle Fälle im nächsten Jahr wieder mal zu treffen. Als sie wegfuhren, vermisste ich ihre Kinder für einen Moment, total verrückt. Da dachte ich schon, ich hätte es wieder ein Stück weiter meiner Verarbeitung gepackt. Ein ziemlich übler Trugschluss wie ich dann noch öfter feststellen musste. Einige Tage später kam ein Brief, der mich für einige Momente wieder fast zurück an den Anfang meiner ganzen emotionalen Achterbahn warf. Es ging um Svenjas Rehabuggy. Wir hatten vor geraumer Zeit einen Neuen beantragt.. Natürlich nicht, ohne vorher ewig mit der Krankenkasse über dessen Notwendigkeit diskutieren zu müssen (über deren unfassbares Unverständnis gibt es im Kapitel „März" nochmal eins zwei Dinge zu berichten).

Jetzt war er endlich genehmigt und stand nun schon einige Tage bei uns im Wohnzimmer. Ich wusste aber natürlich auch, was dieser neue, schicke Rehabuggy gleichzeitig bedeutete.... Es hieß, dass der alte irgendwann von der Krankenkasse zurückgeholt werden würde. Und davor graute es mir. Mit und an diesem Buggy hingen so unglaublich viele Erinnerungen. Natürlich vor allem an Ronja. Es war ihr „Svenja-Taxi", wie oft war sie vorne auf dem Trittbrett gestanden und Svenja hat sie von hinten fest umklammert. Oder sie war immer mal wieder zwischendurch zu ihr hochgeklettert um mit ihr zu kuscheln. Es gibt einige Videos, wo sie neben Svenja herläuft und ihre Hand hält, während wir Svenja schieben.

Als der Anruf der Kasse dann kam, war ich danach dementsprechend minutenlang nicht mehr zu gebrauchen. Ich wollte nicht, dass der Buggy abgeholt wurde. Was natürlich absolut sinnfrei war. Er nahm Platz weg und war einfach schon viel zu alt. Als der Tag kam, an der er abgeholt wurde, verstand der Fahrer glaube ich nicht, warum da eine Frau daneben stand, die vor sich hin schniefte, während er den Buggy verlud. Auf alle Fälle war er ziemlich flott fertig und machte den Eindruck eines Flüchtenden. Ich vermute mal, er dachte, ich wäre leicht geistesgestört. Und ich hatte wenig bis gar keine Lust, es ihm zu erklären. Ich hatte noch eine ganze Weile an diesem „Verlust" zu knabbern. Wieder mal suchte ich danach händeringend nach irgendeiner Beschäftigung. Ich hatte kurz danach über Facebook von dem Schicksal einer Familie gelesen, das mir sehr zu Herzen ging. In der Familie gab es das sogenannte „Li Fraumeni Syndrom". Eine Art Gendefekt, bei dem nach und nach alle betroffenen Familienmitglieder an Krebs starben. Der Ehemann und der Sohn waren schon gestorben, jetzt hatte eine der beiden Töchter einen unheilbaren Hirntumor. Die Mutter war fast zeitgleich, unabhängig von dem Syndrom, an Brustkrebs erkrankt. Als ich das las schüttelte es mich. Ja, auch wir hatten ein Schicksal zu ertragen, aber irgendwie erschien mir das im Gegensatz dazu fast schon klein.

Ich war erschüttert und wollte helfen. Es hieß, es bestünde eine geringe Chance, dem Mädchen vielleicht zu helfen. Mit einer sehr kostspieligen Therapie. Aber einfach so Geld überweisen wollte ich nicht, gesammelt wurde dafür schon über einige Plattformen, wie ich gesehen hatte.

Außerdem hoffte ich auf eine größere Summe. Also startete ich eine Online-Aktion, in der ich ein komplettes Paket meiner Bücher inklusive aller bisher rausgebrachten „Goodies" versteigerte. Am Ende der Aktion hatte ich ein Höchstgebot von 500,- Euro und war superglücklich. Ich hatte etwas Gutes getan und war somit wieder eine ganze Weile beschäftigt gewesen. Für mich ja weiterhin essentiell wichtig. Etwas, das mich am Laufen und damit am Existieren hielt.

Nach wie vor stand ja auch noch das Thema „Adoption" im Raum. Ich hatte mich ja kreuz und quer gegoogelt und auch schon einige Telefonate geführt und Ende November hatten wir dann den ersten Termin auf dem Jugendamt in Heppenheim. Ich war unglaublich aufgeregt. In meinem jugendlichen Leichtsinn hatte ich mir Folgendes vorgestellt: Die Dame sieht, wie gerne wir uns nochmal um ein Baby kümmern würden und nimmt uns sofort in die engere Auswahl. Und weil wir ja immer noch alles hatten, was ein Kind die ersten zwei, drei Jahre braucht, würde sie uns spätestens in einem halben Jahr ein Baby vermitteln können. Mal ehrlich: Träumen darf man ja wohl noch, oder??

Ernüchternde Bilanz nach einem knapp zweistündigen Gespräch: Wir sind zu alt! Zumindest mal für eine Adoption. Man sollte nämlich das potentielle Kind mindestens 20 Jahre lang finanziell unterstützen können. Und da ich da locker mal 65 Jahre alt sein würde, bekamen wir das nicht mehr zugetraut. Denn wie man ja weiß, leben die meisten deutschen Rentner fast schon am Existenzminimum. Dann kamen wir auf unsere Gesundheit zu sprechen. Und in dem Moment, als ich das kleine Wörtchen „MS" in den Raum warf, wusste ich, jetzt ist der Ofen aus. Ich sah es an den Gesichtern der beiden anwesenden Damen. Auch mein Einwand, dass man ja eigentlich bei KEINEM wüsste, was morgen sein wird, half uns nicht mehr wirklich weiter. Wir wurden verabschiedet mit den Worten „wir melden uns bei Ihnen", und ich wusste da schon, wo das enden würde. Sie meldeten sich dann auch tatsächlich ungefähr drei Wochen später mit dem Satz: „Es tut uns leid, aber Sie kommen für uns nicht in Frage. Außerdem wollen Sie das zu sehr."... Ah ja, und ihr gebt Kinder lieber in Familien, die das eigentlich gar nicht so sehr wollen?? Ich schluckte und nahm es hin. Was sollte ich auch auf so eine Aussage erwidern?

Um für weitere Ablenkung und Abwechslung zu sorgen, hatte de Vadder dann eine weitere, tagesfüllende Idee: „Wir produzieren deine Bücher als

Hörbücher und fangen zum Warmwerden mit „Ronjas Welt" an." Ich war sehr angetan. Wir überlegten eine ganze Weile hin und her, wie wir das am besten anstellen könnten. Ich hatte schon einige Zeit vorher mal bei Carsten angefragt, der hatte mir damals in seinem Studio mein Lied „Löwenbaby" produziert. Dann kam uns ja aber Corona dazwischen, und unsere „Studio-Hörspiel" Pläne lagen somit erstmal auf Eis.

Also wollten wir unser Esszimmer in ein geeignetes „Studio" umwandeln. Wir hatten ja eigentlich ein bisschen Erfahrung darin, immerhin hatten wir früher schon mal Lieder im heimischen Wohnzimmer aufgenommen. Thorsten suchte das geeignete Equipment zusammen und Mitte Oktober legten wir los. Und was soll ich sagen? Es war etwas völlig anderes, „Ronjas Welt" zu lesen als „Muddi". Auf meinen gesamten bisherigen Lesungen hatte ich immer aus „Muddi" vorgelesen, weil ich mich mit diesen Büchern nun mal identifiziere. In „Ronjas Welt" habe ich lauter fiktive Charaktere und von denen weiß ich ja nicht, wie sie reden. Jaaa, DAS klingt jetzt saukomisch, ich weiß. Aber Ihr müsst Euch Folgendes vorstellen: Wenn ich aus „Muddi" lese, habe ich die Geschichten meistens noch sehr lebendig vor Augen und weiß genau, wer wie oder was gesagt hat. In „Ronjas Welt" schreibe ich das, was die Charaktere so von sich geben, ohne sie jemals gehört zu haben.

Ich musste nun also beim Vorlesen genau überlegen, wie was betont oder ausgesprochen werden würde. Und das fiel mir schwerer als gedacht. Ich las „Ronjas Welt" Band 1 ein, und war nicht wirklich glücklich damit. Aber immerhin hat es uns beide wieder für zwei bis drei Wochen gut beschäftigt. Thorsten hatte sich eine unglaubliche Mühe gemacht, alles zu schneiden und richtig zu vertonen. Dann stellten wir fest, dass die Hörbuch-Vermarktung so ihre Tücken hat und beschlossen, das Ganze zunächst in den Hintergrund zu stellen. Ihr merkt also, wir waren äußerst unstet, immer auf der Suche nach Beschäftigung und doch nie wirklich in der Lage, etwas zufriedenstellend zu beenden.

Dann hieß es erstmal „Muddi" Teil 3 auf den Markt zu bringen.

Das war nämlich seit geraumer Zeit fertig und ich konnte es kaum noch erwarten. Die Farbe des Covers war so toll geworden und ich war im Allgemeinen ungemein stolz auf mein drittes Werk. Es war ganz anders als die beiden Bücher zuvor, endlich konnte ich auch beim Schreiben wieder etwas mehr „Ich" sein. Wir brachten es an Halloween raus und ich war glücklich, wie gut es ankam.

So gut, dass mein Göttergatte schon wieder eine neue, brillante Idee hatte. Aber dazu komme ich gleich noch. Zunächst hatte nämlich eine meiner Freundinnen einen nahezu spektakulären Gedanken, der mir den ganzen Dezember über richtig was zu tun und eine ganze Menge Spaß bescheren sollte. Sie schrieb am 01. November: „Weißt du was echt mega wäre? Ein virtueller Adventskalender, und jedes Türchen singst du was oder liest aus deinen Büchern. Das würde bestimmt mega ankommen!" Ich überlegte kurz und schrieb dann zurück: „Die Idee ist SPITZENMÄSSIG, ich lass mir was einfallen."

Und genau das tat ich dann auch. Ich überlegte mir, was und vor allem auch WIE ich diese „Online-Adventskalender" Geschichte aufziehen wollte. Immerhin war ich nicht wirklich versiert in solchen Dingen.

Ich war seit einiger Zeit auch auf Instagram, hatte aber noch nicht wirklich die große Ahnung, was ich da eigentlich tat. Ich postete all das, was mir wichtig erschien. Aber so richtig warm wurde ich mit diesem Medium nicht.

Nichtsdestotrotz war mir aber klar, dass ich, gerade jetzt in Zeiten von Corona, alle Möglichkeiten zum „virtuellen Rauskommen" nutzen musste. Öffentliche Lesungen würden ja wohl noch für einige Zeit nicht möglich sein. Also konnte ich ja nun auch sämtliche Social Media Kanäle dafür nutzen, um zu zeigen, was ich so in meiner Freizeit trieb. Was aber auch hieß, dass ich 24 Tage lang jeden Tag ein kleines Video einstellen müsste. Und jeden Tag Lesen würde ja vielleicht auch langweilig werden. Also gut, warum nicht zwischendurch das ein oder andere Liedchen? Stellte sich nur noch die Frage, WO ich das Ganze veranstalten wollte. Flugs war klar: das mache ich oben in meinem „Lesezimmer", in meinem Apricot-farbenen Sessel.

Also fing ich an, zu überlegen, mit was ich am 01.12. starten wollte. Und was ich noch so alles in diesen 24 Tagen anstellen könnte.

Vorher aber kommen wir erst noch zu der schon oben erwähnten brillanten Idee vom Vadder: Wir erstellen einen Bildband und veröffentlichen ihn! An sich ja nichts wirklich Aufregendes. Nur sollte UNSER Bildband etwas ganz anderes und vor allem etwas Besonderes werden. Ich hatte ja in meinen ganzen bisherigen Büchern fast alle Situationen immer sehr detailverliebt beschrieben. Das konnte ich aber auch nur deshalb, weil es nun mal meistens ganz viele Bilder dazu gibt. Also hatte mein Mann den unglaublichen Einfall, genau daraus einen Bildband zu machen. Also die Textpassagen aus den Büchern vereint mit den passenden Bildern. Ich fand die Idee prinzipiell natürlich großartig. Wusste aber auch sofort, dass es mich unzählige Nerven, noch mehr Tränen und fast unmenschliche Kraft kosten würde. Denn natürlich war klar, dass Ronja in diesem Buch eine ziemlich große Rolle spielen würde. Und da ich die meisten Bilder auf meinem Handy habe, musste ich sie natürlich auch raussuchen. Ich war irgendwann fix und fertig mit den Nerven, ich wollte und konnte einfach diese ständige und kräftezehrende Konfrontation mit so vielen wunderschönen Momenten mit meiner kleinen Tochter nicht wirklich ertragen. Ende November war es dann soweit. Der Bildband zu „MUDDI" Teil 1–3 war fertig und konnte zum Verlag. EIGENTLICH!

Während ich völlig am Ende war, aber dafür umso stolzer auf unser Werk, machte uns unser großes Töchterlein einen gewaltigen Strich durch die Rechnung. Jedenfalls was das Veröffentlichungsdatum betraf. Wir hatten vorgehabt, den Bildband noch vor Weihnachten zu veröffentlichen, weil es für die wahren Fans meiner Bücher ein tolles Geschenk abgeben würde. Weil wir aber noch in keinem meiner Bücher Bilder veröffentlicht hatten, wollten wir dieses Mal einen Vorabdruck. Wir machten also alles fertig und sollten dann ein Probeexemplar vom Verlag zugesandt bekommen. Das war noch nicht da, als Ela uns verkündete: „Der Valentin und ich haben uns getrennt!"

Ach bitte, echt jetzt? Das kam dann doch etwas überraschend. Immerhin waren die beiden da schon knapp vier Jahre zusammen gewesen. Und Ela zufolge sollte Valentin ja eigentlich auch der Mann ihres restlichen Lebens sein. Nun denn, es war eine Entscheidung, die uns im Grunde genommen nichts anging. Das war eine Sache zwischen Ela und Valentin. AAAAABER: Er war nun mal einige Male „bildlich" in meinem neuen Buch vertreten und musste folglich (und auch weil Ela uns eindringlich darum bat) da nun auch wieder raus. Thorsten musste ein paar mal tief atmen. Die Bildsetzung und das dazugehörige Einfügen der Texte hatte uns einige nervenaufreibende Sonntage gekostet. Jetzt musste fast das ganze Buch also nochmals verändert werden. Ich sah mein geplantes Veröffentlichungsdatum den Bach runter gehen. Coronabedingt hatte mein Verlag nach wie vor einige Liefer-schwierigkeiten, und wir hatten ja jetzt auch noch einiges an Arbeit vor uns. Das Probeexemplar, das dann drei Tage später eintraf, entsprach dann aber wenigstens unseren Erwartungen. Also, nochmal ran an das Ganze. Und zwei Tage vor Weihnachten kamen dann auch endlich MEINE Exemplare.

Für Weihnachten also natürlich viel zu spät. Aber ich war stolz darauf, meine schönsten Momente nun auch mit vielen anderen teilen zu können und zu dürfen. Auch wenn ICH mir die letzten Seiten dieses Buches wahrscheinlich die nächsten Jahre nicht würde anschauen können.

Aber ich hatte ja sowieso noch was ganz anderes vor und damit eine ganze Menge zu tun... mein erster „Online-Adventskalender". Ich hatte also im November begonnen, die ersten Tage für Dezember abzudrehen.

ZUM GLÜCK schon im November. Warum, erfahrt ihr im nächsten Kapitel. Nachdem ich so ungefähr fünf Tage eingelesen hatte (immer aus verschiedenen meiner Bücher) entschied ich mich, für etwas Abwechslung zu sorgen.da musste etwas ganz Besonderes her, immerhin wollte ich ja, dass die Leute Spaß beim Zuschauen hatten und jeden Tag bis Weihnachten gerne bei mir vorbeischauen und sich vielleicht sogar darauf freuen würden. Also musste zur Abwechslung ein Lied her. Und da als nächstes der Tag vor Nikolaus abgedreht werden musste, schnappte ich mir Svenja und fragte sie, ob sie nicht Lust hätte, bei meinem Adventskalender mitzuwirken. Jetzt muss man dazu folgendes erwähnen: Svenja liebt es, Teil meiner Bücher zu sein. Sie findet es großartig, dass die Menschen sie dadurch kennen und lieben. Und natürlich war sie dementsprechend auch sofort Feuer und Flamme. Wir einigten uns auf „Lustig, lustig Tralalalala", das kannte sie und konnte den Refrain super mitsingen. Als Ela dann nachmittags zuhause war, drehten wir mit einigen Anläufen also unser erstes „Musikvideo". Und das machte uns soviel Freude, dass wir gleich noch ein paar mehr solcher Aktionen einplanten. Und so kam es auch zu dem ein oder anderen musikalischen „Zusammenspiel", mit dem ich vorher gar nicht gerechnet hatte. Aber dazu später mehr. Mit dem Dezember stand nun auch wieder ein Fest vor der Tür, das ich mal wieder am liebsten vermieden hätte. Es bedeutete bestimmt wieder irgendwelche emotionalen Aussetzer, und darauf hatte ich ja so überhaupt keine Lust. Am liebsten hätte ich Weihnachten hier im Haus fast völlig ignoriert, aber das wollte und konnte ich Svenja nicht antun. Also schmückte ich mal wieder so, dass es für mich absolut vertretbar war. Und auch Thorsten begann den Hauseingang und den Engelgarten zu schmücken. Mehr nicht, für uns reichte das völlig aus. Und so dachte ich, könnte ich den Dezember einigermaßen gefahrlos überstehen. Eigentlich sollte das doch hinzubekommen sein. EIGENTLICH....

Dezember 2020 „ab jetzt wird's schokoladig", bei uns piepts tatsächlich" und „ziemlich hübsch aber asymmetrisch!"

Fangen wir im Dezember mal damit an, womit wir im November aufgehört haben: mit meinem Adventskalender. Spätestens nach dem 05.12., also nach dem „Gast-Auftritt" von Svenja wurden meine Beiträge jeden Tag schon erwartet und mit Begeisterung kommentiert. Und ich hatte ja auch noch die ein oder andere Überraschung in petto, die ich über die ganze Adventszeit verteilen wollte. Und wie gesagt, gut, dass ich fast die Hälfte des Kalenders schon im November abgedreht hatte. Anfang Dezember bemerkte ich nämlich kleine Veränderungen in meinem Gesicht. Also nichts Sichtbares, sondern erstmal nur für mich fühlbar. Meine linke Gesichtshälfte fühlte sich äußerst seltsam an, und ich hatte beim Trinken das Gefühl, ich könne die Flüssigkeit nicht wirklich im Mund behalten. Außerdem zuckte mein linkes Auge ständig und ich bekam Kopfschmerz-Attacken vom Feinsten. Was aber am störendsten war, war dass ich mich selbst „im Ohr" hörte wenn ich lachte, zu laut sprach oder sang. Was ein seltsames und nerviges Gefühl. Mir begannen, verschiedene Geräusche im Ohr fast schon weh zu tun und ich zuckte manchmal regelrecht zusammen, wenn irgendwo ein blechernes Geräusch ertönte. Zum allerersten Mal im Leben konnte ich nun nachempfinden, wie es Svenja oftmals zu gehen schien. Ja, selbst Husten fand ich unangenehm. Dann stand ich ein paar Tage später vorm Spiegel und traute meinen Augen kaum. Meine linke Gesichtshälfte war total verschoben. Mein Auge und mein Mundwinkel hatten ein Eigenleben entwickelt und beim Zähneputzen kam ich mir mittlerweile vor wie ein kleiner Springbrunnen. Und spätestens als ich meinem eigenen Spiegelbild versuchte, zuzulächeln, bekam ich es mit der Angst zu tun. Ich sah aus wie der Glöckner von Notre Dame. Der linke Mundwinkel hatte mit dem rechten eigentlich gar nichts mehr zu tun und fristete sein Dasein traurig einige Zentimeter weiter unten. Wenn ich keine Grimasse zog, ging's eigentlich, dann sah man nur dem linken Auge ganz leicht eine Veränderung an. Und dann begann ich zu überlegen. Sollte ich meiner Familie etwas sagen? Oder wartete ich erst mal ab? Aber ich hatte auch eine wahnsinnige Angst vor einem eventuellen Schlaganfall und somit musste ich wohl Farbe bekennen. Ich ging in die Küche und grinste Thorsten an.

Natürlich dachte der zunächst, ich hätte nun komplett den Verstand verloren und schaute mich fragend an. „Guck mal, siehst du das?" Ich grinste wieder und deutete auf meinen fühlbar verschobenen Mund. „Ja, hängt ein bisschen." Mein Mann ist da eher lakonisch und weiß eigentlich, erst wenn ICH Panik bekomme, dann ist es ernst. Da ich aber äußerlich noch ziemlich relax blöd grinsend in der Küche stand, nahm er das Ganze zunächst nicht wirklich ernst. Ich setzte mich und nahm einen Schluck Kaffee. Brauchte aber die nächsten Sekunden ein Tuch, weil ich offenbar nicht mehr in der Lage war, meinen Mund komplett zu schließen. Na prima. Ich griff kurz entschlossen zu meinem Handy und machte mir einen Termin in der Radiologie. Immerhin könnte das ja auch ein MS-Schub sein, lange genug verschont geblieben war ich ja jetzt. Aber noch mehr Angst hatte ich immer noch vor einem Schlaganfall. Ich schilderte meine Symptome, erklärte meine Vorerkrankungen und hatte drei Tage später einen Termin. Die Symptome nahmen in der Zeit immer mehr zu. Ich brauchte mittlerweile morgens mindestens eine Viertelstunde, bis ich meine linke Augenbraue mittels Schminkstift ungefähr auf dem gleichen Niveau hatte wie meine rechte. Und um die Größe der Augen auszugleichen, versuchte ich es mit den unterschiedlichsten Wimperntusch-Techniken. Einzig mein Mundwinkel ließ sich nicht wegschminken, aber wenn ich nicht lachte, fiel der sowieso nicht wirklich auf. Und zu meinem Glück war ja auch noch überall in der Öffentlichkeit Maskenpflicht, und ich somit erstmal aus dem Schneider. Das Ergebnis des MRT lautete dann: Alles in Ordnung! Also kein MS-Schub und erst recht kein Schlaganfall. Was ja eigentlich wunderbar war, half mir nur nicht wirklich weiter. Ich beschloss, die nächsten Tage abzuwarten und zu beobachten. Immerhin wusste ich ja jetzt, dass mein Hirn samt seiner Funktionen noch vollkommen in Ordnung war (jedenfalls sagte das die Bildgebung). Aber nichtsdestotrotz wurde es nicht besser, im Gegenteil. Also beschloss ich grummelnd der neurologischen Notaufnahme der Kopfklinik in Heidelberg einen Besuch abzustatten. Der Arzt dort war etwas jünger als ich und eigentlich ein ganz Netter. Er untersuchte mich eingehend und meinte dann: „also das könnte durchaus auch eine Hirnhautentzündung sein. Die Symptome sprechen zwar nicht wirklich dafür, aber man kann ja nie wissen. Es könnte genauso gut eine „idiopathische Faszialisparese" sein. Zur Sicherheit würde ich Sie gerne jetzt stationär aufnehmen und morgen eine

Lumbalpunktion (Hirnwasser-Untersuchung) durchführen." Ich sah ihn an wie eine Kuh wenns blitzt. „Aha... und was genau passiert dann? Sie gehen zwar davon aus, dass es keine Hirnhaut-entzündung ist, wollen mich aber trotzdem so einem Procedere unterziehen? Glauben Sie denn, ich bin so vergnügungs-süchtig??"

Ich wusste auch, von was er sprach, als er diese „idiopathische Faszialisparese" erwähnte. Das hieß eine halbseitige Gesichtslähmung ohne wirklichen Grund. Also dementsprechend gerne mal der Psyche zuzuschreiben. Er sah mich schmunzelnd an. „Sehen Sie Frau Weber. Wenn Sie ihre Stirn runzeln dann geht das nur rechts. Die linke Seite bleibt fast glatt. Und in Ihrem Alter sollten da schon ein paar Falten sein." HALLO, ja geht's noch?? Er sprach ungerührt weiter. „Das spricht aber natürlich auch völlig gegen einen Schlaganfall. Ein Apoplex-Patient kann die Stirn komplett runzeln." Ach, JETZT bin ich ja überaus beruhigt. „Und außerdem sind Sie ja wirklich eine ganz Hübsche, nur halt grad etwas asymmetrisch. Die Familien-Weihnachtsbilder könnten Sie ja mit Maske machen, dann können Sie sogar lächeln." Jetzt lachte er. Und ich überlegte ernsthaft für einen Moment, an SEINER Maske zu ziehen und sie ihm ins Gesicht schnalzen zu lassen. Ich versuchte, ihn tadelnd anzusehen und merkte selbst, dass dieser Blick völlig in die Hose ging. Also versuchte ich es mit Worten: „Also, gleich vorneweg. Ich werde mit Sicherheit jetzt keine Lumbal-Punktion vornehmen lassen. Das heißt nämlich für mich wieder mindestens zwei Tage Krankenhaus. Und das kann ich mir momentan nicht wirklich erlauben. Zweitens bin ich mir ziemlich sicher, KEINE Hirnhautentzündung zu haben. Mir fehlen fast alle Symptome, bis auf das schiefe Gesicht. Und das ist wahrlich nicht typisch dafür. Also, was für andere Alternativen habe ich?" Er grinste immer noch, offenbar hatte ihn mein Monolog entweder völlig beeindruckt oder er dachte, die Lähmung hätte mittlerweile schon mein Hirn erreicht. Dann sah er auf den Kalender, der vor ihm an der Wand hing. „Gut, ich mache Ihnen einen Vorschlag. Ich gebe Ihnen die nächsten drei Tage Zeit, also bis Freitag. Bis dahin sollten sich die Symptome wieder ein wenig gebessert haben. Sollte das nicht der Fall sein, dann erscheinen Sie am Freitag morgen gegen halb acht hier an Ort und Stelle und ich punktiere Sie höchstpersönlich. Und verspreche Ihnen auch, dass Sie am Samstag Vormittag diese werten Hallen wieder verlassen dürfen, WENN bis dahin kein auffälliges Ergebnis vorliegt. Können Sie damit leben?" Ich rollte mit den Augen (ich vergesse heute manchmal noch, dass man das ja trotz der Maske sehen kann). Ich hatte eigentlich damit gerechnet, dass er so was sagen würde wie „ich schreibe Ihnen jetzt ein bisschen Kortison auf, dann kriegen wir das schon wieder in den Griff." Aber da wären wir ja wieder beim Thema „träumen". „Also gut, überredet. Wenn die Symptome nicht besser werden, komme ich am Freitag morgen zu Ihnen. Und wehe, ich darf dann nicht wieder zeitnah abhauen, wenns mir gut geht."

Er strich mir beim Rauslaufen fast schon beruhigend über den Rücken. „Machen Sie sich keine Gedanken, ich werde so vorsichtig punktieren, dass Sie ohne Probleme am nächsten Tag wieder gehen können." Und wieder grinste er. „Sie würde ich gerne mal ohne diese Asymmetrie sehen." Ich schüttelte leicht schmunzelnd den Kopf und sah zu, dass ich vom Acker kam. Die ganze Heimfahrt überlegte ich hin und her, was ich jetzt machen sollte. Auf eine Punktion hatte ich erwartungsgemäß überhaupt keine Lust. War aber vernünftig genug, um darüber nachzudenken. Daheim berichtete ich Thorsten von dem Plan des Arztes und sah ihm an, dass er wusste, dass seine Frau eher NICHT am Freitag morgen um acht in Heidelberg sein würde. Die nächsten drei Tage konnten sich meine Symptome nicht wirklich auf irgendwas einigen. Mal war es besser, mal wieder viel schlechter. Freitags gegen Mittag klingelte mein Handy. Zu meiner großen Überraschung war es der Arzt, der mich in der Kopfklinik in der Mangel gehabt hatte. „Ich wollte mal fragen, wie es Ihnen geht. Da sie heute morgen nicht bei mir auf dem Tisch lagen, gehe ich davon aus, dass sich die Symptome gebessert haben. Oder??" Ich fühlte mich auf der Stelle schwerst ertappt. „Nun ja", druckste ich ein wenig herum, „so richtig weg sind sie ehrlich gesagt noch nicht. Aber schon ein klitzekleines bisschen besser, wirklich. Ich glaube immer noch nicht an eine Hirnhautentzündung. Und auch nicht daran, dass man mich unbedingt punktieren lassen muss." Und schon lachte er wieder. „Also gut, dann lasse ich Ihnen übers Wochenende Schonfrist. Aber ich werde mich nächste Woche nochmal bei Ihnen melden." Meine Güte, der war aber mal hartnäckig. Aber gut, dann konnte ich mich die nächsten Tage erstmal wieder auf etwas anderes konzentrieren.

Ich hatte in letzter Zeit immer mehr das Bedürfnis, mal wieder etwas zu essen, was ich mir jetzt schon wieder so lange verkniffen hatte. Und was ich ja eigentlich, meinem letzten „Experiment" im April zufolge, vertrug. Die Rede ist von Kinderriegeln. Eines schönen Vormittags also, an dem Katharina bei mir im Esszimmer bei einem Kaffee saß, schnappte ich mir eines meiner begehrten Objekte. Ich wusste, wenn ich jetzt Panik bekommen würde wäre sie da und würde mich da wieder rausholen. Sie sah mich zweifelnd den Riegel anstarren und knurrte dann ein energisches „Iss, ich bin doch da!" Und dann genoss ich einfach nur noch! Es war um Längen besser als noch vor acht Monaten. Warum kann ich gar nicht sagen. Vielleicht lag es ja auch an meinem verschobenen Gesicht.

Ich wusste, ab jetzt würde Schokolade wieder ein fester Bestandteil in meinem Leben werden. WIE fest und was ich damit dann tatsächlich noch alles anstellen konnte, merkte ich aber dann erst im Neuen Jahr.

Ich hatte nun noch gut die Hälfte meines Adventskalenders vor mir und wusste, meine veränderte Optik würde manchen bestimmt auffallen. Also drehte ich ein kurzes Video, in dem ich erklärte, warum ich gerade aussah als wäre ich in eine Schlägerei geraten. Dann machte ich mich an die Planung weiterer Beiträge. Ela und ich hatten nun schon drei gemeinsame Lieder produziert, und alle drei waren sie wunderbar angekommen. Ich war sogar so weit gegangen und hatte mich, seit Jahren mal wieder, für das legendäre „Jingle Bells" spielend und singend an meine Orgel gesetzt. Und ich hatte einen unglaublichen Spaß.

Mitte Dezember verabschiedete sich dann unser „Ronja-Fisch" in die ewigen Jagdgründe (vielleicht erinnert Ihr Euch noch an sie.) Und ich wollte eigentlich so schnell wie möglich wieder Ersatz. Also sind wir am 18. mal wieder ab Richtung „Kölle-Zoo" nach Heidelberg. Eigentlich nur, um einen neuen Kampffisch zu holen. Dann sind wir aber durch Zufall irgendwie ins Obergeschoss geraten (schon mit einem neuen Fisch im Schlepptau, also in der Transporttüte). Und im Obergeschoss piepts (also wie bei so manchen Menschen im wahren Leben.) „Guck mal Muddi, wie wäre es mit einem Vogel?" Die Augen meines Gemahls begannen zu leuchten. „Du meinst, zu dem, den wir beide eh schon haben?" Ich grinste ihn unter der Maske an. Wir schlenderten mit der Fischtüte durch die gefiederten Reihen. Aus manchen Käfigen drang unglaublicher Lärm. Aus anderen pfiff es fröhlich und ganz vorne an der Treppe krakeelte ein Nymphen-Sittich. „Bloß nicht sowas!" Ich schlug die Hände über dem Kopf zusammen. „Wir hatten früher zuhause auch Vögel, einen Wellensittich, einen Kanarienvogel und so einen Schreihals. Die geben keine Ruhe und sind den ganzen Tag nur am Motzen. Ich weiß noch, dass man beim Fernsehen schauen manchmal kein Wort verstanden hat." Und somit war der Nymphen-Sittich natürlich vom Tisch.

Dafür blieben wir beide vor einer Voliere mit kleinen gelben Flauschbällchen stehen. Kanarienvögel! Ich wusste, auch von Katharina, dass auch Wellensittiche gerne mal die Gegend voll brüllten und im Allgemeinen ziemlich laut waren. Und als wir so davor standen merkte ich, dass es eigentlich schön wäre, noch ein paar lebendige Wesen mehr im Haus zu haben. Also natürlich nichts, womit ich Gassi gehen musste, was einen Haufen Dreck machte oder überall Haare verteilte.

Und mit Vögel schienen wir da doch die richtige Wahl getroffen zu haben. Also, warum eigentlich nicht?

Wir schnappten uns eine Vogel-Fachfrau und hatten binnen einer Stunde einen riesigen Käfig, Futter, Spielzeug, Vogelsand, Leckerlis UND… zwei kleine gelbe Kanarienvögel im Wagen. Laut der Dame sollten die Kanarie nämlich nur als Pärchen gehalten werden. Und das hier wären nun ein Männchen und ein Weibchen. Ich hatte also auf dem Heimweg einen Fisch in einer Tüte voll Wasser zwischen den Füßen stehen und eine kleine, in ein Handtuch eingewickelte Transportbox mit zwei Vögelchen auf dem Schoß. Zuhause haben wir dann erst den Fisch „akklimatisiert" und dann den Käfig bezugsfertig gemacht. Gegen Abend war dann jedes neue Familienmitglied endlich eingezogen. Und ich muss zugeben, dass ich es jeden Tag aufs Neue genieße, wenn ich morgens in die Küche komme und aus dem Wohnzimmer fröhliches Vogelgezwitscher höre. Tatsächlich „schreien oder motzen" unsere Vögel überhaupt nicht, sondern singen und tirilieren in den höchsten und schönsten Tönen. Wenn ich die Augen schließe, komme ich mir manchmal vor wie im Wald. Unglaublich entspannend und schön. Und ich mag das Gefühl, nicht alleine zu sein.

Am 19.12., ich hatte gerade das aktuelle Adventskalender-Türchen überall hochgeladen (was jedesmal ein Akt von mindestens einer halben Stunde war), fragte mich Ela: „Was hast du denn jetzt eigentlich noch alles für die nächsten vier Tage?" Ich holte entspannt mein Notizbuch, in dem ich fein säuberlich notiert hatte, was an welchem Tag dran war, und starrte erst lesend und dann völlig ungläubig darauf. „AHHH, ich habe ja noch gar nichts für übermorgen. WARUM NICHT???" Ela lachte. „Das weiß ich doch nicht. Was hast du jetzt vor?" Verdammt gute Frage. Auf meinem Plan standen noch zwei Lesungen und ein Lied von Svenja, Ela und mir am 24., also Heiligabend. Aber ein Tag fehlte nun mal noch. In diesem Moment klingelte Katharina. Ich machte ihr eine Latte und hatte dann eine zündende Idee:

„Hast du morgen schon was vor?" Wenn ich sowas frage, lacht Katharina meistens schon, weil sie weiß, dass ich schon wieder irgendwas aushecke. „Also, wir gehen in die Kirche und dann wäre ich da. Warum?" Ich strahlte sie an. „Weil du mit mir ein Lied singst für meinen Kalender!" Sie strahlte mich auch an und sagte: „Vergiss es!" Dabei wusste ich, dass Katharina eigentlich eine recht gute Stimme hatte, sie hatte mir schon etwas vorgesungen und ich war damals wirklich angetan. Also setzte ich meinen Hundeblick auf und versuchte es nochmal. „Komm schon, das wird bestimmt ein Riesen Spaß. Wir singen das „Halleluja", das ist einfach und klingt zu zweit bestimmt super. Ich brauche noch ein Highlight, sonst wird's den Leuten doch zu langweilig. Und so lernt endlich mal jeder „moi Herzkersch" kennen." Also ich bin es ja wirklich gewohnt, dass mich die Menschen ansehen, als hätte ich den Verstand verloren, aber Katharina perfektionierte diesen Blick gerade. Dann seufzte sie tief. „Also gut du Nervensäge, dann singe ich halt mit dir. Können wir das aber bitte mal vorher ausprobieren?" Und so saßen wir die nächsten zwei Stunden bei mir im Esszimmer und machten unseren Kanarienvögeln wahrhaft Konkurrenz. Am nächsten Tag gegen Mittag war Katharina wie versprochen wieder da. Und als wir uns so gemeinsam einsangen (das mache ich immer, schließlich sind auch die Stimmbänder Muskeln und wollen warm gemacht werden) betrat Ela die Szenerie. Sie hatte Nachtdienst gehabt und war gerade aufgestanden. „Was macht ihr da?" Katharina und ich saßen am Esszimmer-Tisch und übten, Thorsten stellte in der Zeit das Ringlicht und die Lautsprecher-Box ein. „Wir nehmen gleich das „Halleluja" für das morgige Adventskalender-Türchen auf." Sie sah mich an. „Darf ich mitmachen?" Ela hat eine wirklich schöne Stimme und wir beide harmonieren stimmlich wirklich gut. Ich freute mich also, dass sie dabei sein wollte. Dreistimmig würde das Lied super klingen, vorausgesetzt, wir würden es hinbekommen. Also erstmal einsingen und die ersten Töne irgendwie auf die Reihe bekommen. Als wir einige Zeit später zum ersten Mal den Refrain zu dritt sangen, kamen mir so dermaßen die Tränen, dass wir (zum ich glaube 10. Mal mittlerweile) abbrechen mussten. Es klang so wunderschön, und meine Emotionen fuhren in dem Moment komplett Achterbahn. Eigentlich dachte ich ja, ich hätte mich völlig im Griff. Wir brauchten einige Anläufe, aber nach gut einer Stunde war es perfekt. Als ich es am nächsten Tag hochlud hatte es so viele Aufrufe wie bisher keines meiner Türchen.

Und Weihnachten rückte immer näher. Wir hatten ausgemacht, dieses Jahr wieder am 25.12. zu bescheren. Svenja hatten wir wieder erzählt, dass der Weihnachtsmann an Heiligabend so viel zu tun hatte, und wir ja auch nicht wollten, dass er eventuell eines ihrer Geschenke in dem Stress vergessen würde. Und außerdem könne sie ja auch dann gleich morgens noch damit spielen. Svenja hatte sich dieses Weihnachten eine Puppe gewünscht, die sie wickeln, füttern und anziehen kann. Außerdem noch einen Kuschelanzug (den kannte sie von mir, ich lief im Winter oft zuhause mit einem Plüsch-Einteiler herum. Und genau sowas wollte sie auch). Und ich wollte ihr noch einen ganzen Schwung neue Pullover und Hosen kaufen. Man merkte und sah ihr deutlich an, dass sie in den letzten Monaten ein gutes Stück gewachsen war.

Sie war also mal wieder komplett von unserem Plan überzeugt und ich einigermaßen entspannt. Ich holte am 23. den noch vom Vorjahr geschmückten Baum oben aus dem alten Kinderzimmer und stellte ihn ins Wohnzimmer. Das musste reichen. Für mich und mein Hirn reichte es allemal. Vor allem, weil mir dann am gleichen Tag noch etwas völlig anderes dazwischen kam (obwohl das eher einem Déjà vu glich). Ich hatte zwei Tage zuvor mal wieder zarte Striche auf meinen monatlich ausufernden Schwangerschaftstests wahrgenommen. Aber war natürlich realistisch genug, dem Ganzen keine allzu große Bedeutung beizumessen. Am 22. dann, mitten in der Nacht, bekam ich unfassbare Krämpfe. Es fühlte sich an, als würde mir jemand in aller Gemütsruhe ein Messer im Bauch hin und her drehen. Es wurde dann den Vormittag über so schlimm, dass wir ins Krankenhaus nach Weinheim fuhren. Nach einer ewig langen Wartezeit vorm Kreißsaal (für mich eher suboptimal) durfte ich endlich zum Ultraschall. Mittlerweile hatte ich das Gefühl, mehr oder weniger zu verbluten. Vor mir saß ein junger Oberarzt. Ich muss jetzt wohl keiner Frau erklären, wie peinlich mir das alles in dem Moment war, und kann mich noch ganz genau an seinen Spruch erinnern, nachdem ich das geäußert hatte: „Frau Weber, ich arbeite auf der Entbindungsstation. Glauben Sie, ich kenne sowas nicht?" Er hatte zwar recht, aber das machte es natürlich nicht wirklich besser. Eine halbe Stunde später ging ich mit der Diagnose „stattgehabter Abort" zurück zu Thorsten ins Auto. Und wieder mal hatte ich eigentlich nur diesen einen Gedanken: „es funktioniert, es muss jetzt nur bleiben wollen und können!" Was der Arzt aber bei dieser Gelegenheit auch gleich noch feststellte, war eine sogenannte

„Adenomyosis". Das sind gutartige Wucherungen in der Gebärmutter, die mindestens einmal im Monat ziemliche Schmerzen verursachen konnten. Was sie auch ja in schöner Regelmäßigkeit taten. Damit erklärte sich dann auch, warum ich jedesmal mindestens drei Tage im Monat fast komplett ausgeknockt war vor Schmerzen. Ich solle das bitte bei nächster Gelegenheit bei meiner Gynäkologin abklären lassen. Na wunderbar, noch eine neue Baustelle.

Dann kam der 24., und ich hatte Angst vor den kommenden Tagen. Ich lud morgens mein letztes Adventskalender-Türchen hoch. Es war ein Lied, dass Svenja, Ela und ich zusammen gesungen haben. Wir hatten es vor einigen Jahren schon mal für Thorsten auf eine CD aufnehmen lassen.

Svenja war wieder mal der heimliche Star und sie war so überglücklich, wie gut unser Lied ankam. Wir hatten sie einige Tage zuvor schon mal so sehr mit einer Kleinigkeit zum Strahlen gebracht:

Thorsten hatte einige Wochen vorher ein Angebot einer Creme-Firma gefunden (die mit den blau-weißen Dosen) und hatte drei ganz spezielle Dosen bedrucken lassen. Zwei waren mit einem Bild von mir bedruckt, auf der einen stand „Die Autorin der Bücher „Muddi-Zusammen schaffen wir alles" und auf der anderen „Muddi ich liebe Dich De Vadder". Die wichtigste Dose aber war die dritte. Auf ihr war Svenja zu sehen, mit einer Nikolaus-Mütze und strahlend in die Kamera lächelnd. Auf dieser Dose stand „Der Star aus den „Muddi"-Büchern, das Löwenbaby Svenja". Ihr könnt Euch nicht vorstellen, wie dieses Kind sich freute.

Wir schummelten ihr vor, dass es die Dosen jetzt in der Weihnachtszeit in unserem Edeka vor Ort zu kaufen gäbe, und sie war tagelang völlig im Freudentaumel. Bis Svenja wieder mal mit einkaufen gehen und das kontrollieren konnte, würde noch einige Zeit vergehen. Wir wollten sie wegen Corona und ihrer gesundheitlichen Ausgangssituation so wenig wie möglich irgendwo mit hin nehmen. Und mit solch kleinen „Notlügen" konnte man ihre Launen dann doch eine ganze Weile prima aufrechterhalten. Den 25. erwartete ich mit ziemlichem Bauchgrummeln. Nicht wegen dem ganzen Tag, sondern eigentlich nur wegen der „Bescherung". Natürlich hatten wir alles besorgt, was Svenja sich gewünscht hatte. Die Puppe konnte reden, sollte auf ihre „Puppenmama" reagieren und war leicht zu bewegen. Sie hatte ein Fläschchen und ein Töpfchen dabei, ausserdem noch Spielzeug und einen Schnuller. Der gewünschte Kuschelanzug hatte ein dunkelrosanes

Leoparden-Muster und eine Kapuze. Die restlichen Kleider, die ich für Svenja noch besorgt hatte, waren stylisch und süß. Ich hoffte also, sie würde sich über alles freuen. Der Heilgabend ging vorüber, ohne dass wir groß darüber nachdachten. Wir aßen zu Abend, spielten noch ein wenig und gingen früh zu Bett. Am nächsten Morgen wollte ich diese „Geschenkeübergabe" so schnell wie möglich über die Bühne bringen. Wir versammelten uns alle im Wohnzimmer und Ela packte mit Svenja die erste Tüte aus. Sie holte nach und nach alle Kleidungsstücke heraus und kommentierte jedesmal: „Das ist aber kein Kuschelanzug!" Ich war fast ein wenig enttäuscht, wie wenig sie die Klamotten interessierten. Dann, ganz unten, kam dann endlich der lang gesuchte Anzug. Svenja war schwer begeistert (Gott sei Dank). Ela gab ihr noch Geschenke, die sie für sie besorgt hatte und dann durfte sie die Puppe auspacken. Svenja freute sich total… NOCH!

Wir fummelten die ganzen Befestigungsteile ab (Ihr kennt das bestimmt, diese ganzen, winzig klein zusammengedrehten Drähte und kleinen Kabelbinder, die kein Kind jemals alleine abbringen würde), dann legten wir ihr Batterien ein und los ging's. Ich hatte die Puppe auf dem Schoß, weil ich ausprobieren wollte, was sie alles konnte und machte. Was eine grandios bekloppte Idee. Die Puppe sah mich an und machte „Mama", dann fing sie an zu kichern. Ich war extrem verstört. Dann begann sie zu jammern und ich steckte ihr das beiliegende Fläschchen in den Mund. Und sie begann zu zuckeln, in dem sie ihren Mund bewegte wie ein echtes Baby. Beim darauffolgenden Bäuerchen, dem Schnullern am Dudu und dem typischen „ich bin so müde Baby-Gequengel" war unser aller Humor gänzlich aufgebraucht. Svenja und ich waren den Tränen nahe und Thorsten meinte nur lapidar: „Na Muddi? Das war wohl nicht deine allerbeste Idee…"

Ohhhh, er hatte ja so recht. Das war eine dermaßen bescheuerte Idee und ich konnte keinem wirklich sagen, wie sehr ich sie gerade bereute. Ich nahm die Batterien aus dem Fach und setzte die Puppe auf die Couch. Svenja wollte mit dem Feuerwehrmann Sam Puzzle von Ela spielen und ich überlegte gerade, wie ich diesen Fauxpas wieder gut machen konnte. Ich ging nach oben ins kleine Kinderzimmer und holte meine alte Babypuppe. Vielleicht erinnert Ihr Euch an sie. Das war die, die an unserer letzten Adventsfeiern als fliegender Engel über den Hof schwebte. Die machte definitiv keine Geräusche und bewegte auch nichts von alleine. Ich legte sie neben Svenja auf den Wohnzimmer-Boden und sie betrachtete sie zunächst skeptisch.

„Redet die auch?" Ich war das schlechte Gewissen in Person. Da hatte ich ja was Schönes angerichtet. „Nein, die tut ÜBERHAUPT nichts. Das ist einfach nur eine Puppe." Sie wollte noch ihren Kuschelanzug haben und dann in Ruhe gelassen werden. Wir haben dann zu dritt gefrühstückt, Svenja war noch so durcheinander von dem „Puppen-Theater" dass sie nichts essen wollte. Als ich nach ihr sah, versuchte sie gerade, meiner Babypuppe ihren neuen Kuschelanzug anzuziehen. Na, wenigstens was. Die kommenden drei Tage haben wir uns dann wieder mal völlig eingeigelt.

Und zu Svenjas großer Freude ziemlich viel gespielt. Zwar nicht wirklich irgendwelche Kinderspiele, aber wir haben sie in alles ganz eng mit eingebunden. Als wir mit der „WII" Bowling spielten, durfte sie mit Thorstens Hilfe kegeln. Und hat bei jedem Wurf gefiebert und gejubelt, wenn die getroffenen Kegel umfielen.

Außerdem haben wir mit ihr „Jahrmarktsspiele" gespielt, sie also mittels dem Controller Ringe werfen lassen, mit Bällen auf Flaschen schmeißen und auf Enten schießen. Das war ein unglaubliches Gejubel und Gejuchze. Und wir haben stundenlang gekniffelt. Svenja durfte für Thorsten würfeln und war mit Feuereifer dabei.

Wir waren auch zu viert in der Küche zugange. Schon länger war das Projekt „Nudel selber machen" geplant gewesen, und jetzt über die Feiertage hatten wir Zeit und Lust, es zu versuchen. Thorsten hatte extra noch ein Trockengestell geplant und gebaut, und als es ans Teig ausrollen und Nudel auf das Gestell hängen ging, war Svenja mit Begeisterung dabei. Alles in allem waren dieses mal die Weihnachtsfeiertage also einigermaßen erträglicher als noch vor einem Jahr. Ich durfte nur mal wieder nicht allzu sehr darüber nachdenken. Ich war immer noch „schief", so ganz langsam überlegte ich mir, was ich machen würde, wenn das jetzt so bleiben würde.

Die Woche „zwischen den Jahren" war sehr ruhig und fast schon entspannend. Entgegen der letzten Jahre beschlossen wir, dieses Jahr an Silvester mal kein Raclette zu machen, sondern jeder von uns bekam einen Ofenkäse vor die Nase gestellt. Das Baguette dazu buk ich selbst, eine Grundidee, die mich die nächsten Monate noch schwer beschäftigten sollte. Eigentlich wollten wir ja nicht mal wirklich bis zwölf Uhr wach bleiben. Aber Svenja lag im Bett und schaute fern und Ela, Thorsten und ich kniffelten so lange, dass sich das zu Bett gehen nicht mehr lohnte. In dem Jahr war in weiten Teilen Deutschland sowieso vieles anders. Böllern war, gerade in den größeren Städten verboten. Man hatte Angst vor Menschenansammlungen, und der damit unaufhaltsamen Verbreitung des Corona-Virus. Dass es einige Monate später noch genauso und sogar schlimmer aussehen würde, ahnte da noch niemand. Ich ging um zwölf raus und schaute in den Himmel. Eigentlich war ich fast den ganzen Abend gefasst und entspannt gewesen.

EIGENTLICH....

Jetzt, da ich da so ganz alleine stand und meine Blicke den vereinzelten Raketen folgten, kamen mir die Tränen. Unaufhaltsam, kaum zu stoppen. Ich hatte mich über eine Woche hinweg unglaublich zusammengerissen und wirklich geglaubt, ich könnte das alles ganz locker über die Bühne bekommen. Und immer, wenn ich das so denke, zeigen mein Kopf und mein Herz mir ihre zwei ausgestreckten Mittelfinger.

Ich ließ meinen Gefühlen minutenlang ihren Lauf, wirklich besser ging's mir aber danach nicht. Wieder ein Jahr vorbei. Wieder ein Jahr, in dem sich nicht wirklich etwas an unserer Situation geändert hatte.

Ich wollte so viel mehr. Wollte noch mehr Arbeit mit meinen Büchern, wollte wieder Lesungen halten können, mich mit Freundinnen treffen (dank Corona war das die letzten Wochen nicht mehr möglich gewesen, und außer Katharina hatte ich kaum jemanden zu Gesicht bekommen).

Ich wollte eine Lösung finden, um entweder endlich schwanger zu werden oder sonst irgendwie zu einem Kind zu kommen. Ich wollte wieder mehr schreiben und auch wieder Freude daran haben (ich hatte das die letzte Zeit über sträflich vernachlässigt, mir fehlte vollkommen die Konzentration und die Muse). Und ich wollte endlich auf eine gewisse Art und Weise wieder ein kleines bisschen glücklich sein. Wieder ein Jahr vorbei

... und meine kleine Krawalli fehlte mir mehr als zuvor.

Januar 2021 „endlich allein", „Bettgeschichten" und „die Küche wird zum Hauptquartier"

Am ersten Januar erwachte ich mit dem Gedanken: „dieses Jahr wird alles anders!" Ich malte mir schon aus, wieviele Lesungen ich organisieren würde, wo ich überall auftreten und was sich alles in diesem Jahr für uns ändern würde. HAHAHAHA!!!

Um aber schon mal keinerlei Langeweile aufkommen zu lassen kam de Vadder gleich am ersten Tag mit etwas ums Eck, von dem ich niemals gedacht hätte, dass es funktioniert. „Muddi, ich wäre dafür, Svenja nach oben auszuquartieren. Sie muss aus dem Schlafzimmer, das ist wirklich kein Zustand mehr!" Ich musste zugeben, wo er recht hatte, hatte er recht. Svenja war von Anfang an bei uns gewesen. Zuerst in unserer Mitte (im Gräwele wie der Odenwälder zu sagen pflegt), danach genau neben unserem Bett, in ihrem eigenen Bett, immer auf Augenhöhe mit uns. Aber die Abende wurden auch mit der Zeit immer anstrengender. Svenja motzte entweder über das Fernsehprogramm, darüber, DASS der Fernseher noch an war oder auch einfach, weil sie uns provozieren wollte (etwas, was sie nach wie vor perfekt beherrscht. Das mit dem Provozieren meine ich). Sie fuchtelte mit ihren Armen in der Weltgeschichte rum, schleuderte ihr Schaf „Emma" von einem Eck ins andere, schmatzte an ihren Fingern oder flüsterte leise vor sich hin. Alles in allem waren wir also immer weiter entfernt von einem entspannten Abend im Bett. Von allem anderen, was wir zu ZWEIT mal gerne wieder in Ruhe veranstaltet hätten mal ganz abgesehen…

Svenja sollte und musste also raus. Wir hatten ja im November 2019, auf ein Versprechen hin, unser altes Wohnzimmer oben in ein wunderschönes Kinderzimmer umgewandelt, inklusive eines Feuerwehrbettes für Svenja. Aber dahin wollte sie (verständlicherweise) alleine nicht. Und Ela hatte die Vorzüge des allein schlafens für sich entdeckt und blieb seit neuestem lieber in ihrem eigenen Schlafzimmer. Die nächste Option war also das alte Kinderzimmer. Es ist der erste Raum gleich nach dem Treppenaufgang und somit, bis auf die paar Stufen nach oben, ziemlich nah bei uns. Dazu kam, dass wir für dieses Jahr noch einen weiteren, größeren „Umbau" geplant hatten. Das muss ich aber erst kurz erklären, bevor wir mit Svenja weitermachen können: Unser Haus wird mit Strom geheizt.

Das heißt, in fast jedem Raum stehen Elektroöfen, sogenannte Nacht-speicheröfen. Damit halten wir unsere insgesamt knapp 300 Quadratmeter warm.

Unsere monatliche Stromrechnung ist so hoch wie manche Monatsmiete einer Drei-Zimmerwohnung inklusive Nebenkosten. Außerdem gibt es für diese Elektroheizungen nur zwei Einstellungen: Entweder an oder aus. Wenn sie „an" sind, kann man noch entscheiden, auf wieviel Grad sie den Raum aufheizen sollen. Blasen sie keine Warmluft in den Raum, sind sie trotzdem heiß. Macht man sie aus sind sie natürlich kalt. Will man sie aber dann wieder anmachen, weil es draußen vielleicht überraschend ziemlich kalt wird, muss man mindestens mal einen ganzen Tag warten, bis der Stromversorger genügend Strom „schickt" zum Aufheizen. Also wird's in den Übergangszeiten immer recht lustig. Weil man sich entweder vorkommt wie in einer Sauna und ist schon bei der kleinsten Anstrengung pudelnass geschwitzt, oder man friert sich den Hintern ab. Dazwischen gibt's eigentlich nichts. Und genau deshalb hatte Thorsten dann irgendwann die Idee mit den Pelletöfen. Wir hatten erst überlegt, was für uns am ehesten in Frage kommen würde. Holzöfen waren zwar etwas sehr schönes, aber bei näherem Nachdenken für uns gänzlich ungeeignet. Die Öfen sollten jeweils oben wie unten ins Esszimmer und dann mit ihrer Wärme drei Räume versorgen. Ela würde uns aber etwas husten, früh morgens anzufeuern. Sie hatte sowieso vor Feuer einigen Respekt. Und ich musste zugeben, dass auch ich wenig Lust hatte, morgens um fünf auf zwei Stockwerken für mollige Wärme zu sorgen. Dazu kam der Platz, den man brauchte, um einige Meter Holz zu lagern und die Gefahr, sich damit immer wieder einige meiner unbeliebtesten Tierchen mit ins Haus zu holen. Und ich hatte noch eine ganz persönliche Abneigung gegen diese Art von Wärme. Wenn ich in einen Raum kam, in dem gerade frisch angefeuert wurde, hatte ich das Gefühl, mir nimmt's die Luft zum Atmen. Klar war so ein anheimelndes, knisterndes Kaminfeuer etwas gemütliches und schönes. Aber die Holzpellets brennen schließlich auch. Und der große Vorteil bestand darin, dass sich die Öfen quasi von alleine anfeuerten. Man konnte sie auf eine gewisse Uhrzeit einstellen und hatte es beim Aufstehen kuschelig warm. Und das bisschen Pellets nachfüllen würde sogar ich locker hinbekommen. Also war klar: Wir bekommen zwei Pelletöfen.

Dass diese natürlich einiges an Platz wegnehmen würden, war uns bewusst. Wir nahmen also Maß, planten und holten uns Angebote ein. Als wir soweit waren mit unserer Planung stand fest: ein Schrank aus unserem Esszimmer musste raus, am ehesten ins Schlafzimmer. Wir haben im Wohnzimmer, Esszimmer und Schlafzimmer überall Möbel aus der gleichen Holzart, es würde also trotzdem wunderbar zusammen passen.

Aus dem oberen Esszimmer musste eine Vitrine weichen, auch diese sollte dann bei uns im Schlafzimmer ihren neuen Platz bekommen. Und deshalb war es spätestens da beschlossene Sache: Svenja musste das Feld räumen. Die Frage war nur: wie brachten wir ihr das bei?? Und wie würden wir das mit dem Zimmer hinbekommen?

Ihr Bett musste ja schließlich da rein, und eigentlich standen dort gerade noch Dinge, die wir unbedingt aufheben wollten. Ronjas Dinge. Ihr Bettchen, die Wiege, der Kinderwagen, der Maxi Cosi… alles unglaublich kostbare Erinnerungen (die wir hoffentlich irgendwann nochmal benutzen durften). Thorsten räumte sie kurzerhand rüber ins große Kinderzimmer, mich verbannte er in der Zeit nach unten. Ich war ihm dankbar dafür. Dann musste Svenjas Bett abgebaut und ein Stockwerk höher wieder aufgebaut werden. Wir waren alle drei mit Feuereifer bei der Sache. Also Ela, Thorsten und ich. Svenja hatten wir ins Wohnzimmer auf den Boden gelegt und ihre Lego-Kiste zu ihr gestellt. Wir hatten beschlossen, gar keine große Sache daraus zu machen, sondern Svenja mehr oder weniger vor vollendete Tatsachen zu stellen. Nein, nicht auf die Art „so, Tschüss, ab heute schläfst du oben." Sondern mehr so „du bist groß, du bist toll, du wirst das schaffen. Das wird super!" Und ich war guter Dinge, dass das genau so war. Als Thorsten den Lattenrost von Svenjas Bett anhob, um danach das Gestell auseinander zu schrauben, holte ich ganz tief Luft. Das Folgende klingt zwar jetzt nicht wirklich nach „Super-Hausfrau", aber ich kann's erklären. Unser Bett und Svenjas Bett standen an Thorstens Seite ganz eng beieinander. Thorsten musste über Jahre hinweg seitlich wie ein Krebs ins Bett, weil es anders nicht ging. Dementsprechend war saubermachen UNTER Svenjas Bett eine echte Herausforderung, und alles, was irgendwann mal ins hintere Eck gerollt war, war erstmal verschollen. Natürlich saugte und wischte ich, aber ich wusste, da würden eventuell Dinge zum Vorschein kommen, die ich (wenn auch absichtlich) verdrängt hatte. Und so war es! Ich erspähte einen Schnuller, den ich mir schnappte und in die Tasche vorne an meinem Pulli stopfte. Noch bevor ich aber weiter gucken konnte, sagte Thorsten von hinten:

„Geh mal schnell hoch und hole Ela, die muss mir gerade mal was helfen.

Und wenn du oben bist, kannst du gleich mal schauen, ob das mit dem Bett so passen könnte." Ich kniff leicht verwundert die Augenbrauen zusammen, sagte aber nichts, sondern ging nach oben und schickte Ela runter. Dann sah ich mich wie befohlen in Svenjas neuem Refugium um und zuckte mit den Schultern. Ich ging auf einen Sprung rüber ins große Kinderzimmer, wo Thorsten alles, was er hierher gebrachte hatte, mit großen Decken verhüllt hatte. So konnte ich mehr oder weniger gefahrlos immer das Zimmer betreten, wenn ich etwas holen musste. Dann ging ich wieder runter. Thorsten baute gerade das Gestell auseinander, und Ela hatte den Staubsauger auf Anschlag. Ich schaute zu Boden und sah, dass irgendwas fehlte, wusste aber nicht genau was. Mein Mann hatte mich also mit einem geschickten Ablenkungsmanöver weggelockt um etwas zu entfernen, was mir wahrscheinlich wieder tagelang das Herz gebrochen hätte. Einige Tage später erfuhr ich dann, dass es ein Schuh war, der in dem Moment aus meinem Blickfeld verschwand. Ich war so voller Liebe wegen dieser Aktion, dass ich DESWEGEN fast geheult hätte. Diese Art, mitzudenken und immer auf alles zu achten ist wahrlich nicht selbstverständlich, und ich weiß das unheimlich zu schätzen. Nachdem die beiden alles nach oben getragen hatten und anfingen, wieder aufzubauen, machte ich unten im Schlafzimmer gründlich sauber. Dann rief Thorsten mich hoch. Svenjas Bett stand wieder und ich konnte es beziehen. Als wir fertig waren schauten wir uns zufrieden um. Das Zimmer ist verhältnismäßig klein und hat zudem noch eine ausgeprägte Dachschräge. Aber mit dem Bett darin und einem Fernseher (für Svenja essentiell wichtig!) auf dem gegenüberliegenden Regal erschien es gemütlich und zum Schlafen absolut ausreichend. Zum Spielen konnte sie weiterhin mit runter ins Wohnzimmer auf den Boden, außerdem hatte sie auch sonst immer gerne stundenlang im Bett gespielt. Mal sehen, ob sie das nun immer noch wollte. Noch hatte sie das Zimmer nicht wirklich gesehen. Thorsten holte sie aus dem Wohnzimmer und im Laufen zeigte ich ihr, wo WIR schlafen und wie kurz doch eigentlich der Abstand zu uns und ihrem neuen Domizil sei. Oben angekommen ließen wir sie ihr Zimmer in Augenschein nehmen und legten sie dann aufs Bett. Svenja wirkte äußerlich zwar sehr zufrieden, aber beim genaueren Betrachten traute ich dem Braten nicht wirklich. Die nächsten Tage würde es sich zeigen, ob wir wieder umräumen würden müssen. Jetzt waren wir erstmal übermütig genug, um den einen Schrank aus dem Esszimmer auf den nun leergewordenen Platz im Schlafzimmer zu stellen.

Auf meinen leisen Einwurf hin was denn wäre, wenn Svenja partout nicht oben bleiben wollte meinte mein Gatte nur achselzuckend: „Dann räumen wir halt wieder um." Tja, so einfach war das also.

Die erste Nacht war wie zu erwarten ziemlich unruhig.

Ela hatte sich bereit erklärt, nach Svenja zu sehen. Sie war ja nur drei Zimmer entfernt. Als ich morgens als erstes hochsprintete, um nach ihr zu sehen, war Svenjas Zimmer leer. Also ging ich wieder runter und wartete, bis die beiden Damen wach waren.

Ela berichtete später, dass sie noch zweimal bei Svenja gewesen war. Und jedesmal war sie noch wach und wollte nicht alleine schlafen. Ela hat sie dann kurzerhand mit zu sich ins Schlafzimmer genommen. „Ich war dann auch beruhigter, ich wollte nicht, dass sie da so alleine liegen muss." Die zwei sind schon etwas ganz Besonderes. Und es war ja auch die erste Nacht, wir wollten abwarten, was die nächsten Tage so bringen würden. Am nächsten Abend legte sich Ela zum Schlafen in ihr Wohnzimmer und ließ alle Türen offen. So war sie einen Raum näher bei Svenja und würde sie hören. Thorsten meinte morgens grinsend: „Ich bin mal gespannt, wann sie sich mit dem Schlafsack vor Svenjas Tür legt." Ich musste lachen, aber so ganz war das noch nicht das Gelbe vom Ei. Wir hatten mittlerweile alles so umgeräumt, dass die neuen Öfen problemlos Platz hätten. Und unser Schlafzimmer hatte sich in eine wahre Erholungs- und Kuschel-Oase verwandelt. Ich war eigentlich wenig gewillt, darauf wieder zu verzichten. Und oh Wunder: ungefähr eine Woche nach Svenjas „Umzug" hatte sie es geschafft! Sie schlief ganz alleine in ihrem Zimmer, ohne nachts von Ela geholt werden zu wollen und Ela war wieder in ihr Schlafzimmer zurückgekehrt. Thorsten hatte für Svenja noch eine Funk-Klingel besorgt und ihr einen Halter für den Klingelknopf gebaut. So konnte sie sich jederzeit melden, wenn sie etwas wollte oder brauchte. Und ich konnte den Empfänger überall mit hin nehmen. Außerdem bekam sie noch eine kleine, rosa Fernbedienung für den Fernseher. Damit konnte sie zwischen drei Kanälen wählen, die sie am liebsten schaute. Das waren „KIKA", „Super RTL und… Eurosport! Ja, unser Kind guckt Sport. Sie liebt Wettkämpfe jeglicher Art und fiebert jedesmal (gerne lautstark) begeistert mit. Am meisten mag sie „Ninja Warrior Germany" …. Und somit hatte unser Leben mal wieder einen völlig neuen Abschnitt erreicht. Mittlerweile muss sogar die Tür geschlossen sein, wenn sie spielt oder fern sieht.

Früher bei uns im Schlafzimmer ein absolutes Unding. Da war ihr Gebrüll über die ganze Straße zu hören, wenn die Tür mal aus Versehen zufiel. Und wir waren zum ersten Mal seit über acht Jahren nachts wieder alleine im Schlafzimmer. Zum Glück, denn unser nächster gemeinsamer „Ausflug" zu zweit sollte uns eine mehr als sinnige Erkenntnis bringen.

Und somit kommen wir zu Teil 2 des Kapitels „Bettgeschichten". Es war der 05.01., also genau der Tag von Svenjas „Umgewöhnung".

Ich hatte mich Ende des vergangenen Jahres nochmal mit dem Thema „Kinderwunschklinik" auseinandergesetzt und war auf eine Klinik in Gelsenkirchen gestoßen.

Die versprachen laut ihrer Homepage, auch noch Frauen reiferen Alters eine Chance zu geben. Genauer gesagt bis 46! Da lag ich ja mit meinen noch nicht ganz 45 genau richtig. Ich telefonierte also und berichtete von unserer Ausgangssituation und bekam dann an besagtem Tag im neuen Jahr einen ersten Termin.

Und da unser Weg ja nun nicht gerade der Kürzeste war (immerhin waren wir für EINE Strecke schon mal gut drei Stunden unterwegs) sollte an dem Tag schon mal alles Mögliche gemacht und untersucht werden. ICH hatte damit nicht wirklich ein Problem (auch wenn mir offenbar gleich mal eine Gebärmutterspiegelung bevorstehen sollte). Das etwas größere Problem war mein Gatte. So manches würde nun also auch ihm bevorstehen, um das er in Heidelberg im Kinderwunschzentrum bisher erfolgreich drumherum gekommen war. Ich möchte hier nicht näher darauf eingehen, aber es gibt nun mal eben Dinge, die Männer „auf Befehl" und unter Beobachtung nicht wirklich gerne tun. Als ich ihm berichtete, was an dem Tag alles gemacht werden sollte, war seine erste Antwort erwartungsgemäß ein perplexes „GEHT'S NOCH??" Wir führten lange (und zugegebenermaßen ziemlich lustige) Gespräche und irgendwann meinte er dann: „Also gut, für dich würde ich ja alles tun." Ich war so glücklich, dass er sich dazu überwinden wollte, schließlich wusste ich, wie schwer es ihm trotzdem fallen würde. Und ich entwickelte ganz langsam die Hoffnung, dass wir unserem Traum damit ein großes Stück näher rücken würden. Und dass er ohne zu murren sofort bereit war, diese Wahnsinns Strecke mit mir zu fahren (vielleicht über die nächsten Monate hinweg sogar noch mehrmals) zeigte mir mal wieder, wie sehr er mich doch liebte.

Wir machten uns also am 05. morgens gegen sieben auf den Weg in den Ruhrpott. Im Korb unsere Kaffeekanne „to Go" und ein paar belegte Brötchen. Um elf Uhr sollten wir dort sein. Inklusive zweier Pausen parkten wir gegen halb elf in der Nähe des Gebäudes. Ich schnappte mir meine sämtlichen verfügbaren Unterlagen und wir machten uns auf die Suche nach der Praxis. Die lag in einem riesigen Gebäudekomplex.

Ich sah Thorsten seine Nervosität sehr wohl an, als wir an der Anmeldung unsere Ausweise vorzeigen mussten und dann einen ganzen Stapel Papiere zum Ausfüllen zum in die Hand gedrückt bekamen. Wir begaben uns ins Wartezimmer und ich war auf der Stelle wie im falschen Film. Ich war mit der Vorstellung hierher gekommen, dass es sich hier ja schließlich um eine KinderWUNSCHklinik handelte, also dass hier nur Paare sitzen würden, die sich Kinder WÜNSCHTEN.

Das hier auch Paare sein könnten, die bereits Kinder hatten, hatte ich nicht auf dem Schirm. War aber natürlich dann genau so. Im Wartezimmer flitzte ein kleines, türkischstämmiges Mädchen herum, schätzungsweise eineinhalb, zwei Jahre alt. Ich ignorierte es gekonnt (kleine Kinder ignorieren konnte ich ja mittlerweile aus dem Effeff) und widmete mich dem Papierstapel in meiner Hand. Gewissenhaft füllte ich alles aus und machte Kreuze auf den Bögen mit meinem Namen. Dann machten wir mit Thorstens Bögen weiter. Und kamen irgendwann zu den Bögen mit der Erklärung zur Spermiogramm-Vorbereitung. Und da stand was von Blutwerten… „wenn die hier Blut wollen geh ich wieder, das weißt du!" Oh ja, das wusste ich. Und bisher hatte davon ja auch noch keiner was gesagt. Also ging ich mal davon aus, dass das nicht wirklich notwendig war. Schließlich hatte das ja eigentlich mit Blut erstmal nichts zu tun. Ich beruhigte meinen Mann und gemeinsam befassten wir uns mit den Aufklärungsbögen für die Gebärmutterspiegelung. Ach du liebes Lieschen, so richtig lustig würde das wohl nicht werden. „Na, da haste dir ja einiges vorgenommen." Mein Mann grinste leicht süffisant. Ich blinzelte ihn an. „Naja, du doch auch." Dann lachte ich. Und er verzog gespielt gequält das Gesicht. Aber egal, ich wusste ja, für was wir das hier taten. Und schließlich war Thorsten ja auch überaus gewillt, seinen Teil dazu beizutragen. Als wir aufgerufen wurden, hatte ich kalte Hände vor Aufregung. Die Ärztin war unglaublich nett. Sie hatte sich im Vorfeld schon mit unserer Geschichte befasst und erklärte uns ohne Umschweife und Beschönigung die Vor -und Nachteile einer künstlichen Befruchtung.

Dann erklärte sie mir (leider auch ohne jegliche Art der Beschönigung) die Prozedur der Gebärmutter-spiegelung. Und DANN wandte sie sich Thorsten zu. „Und bei Ihnen machen wir heute dann auch gleich noch das Spermiogramm." Und mein Held nickte zustimmend. „Gut, dann rede ich gleich noch mit dem Labor wegen der Blutwerte. Oder haben Sie aktuelle Werte dabei?"…

Und mein Held wurde erst grün und dann leichenblass. Und ich ahnte, dass es ab genau diesem Augenblick vorbei war. Ich schüttelte den Kopf und war mit einem Mal sehr, sehr müde. Thorsten neben mir ließ mich erst gar nicht mehr zu Wort kommen. „Oh nein, Muddi, das weißt du. Alles, nur keine Blutentnahme. Ich mache alles mit, aber Blut nehmen lasse ich mir nicht!!!" Ja, das wusste ich. Zaghaft fragte ich die Ärztin: „Muss das wirklich sein? Ich meine, kann man das nicht auch ohne aktuelle Blutwerte machen?" Aber eigentlich wusste ich natürlich ihre Antwort.

„Nein, das Labor geht ja mit Körperflüssigkeiten um. Da ist ein negativer AIDS-Test sowie weitere Parameter absolut notwendig! Ich frage gerne mal im Labor nach, aber mache Ihnen da keine allzu großen Hoffnungen." Sie lächelte unsicher und verließ dann den Raum. „Muddi, es tut mir leid, aber das weißt du. Ich kann das nicht. Alles nur nicht das. Ich weiß, ich würde jetzt „Ja, dann macht halt" sagen und wenns drauf und dran geht, würde ich doch wieder kneifen. Ich kann das nicht, ich konnte das noch nie!" Oh ja, wusste ich nur zu gut. Und ich wollte, er würde endlich aufhören, sich zu rechtfertigen. Ich war mir bewusst, dass das Abenteuer „künstliche Befruchtung" hier in diesem Moment sein jähes Ende fand. Ich spürte regelrecht seine Qual und seine unfassbare Hilflosigkeit. Er wollte mir so gerne all das ermöglichen, hatte aber seine ganz persönliche Grenze hiermit erreicht. Die Ärztin kam zurück und meinte, noch im Türrahmen stehend: „Es tut mir leid, aber das können wir Ihnen leider nicht ersparen. Sie können aber gleich rüber ins Labor und wir bereiten Ihre Frau für die Spiegelung vor." Ich schüttelte den Kopf, zum wiederholten Mal in den letzten paar Minuten. Thorsten schüttelte auch, aber gleichzeitig wirkte er unglaublich verzweifelt. „Wir brechen hier ab, ich werde auch die Spiegelung nicht vornehmen lassen!" Wegen diesem Satz hätte ich mir im Nachhinein noch in den dicken Allerwertesten beißen können. Ich hätte die Spiegelung trotzdem machen lassen sollen, dann hätte ich wenigstens über mein Innenleben schon mal ein wenig mehr Klarheit gehabt. Gerade wegen dieser neu aufgetreten

Gebärmutter-Wucherungen. Die Ärztin starrte uns an, als hätten wir völlig den Verstand verloren. „Sie wollen gehen?? Aber warum denn?" Thorsten verzog erneut gequält das Gesicht, dieses Mal aber nicht gespielt. Er versuchte sein Dilemma zu erklären, und ich unterstütze seine Aussagen mit einem resignierten „glauben Sie mir, das Thema hat sich an dieser Stelle für uns erledigt." Ich sah ihr an, dass sie das nicht wirklich glauben konnte, was sie da gerade hörte. Sie versuchte es erneut. „Aber Herr Weber, das ist doch nur ein ganz kleiner Piks, den spüren Sie doch kaum. Und wenn wir einmal alle Werte haben können wir doch damit arbeiten. Das Spermiogramm hätten Sie dann doch auch gemacht." Ich spürte regelrecht ihr absolutes Unverständnis, trotz allem war sie weiterhin herzlich und freundlich. Und ich tat ihr augenscheinlich unglaublich leid.

Ich stand auf und nahm meine Tasche. „Danke für Ihre Zeit und Ihre Mühe, aber für uns ist diese Reise hier zu Ende." Ich nickte ihr freundlich zu und musste gleichzeitig aufpassen, nicht laut los zu heulen. Noch im Rausgehen sagte sie zu Thorsten: „Überlegen Sie es sich doch noch einmal. So eine Blutentnahme geht doch ganz schnell."

Ich wollte nur noch hier raus. Also sagte ich: „Lassen Sie es gut sein, das bringt nichts. Ich kenne die Ängste meines Mannes zur Genüge, und das ist nun mal eine seiner Größten!" Wir verabschiedeten uns und verließen schweigend das Gebäude. Auf dem Weg zum Auto passierte dann das, worauf ich jetzt so absolut keine Lust hatte und wovor es mir wahnsinnig graute: Thorsten fing an, sich zu entschuldigen. „Muddi bitte, du weißt ich kann das nicht. Sei mir bitte nicht böse. Ich weiß, ich habe dir gerade alles genommen, es tut mir auch unglaublich leid. Aber ich kann in dem Fall nicht über meinen Schatten springen, ich kann nicht aus meiner Haut. Ich kann das einfach nicht. Bist du mir sehr böse? Bestimmt bist du jetzt sauer."

Ich saß im Auto, starrte aus dem Beifahrer-Fenster und versuchte, meine Gefühle zu definieren. Nein, ich war nicht sauer oder böse auf ihn. Ich war einfach nur maßlos enttäuscht. Und das versuchte ich ihm klar zu machen. Bis wir auf der Autobahn waren, hatte ich sogar immer noch die klitzekleine Hoffnung, er kehrt um und spielt für mich den Held. Aber ich wusste auch nur zu gut, dass sein Kindheitstrauma (oder was auch immer das damals in ihm ausgelöst haben mochte) das nicht zulassen würde. Diese drei Stunden Heimfahrt würden somit wohl mehr als anstrengend werden. Aber dann fingen wir an, zu reden. Über alles Mögliche.

Ich erzählte ihm, dass ich diesen Termin ein wenig als unsere allerletzte Chance angesehen hatte. Dass ich mit diesem Gefühl dort hin bin, dass die unseren Traum von einem Baby problemlos würden erfüllen können. Diese Vorstellung, dass man mir quasi ein „Baby" einpflanzen würde, was dann nur noch zu wachsen bräuchte, trug mich über die Wochen hinweg über den Tag. Ich hatte mir das so einfach und komplikationslos vorgestellt, immerhin wäre der Embryo dann ja schon mal an Ort und Stelle. Ich sah mich im Geiste schon es meinen Freundinnen sagen, Umstandskleider kaufen und Namen aussuchen. Jetzt war ich von dem einen auf den anderen Moment aus meinen Zuckerwatte-Träumerein herausgerissen worden. Und das versuchte ich, ihm zu erklären.

Und dann kam auf einmal etwas wirklich unerwartetes von der Fahrerseite: „Ruf doch da nochmal an und frage, ob wir nicht auch eine anonyme Samenspende nutzen könnten." ...

Ich schaute ihn von der Seite an und glaubte erst, ich hätte mich verhört! „Du weißt aber schon, dass das Kind dann nicht von dir wäre, oder?"

Thorsten nickte. „Aber wenn es doch das Einzige wäre, um dich endlich wieder ein bisschen glücklicher zu machen? Und ich würde das Kind doch trotzdem lieben. Immerhin bin ich ja jetzt an allem schuld!"

Und genau in dem Moment brachen bei mir alle Dämme. Ich heulte wie ein kleines Kind, vollkommen hilflos und voller Schmerz. „Du bist an gar nichts schuld. Die Schuld liegt einzig und allein an mir. Ronja war perfekt, sie war alles, was ich mir je gewünscht und erträumt hatte. Hätte ich doch nur nochmal nach ihr geschaut. Ich hätte mich vergewissern sollen, dass sie bei Svenja ist. Ich hätte nach ihr rufen sollen oder Chantal sagen sollen, sie solle warten, bis ich nach ihr geschaut habe. All das habe ich nicht getan. ICH bin schuld, dass sie nicht mehr bei mir ist. Weil ich mir so sicher war, dass sie bei Svenja geblieben war. Hätte ich doch nur noch einmal nach ihr gerufen...."

Wir waren mitten auf der Autobahn, Thorsten konnte unmöglich anhalten. So offen hatte ich noch nie über diesen Tag und über meine Gefühle gesprochen. Ich versuchte, all das tief in mir zu vergraben und zu verdrängen. Jetzt, nach diesem Moment, in dem ich all meine Hoffnungen schwinden sah, brach meine ganze Verzweiflung und Trauer durch und machte sich in einem unglaublichen Gefühlsausbruch Luft. Thorsten hielt meine Hand ganz fest und sagte dann ernst und voller Liebe: „Du hast keine Schuld, das hätte und würde ich niemals behaupten. Wenn an diesem Tag nichts passiert wäre, dann vielleicht an irgendeinem anderen. Du sagst doch immer, sie war dazu bestimmt, ein Engel zu sein. Und das glaube ich inzwischen auch. Und jetzt ruf dort an und frag nach. Vielleicht gibt's ja doch noch eine Möglichkeit." Er lächelte mich an und ich hätte ihn auf der Stelle küssen können. Wir hatten noch nie darüber geredet und zu wissen, dass er mir keine Schuld gibt, war für mich ein unglaublich wichtiges Gefühl. „Die denken bestimmt auch, wir hätten nicht alle Latten am Zaun, wenn ich jetzt mit so einer Frage ums Eck komme." Entgegen aller momentanen Gefühle musste ich grinsen. „Ist doch egal, mach einfach. Mehr als „Nein" sagen können die doch nicht." Also wählte ich und ließ mich mit unserer behandelnden Ärztin verbinden. „Na, hat es sich Ihr Mann anders überlegt?" Ich hörte sie regelrecht schmunzeln. „Nein, mein Mann hatte aber gerade eine ganz andere Idee. Wie sähe es denn mit einer Samenspende aus? Käme so etwas für uns in Frage?" Gespannt wartete ich auf Ihre Antwort, die nach ein paar Sekunden zunächst nur aus einem erstaunten „Puhh" bestand. „So einfach geht das leider nicht. Um eine Samenspende zu erhalten, müssen wir bei Ihrem Mann eine Unfruchtbarkeit nachweisen können. Und dafür bräuchten wir natürlich zuallererst das Spermiogramm. Und somit wären wir am gleichen Punkt wie vorhin. Aber Frau Weber, ich möchte Ihnen mal in aller Deutlichkeit etwas erklären. Ich glaube nämlich, Sie sind sich darüber nicht wirklich im Klaren."

Ich setzte mich aufrechter hin und war zum Zerreißen gespannt. „Nur, weil wir Ihnen ein bereits befruchtetes Ei einsetzen, heißt das NICHT, dass Sie automatisch dann auch schwanger bleiben. Wir machen im Endeffekt nur das, was Sie Beide doch eigentlich auch ganz gut alleine hinbekommen. Immerhin waren Sie ja schon zweimal schwanger in der Zeit. Da wir lediglich für eine gesicherte Befruchtung außerhalb Ihres Körpers sorgen werden, aber nichts an Ihrer altersbedingten Eizellen-Qualität ändern können, ist die Gefahr, dass der Embryo wieder abgeht genauso groß, als wenn Sie es weiterhin auf natürlichem Weg probieren."

DAS musste ich jetzt erstmal für einen Moment sacken lassen. Und mehr als „Ohhh" fiel mir dann auch erwartungsgemäß nicht ein. Die Ärztin sprach weiter. „Ich wollte nur, dass sie Ihrem Mann jetzt keine allzu großen Vorwürfe machen. Denn an der Gesamtsituation hätte es sowieso nicht allzu viel geändert. Sie sollten einfach weiter machen wie bisher, sparen Sie sich diese ganzen Hormonbehandlungen, aufwändigen Fahrten hierher zu uns, den psychischen Druck und vor allem auch das viele Geld. Und versuchen Sie es weiterhin auf natürlichem Wege. Der Erfolg der bisher zwei aufgetretenen Schwangerschaften ist doch eigentlich ein gutes Zeichen. Ich wünsche Ihnen und Ihrem Mann alles Glück der Welt. Setzen Sie sich aber bitte nicht unter Druck. Und wenn Sie doch nochmal Hilfe möchten, dann wenden Sie sich gerne wieder an uns." Ich legte auf und war sprachlos. SO hatte ich das alles noch überhaupt nicht gesehen. Thorsten sah mich fragend und leicht nervös an. „Und? Was meint sie?" Ich atmete tief aus, dann strahlte ich ihn an. „Sie meint, wir sollen wieder mal richtig Spaß im Bett haben!"

Wie gut, dass Svenja mittlerweile aus unserem Schlafzimmer verschwunden war....

Somit hätte das Kapitel „Bettgeschichten" also für alle Seiten einen ziemlich zufriedenstellenden Ausgang gefunden.

Kommen wir also zu dem Thema „Küche". Man weiß ja, dass ich mich dort eigentlich sehr gerne aufhalte. Zum Einen zum schreiben, zum Anderen zur Herstellung diverser delikater Speisen. Früher, als ich problemlos noch alles kochen und essen konnte, sogar noch viel lieber. Ich kochte nämlich eigentlich für mein Leben gern und experimentierte auch gerne mal mit Gewürzen und Lebensmitteln. Jetzt hatte ich ja seit geraumer Zeit wieder Kinderriegel für mich entdeckt. Aber mir einfach nur in schöner Regelmäßigkeit einen Riegel zwischen die Kiemen zu schieben war jetzt auch nicht gerade das Highlight schlechthin. Irgendwann im Dezember bekam ich ein Rezept für einen Brotaufstrich mit Kinderriegel aus dem Thermomix zugeschickt. Ähnlich einer bekannten Nuss-Nougat Creme. Kinderriegel, Butter, Sahne. Völlig ungefährlich also. Ich war fast schon aufgeregt, als die heiße Masse in ein Glas floß und dann verschlossen zum Abkühlen in die Ankleide kam. Als ich am nächsten Tag vorsichtig das erste Messer voll auf meinen Toast strich und abbiss, wähnte ich mich sogleich im siebten Himmel. Ich hatte eine neue Komponente für meinen kargen Speiseplan! Und sofort war meine Neugierde geweckt. Da ging doch bestimmt noch mehr. Ich trieb mich tagelang in Google herum und hatte am Ende eine beachtliche Menge an Rezepten für jegliche Art von Süßspeisen unter Zugabe von Kinderriegeln. Von Muffins, über Kuchen, Eis, Pudding und Keksen waren sogar Pralinen und alkoholfreier Likör dabei. Ich war hin und weg. Und ab Januar eigentlich dann nur noch am Backofen zu finden. Meine so produzierten Köstlichkeiten fanden bei meiner Familie reißenden Absatz und brachten mir in Windeseile das eine oder andere mühsam verlorene Kilo wieder. Aber das war mir schnuppe. Was waren schon fünf Kilo gegen einen so lang entbehrten Genuss? Inzwischen hatte ich auch herausgefunden, dass Pizzagewürz hervorragend funktionierte (völlig abstrus eigentlich beim genaueren darüber nachdenken). Also wurde all das, was ich „deftig" würzen konnte, mit Salz, Pfeffer und eben reichlich Pizzagewürz versehen. Und ich bekam wieder mehr Lust an der Kocherei. Ungewürztes Fleisch jeder Art funktionierte ja, also erfand ich die abenteuerlichsten Gerichte. Ich begann, alles erdenkliche selbst zu machen. Brot buk ich ja nun schon eine ganze Weile nur noch selbst, sogar mein Mann fand es mittlerweile viel besser, als das gekaufte. Mit jeglicher Art von Milchprodukten konnte ich ja schon immer arbeiten und eine bestimmte Sorte Tomatensoße funktionierte auch hervorragend. Somit war das Thema „Soße" also auch nicht mehr wirklich ein Problem, auch wenn mir eine „echte" Bratensoße natürlich weiterhin verwehrt blieb. Aber endlich hatte ich wieder ein wenig Spaß in der Küche und war nicht mehr so stupide an meine Allergien gefesselt. Ich probierte öfter mal Dinge aus, wobei ich aber nie mutig genug war, mich auch mal an „gefährlichere" Dinge wie Marmelade, Karotten, Paprika oder bestimmte Obstsorten zu trauen. Mein absolutes Highlight in der Zeit waren (Achtung, wehe einer lacht jetzt!) POMMES… Ich hatte schon ewig keine Pommes mehr gegessen weil (und jetzt könnte es etwas kompliziert werden): Ich reagiere im Grund genommen offenbar allergisch auf Pollen, und habe dann im Laufe der Zeit diverse, nervige Kreuzallergien entwickelt. Also war mein Grundgedanke zum Thema Pommes: die werden ja in SONNENBLUMENÖL oder RAPSÖL frittiert. Also Öl aus Dingen, die irgendwann mal geblüht haben. Und dann kommt das in die Pommes und ich schwelle beim Essen zu. Verstanden?? Falls nicht, könnte ich es keinem verübeln. Es war abstrus und entgegen jeder menschlichen Vernunft. Aber da hatte mein Hirn leider immer noch die Oberhand. Es entschied weiterhin, ob ich etwas vertrug oder eben nicht. Und wenn ich es versuchte, zu überreden, schickte es mir im Vorfeld schon soviel Panik, dass mir die Lust auf Experimente meistens ziemlich flott verging. Bis Thorsten und ich samstags mal wieder zusammen einkaufen waren. Ich nahm todesmutig eine Flasche Flüssigöl für die Fritteuse mit und beschloss: Heute Abend gibt es Pommes, und ICH werde sie essen!" Immerhin wurde das Fett doch richtig hoch erhitzt, und somit sollten doch dann sämtlichen Allergenen im Vorfeld der Garaus gemacht werden. Und tatsächlich.

Abends saß ich in der Küche und knabberte vorsichtig an meiner ersten Pommes seit gut zwei Jahren. Und zwar mit DER Technik, mit der ich IMMER Dinge ausprobiere, die mir eventuell zum Verhängnis werden könnten. Stellt Euch folgendes jetzt einmal bildlich vor: Ich sitze also in der Küche und habe ein Pommes-Stäbchen in der Hand. Zunächst wird es argwöhnisch angestarrt und daran gerochen. Nicht, dass allein der Geruch schon wieder etwas auslöst, hatten wir ja in der Vergangenheit schon zur Genüge. Dann fahre ich mir damit über die Lippen und warte ab, ob es anfängt zu kribbeln oder zu schwellen. Ich beiße gaaaanz vorsichtig ein Stück ab, lasse es ein paar Sekunden auf der Zungenspitze liegen und spucke es aus. Dann warte ich wieder ab. Danach beiße ich ein größeres Stück ab, kaue das ausgiebig und....spucke auch das wieder aus. Schließlich muss ich ja jetzt erst wieder abwarten. Wenn dann immer noch alles gut ist, getraue ich mich, ein Stück abzubeißen, es zu kauen und sogar herunter zu schlucken. Aber auch dann warte ich wieder ab. Und wenn ich nach all dem ein gutes Gefühl habe, also auch keine wirklichen Symptome oder Angst, ja DANN esse ich. Eigentlich gebührt mir für diese filmreife Essensverkostung jedesmal wieder ein Oscar. Leider stehe ich mit dieser Meinung ziemlich alleine da, der Rest denkt meistens nur, ich hätte einen absoluten Vollschaden und würde gerne die „Grüne Minna" verständigen.

Das, was ich an diesem Abend mit den Pommes gemacht habe, vollführte ich dann zwischendurch nochmal mit frittiertem Hähnchenfleisch, gekauften Aufbackbrötchen, Pizza und Bananen. Ihr seht, ich bin in DER Richtung unglaublich weit weg von Langeweile. Aber damit hatte ich mir innerhalb von ein paar Wochen ein, für mich, beachtliches Repertoire an Lebensmitteln „erarbeitet". Vielleicht wage ich mich als Nächstes sogar an Gemüse und Obst, also mal zur Abwechslung an etwas Gesundes. Um die Kalorien brauche ich mir ja erstmal keine Gedanken mehr zu machen, die gehören ab jetzt wieder mir. Und zwar ALLE!

Etwas, was wir im Januar (und Februar, März, April und vereinzelt sogar im Mai wohlgemerkt) dann auch noch hatten, war eine ganze Menge Schnee. Und zwar immer mal wieder. Ich war unglaublich genervt. Erstens, weil Svenja dann nicht abgeholt werden konnte. Nach „Klein-Sibirien" trauten sich unsere Johanniter-Fahrer nämlich nicht. Zugegebenermaßen war um die Uhrzeit, in der Svenja geholt wurde, unsere Straße oftmals weder geräumt noch gestreut. Und dementsprechend verdammt glatt. Ich war insgeheim heilfroh, sie nicht durch den Hof über das kurze, steile Stück raus auf die Straße schleppen zu müssen. Die Angst, mit ihr hinzufallen, war riesig. Also war sie in der Zeit überwiegend daheim und wir betrieben „Home-Schooling." Was uns allerdings dieses Mal zu einem Problem führte: Svenja besaß ein IPad, welches wir ihr vor ungefähr vier oder fünf Jahren mal gekauft hatten. Wir hatten insgesamt vier Stück davon, also Thorsten, Ela und ich. Und alle waren sie gleich. Die Schule hatte nun aber eine neue Zugangs-Plattform für den Online-Unterricht, und Svenjas Pad war schlichtweg zu alt, um sich dort einwählen zu können. Und damit natürlich ALLE unsere IPads. Wie gut, dass Ela zu der Zeit auch Zuhause war und sich vor geraumer Zeit ein neues IPad gegönnt hatte. Damit ermöglichten wir Svenja dann wenigstens zweimal in der Woche den Zugang zum Unterricht. Gleichzeitig beantragte ich bei unserer Krankenkasse ein neues Pad für sie. Svenja würde, wenn man das mal ganz realistisch betrachtet, niemals wirklich einen Stift richtig halten, geschweige denn schreiben können. Sie tat sich ja schon mit dem Drücken vereinzelter Knöpfe auf dem Tablet schwer. Ihr Tremor, der immer dann mehr und ausgeprägter wurde, je mehr sie sich konzentrierte, machte ihr des Öfteren einen Strich durch die Rechnung, wenn es um zielgenaues Drücken oder Verschieben von Buchstaben oder Zahlen auf dem Bildschirm ging. Ich war also voll von naivem Optimismus, dass sie spätestens bis Ende Februar ein neues, geeignetes Pad von der Krankenkasse ihr Eigen nennen durfte. Und selbst, wenn ich jetzt hier einiges an Spannung raus nehme: während ich das Kapitel schreibe, haben wir Mitte April und von einem neuen Pad fehlt bisher jede Spur. Ich streite nun also seitdem mit unserer Krankenkasse um ein Gerät, das meiner schwerbehinderten Tochter einzig und allein zum Lernen und schulischen Weiterkommen dienen soll. Und ohne das sie eben nicht in der Lage ist, adäquat am Unterricht teilzunehmen. Ich könnte mich maßlos aufregen. Ist aber meinem aktuellen Zustand abträglich, dazu erzähle ich Euch aber später noch mehr. Fakt ist, beim nächsten Corona-bedingten Lockdown ist Svenja nicht in der Lage, am Unterricht von zu Hause aus teilzunehmen.

Zweitens (warum mich der Schnee so dermaßen aufregte): ich war mal wieder komplett ans Haus gefesselt. Ja, Svenja war auch da, aber ich kam ja nicht mal mehr kurz auf den Friedhof. Manchmal war ich über eine ganze Woche am Stück nicht am Schatzkistenplatz. Dafür wurde ich in der Zeit immer dankbarer um unseren „Engelgarten".

Dort war sie mir weiterhin ganz nah. Auch wenn ich merkte, dass sich so ganz langsam und allmählich ein innerlicher Wandel vollzog. Und ich kann gar nicht mal genau sagen, woran das lag, oder was der Auslöser dafür gewesen war. Sie fehlte mir nach wie vor unfassbar. Am meisten fehlte mir der ganz normale Alltag mit ihr, dieses miteinander Zeit verbringen, sie überall dabei zu haben und mich um sie kümmern zu können. Sie anzufassen, zu umarmen, mit ihr zu spielen, zu schimpfen, zu kuscheln und die Welt zu entdecken. Das, was Mütter eben mit ihren Kindern so tun. Aber ich bekam immer mehr das sichere und auch untrügliche Gefühl, dass sie trotzdem immer in meiner Nähe war. Ich war schon lange sensibilisiert für das ein oder andere Zeichen von ihr. Und Ronja schickte sie mir in Massen. Überall dort, wo ich aufmerksam hinschaute und mit wachen Augen und offenem Herzen durch die Welt ging, fand ich etwas, was ich ihrem Dasein zuschrieb. Meistens waren das Dinge in Herzform, ein Blatt vor meinen Füßen, ein Stein, Wassertropfen, Schatten, Wolken, Bläschen in meinem Kaffee oder sogar Kartoffeln. Und wenn ich im Auto saß
und vielleicht ein wenig traurig war kam meistens ein Lied, dass sie entweder gemocht hatte, oder das mich wegen des Textes sofort an sie denken ließ. Ich war also ziemlich überzeugt davon, dass sie mir unglaublich nah war. Ich vermisste zwar ihre körperliche Nähe, fühlte mich aber nicht mehr ganz so alleine. Katharina meint zwar immer noch „ich habe so Angst um dich, irgendwann mal kommt bestimmt der ganz große Knall!", aber bis jetzt habe ich das Gefühl, ich könnte dem Zusammenbruch ganz gut entgehen. Im März hatte ich dann einen Traum, den ich nur deswegen hier schon mal vorwegnehme, weil er wunderbar an diese Stelle passt. Ich hatte eigentlich eine fürchterliche Nacht, war mal wieder wach geworden und hatte mich, aufgrund der doch viel zu frühen Uhrzeit dazu entschlossen, es irgendwie mit weiterschlafen zu probieren. Gegen halb vier muss ich dann tatsächlich nochmal eingeschlafen sein und habe folgendes geträumt: Ronja kam auf mich zu, irgendeine ältere Frau hatte sie an der Hand. Ich konnte allerdings nicht erkennen, wer das hätte sein sollen. Und mein Kind war ein wenig älter, schätzungsweise vier oder sechs Jahre alt. Sie fiel in meine Arme und ich konnte sie SPÜREN. Ich habe im Traum meine Arme fest um sie gelegt und habe sie wirklich und wahrhaftig gespürt. Und dann sagte sie zu mir „Es ist alles gut Mama, ich bin doch da!"…

Ich habe jedes einzelne Wort klar und deutlich verstanden und war, als um viertel nach fünf der Wecker klingelte, wie beseelt. Ja, sie war noch da, dessen war ich mir ab diesem Moment ganz sicher. Und wann immer ich sie am schmerzlichsten vermisse, wird sie mich besuchen kommen. Egal, auf welche Art und Weise auch immer.

Natürlich gebe ich zu, von „Verarbeitung" und Trauerarbeit wahrscheinlich meilenweit entfernt zu sein. Aber mal ganz ehrlich: wenn ich doch SO einigermaßen mit all dem zurechtkomme, warum sollte ich es dann anders machen? Nur weil es irgendein psychologisches Lehrbuch so vorschreibt und erwartet? Bestimmt nicht! Ich werde weiterhin MEINEN Weg gehen, ob der nun gut, realistisch, vernünftig und einfach ist oder eben nicht!

Als es Ende Februar dann endlich aufgehört hatte, zu schneien, und die Kälte es zuließ, dass ich die Erde bearbeiten konnte, waren der Schatzkistenplatz und der Engelgarten das Erste, wo der Frühling wieder einzog.

Februar und März: „Jetzt wird's so langsam eng", „ein Rucksack voller Probleme" und „ab jetzt geht's auch barfuß"

Fangen wir doch mal mit dem letzten Satz an. Alles andere kam nämlich sowieso erst danach. Wie sich wahrscheinlich jetzt so mancher NICHT gedacht hat, geht es dabei um unseren Hof. Mein kleiner, gemütlicher, sehr maritim gehaltener „Heimathafen". Dort, wo es im Sommer überall grünt und blüht, wo die Hoftür für lieben Besuch immer offen steht und wo ich stundenlang mit meinem Pad und meiner Kaffeetasse unter der Markise sitzen und meinen geistigen Ergüssen frönen kann. Apropos Kaffee (nur mal so am Rande): Ich hatte herausgefunden, dass das im Kaffee enthaltene Koffein durchaus eine potentielle Schwangerschaft verhindern konnte. Also jetzt nicht bei Frauen jüngeren Datums, wohl aber bei solch reiferen Exemplaren wie mir. Genauer gesagt stieg das Risiko einer Fehlgeburt unter vermehrtem Koffeinkonsum um sage und schreibe 50%. Ich war regelrecht schockiert wie Ihr Euch bestimmt denken könnt! Laut diverser Artikel würde für mich also höchstens eine Tasse am Tag reichen. Ein absolutes Unding! Schließlich waren meine Kaffeetasse und ich eins, sozusagen unzertrennlich. Ich hatte schon während meiner letzten beiden Schwangerschaften versucht, auf diese sogenannten „Getreidemalzkaffees" umzusteigen. Und bin jedesmal ziemlich schnell wieder von dieser Idee abgekommen. Jetzt, während der nun doch schon sehr langen Zeit des Wartens und Ausprobierens (wir waren mittlerweile immerhin im 19 „Übungs-Zyklus" angekommen) brauchte ich also dringend eine nach Möglichkeit wohlschmeckende Alternative, die mich nicht jeder Befruchtungschance berauben würde. Höchst skeptisch schwenkte ich also um, auf eine koffeinfreie Variante für unsere „Dolce Gusto". Und war wider Erwarten vom ersten Moment an völlig begeistert. Ab da waren meine drei bis fünf Tassen am Tag also wieder gefahrlos gesichert. Und immer, wenn ich merke, dass ich den Zyklus wieder mal abschreiben kann, darfs auch mal zwischendurch ein „richtiger" Kaffee sein.
So, jetzt bin ich abgewichen, was wollte ich denn?
Ach so, ja, die Sache mit dem Hof. Der ist immerhin so geräumig, dass ein großer Tisch mit drei Stühlen und drei Palettenbänken, sowie ein Strandkorb

und diverse Deko darauf Platz hat. Und er hat einen ziemlich unebenen, steinigen Boden. Thorsten überlegt schon seit Jahren, wie man den Untergrund anders gestalten könnte. Aber dafür müsste man den Beton-Boden raushauen, das wäre eine Heidenarbeit.

Auch über die Möglichkeit von Terrassendielen und Steinplatten haben wir intensiv nachgedacht. Aber waren bisher noch zu keiner wirklich akzeptablen Lösung gekommen. Zumal unser Hof nicht einfach rechtwinklig oder quadratisch ist, sondern hie und da kleine Ecken und unebene Abschnitte aufzuweisen hat. In den ersten einigermaßen schönen Tagen im Februar kam Thorsten dann auf folgende Idee: Teppich! Wir hatten ja schon unten an der Klagebank im vergangenen Jahr lilafarbenen Teppich verlegt. Und am und auf dem Engelgarten lag grauer Rasenteppich. Und genau der sollte es jetzt auch für den Hof sein. Außerdem wollten wir ein wenig umstellen und bei der Gelegenheit auch gleich den Grill loswerden. In unseren Nachbarn fanden wir dankbare Abnehmer. Bis vor zwei Jahren hatten wir noch wirklich gerne gegrillt. Eigentlich brauchten wir die Küche im Sommer überhaupt nicht, wir versorgten uns draußen, mit Bratwurst, Steaks, Grillkäse, Hähnchen, diversen Salaten und Soßen. Also mit allem, was zu einem gemütlichen Grillabend gehörte. Aber seit ich so massive Probleme mit dem Essen hatte, fiel Grillen natürlich erstmal aus. Und noch ein weiterer Punkt hielt mich völlig von dem „Barbecue-Vergnügen" ab: die Tatsache, dass ich dadurch Ronja mit am Tisch sitzen sah, wie sie vergnügt ihre ersten Bratwurst-Stückchen verdrückt. Diese Vorstellung hielt ich kaum aus. Und offenbar ging es Thorsten da nicht viel anders. Auf jeden Fall waren wir beide froh, als der Grill ein Haus weiter (beziehungsweise nach gegenüber) wanderte.

Nun, da etwas mehr Platz war, fing Thorsten an, auszumessen. Und am nächsten Tag fuhren wir in den Baumarkt, um drei große Rollen grauen Rasenteppich zu kaufen. Wobei, wir fuhren jetzt nicht dahin, gingen ins Geschäft und suchten aus. Sooo einfach war das schon lange nicht mehr. Nicht zu vergessen hatten wir ja immer noch Corona. Und bis vor einigen Wochen waren alle Baumärkte sogar noch komplett geschlossen. Jetzt gab es seit geraumer Zeit etwas, was sich „Click&Collect" nannte. Man konnte sich seine Ware übers Internet bestellen und bekam dann eine E-Mail, wenn sie fertig gerichtet und abholbereit war. Dazu gäbe es an dieser Stelle noch eine kleine Anekdote, sozusagen mal wieder eine typische „Muddi"-Aktion.

Thorsten war schon etwas länger der Meinung, ich bräuchte mal ein neues IPad zum Arbeiten. Immerhin war meins, wie ja eben Svenjas auch, schon ziemlich alt, und machte oftmals nicht mehr wirklich das, was ich von ihm wollte.

Er beschloss also, ein neues IPad für mich auszusuchen, und Ela und ich sollten es in Heppenheim im „Media Markt" abholen.

Das war an einem Samstag morgen Ende Februar, und als ungefähr drei Stunden später die E-Mail auf meinem Handy aufploppte, dass mein Gerät zur Abholung bereit läge, war ich hocherfreut und aufgeregt. Thorsten blieb bei Svenja, und Ela und ich fuhren frohgemut Richtung Heppenheim. Der dortige Elektroartikel-Markt liegt genau neben einem großen Baumarkt. Und wie zu erwarten befand sich in der abgesperrten Wartezone bereits eine riesige Schlange. Aber das Wetter war angenehm, wir hatten Zeit und waren gut gelaunt, also reihten wir uns ohne zu murren mit gebührendem Abstand zum Vordermann in die Reihe ein. Ich hatte mein Handy mit den Abholdaten in der Hand und unterhielt mich mit Ela über die diversen Möglichkeiten, die mir mein neues Pad bald zu bieten haben würde. Sie besaß nämlich genau das gleiche. Nach ungefähr 15 Minuten trat ein junger Mann zu uns und fragte nach meinem Namen und dem Abhol-Code. Bereitwillig lächelnd übergab ich ihm mein Handy und er notierte sich alles. „Dauert noch ein paar Minuten, wir rufen Euch dann." Wir nickten freundlich und ich sah mich ein wenig um. Irgendwie war ich von der Einteilung der Wartezone dann doch leicht irritiert und dann schlug ich erst leicht entsetzt die Hände vor den Mund und im nächsten Moment mit einem lauten „Patsch" an meine Stirn. Weiter vorne verließ gerade ein Mann das Gebäude, mit einem gepackten Einkaufswagen voller… „HOLZ"!

Wir waren in der falschen Schlange, hier standen Leute, die Baumaterial im hiesigen Baumarkt bestellt hatten und nun darauf warteten. Gegenüber beim „Media-Markt", wo ICH eigentlich stehen sollte, wartete… KEINER. Ich schubste Ela von der Seite an und deutete unauffällig mit dem Kopf in Richtung des Eingangs. Dann flüsterte ich: „lass es dir jetzt nicht anmerken, aber wir sind hier falsch. Wir werden uns jetzt geordnet und völlig unauffällig zur „Media Markt" Tür begeben." Natürlich war „unauffällig" so ne Sache, immerhin mussten wir beide jetzt wie bescheuert lachen. Endlich an der richtigen Stelle angekommen, hatte ich knapp zehn Minuten später mein neues Pad in der Hand und wir machten uns auf den Weg zurück zum Auto.

Gerade, als wir wieder am Baumarkt vorbeischlichen, rief einer „waren Sie nicht die Frau Weber? Sie wurden gerade aufgerufen." Ich zog den Kopf ein, nickte verlegen lächend, rief „schon okay, das hat sich erledigt" und huschte so schnell wie möglich ins Auto. Ich glaube, Ela und ich haben noch bis Wald-Michelbach über unsere eigene Verpeiltheit gelacht.

Jetzt aber zurück zum Teppich für den Hof. Auch den mussten wir also zwangsläufig vorbestellen, und konnten ihn aber dafür ein paar Stunden später fertig verpackt abholen. Riesige, graue Rollen, ich war schon gespannt, wie das mit dem Verlegen klappen würde. Dank des immer noch wirklich schönen Wetters blieben sie vorerst auf dem Hänger und Thorsten und ich machten uns daran, den Hof von dem unfassbar vielen Herbstlaub zu befreien. Unser Haus steht genau unterhalb eines großen Waldstückes und spätestens ab Oktober haben wir wirklich in jedem verfügbaren Winkel und in jeder noch so kleinen Ritze Unmengen an Laub (in diesem Jahr sogar noch bis in den Mai hinein). Mein Mann hatte sich drei Tage frei genommen und wollte bis dahin mit allem durch sein. Einige Stunden später war der Hof weitgehend sauber und wir begannen, den Tisch und die Stühle, sowie große Teile der Deko in die obere Garage zu räumen. Immerhin würden wir später Platz zum Verlegen brauchen. Und Thorsten wollte den Hof, inklusive Zaun vorher noch einmal gründlich abkärchern. Zum Thema „Deko" muss ich allerdings vorher noch etwas erwähnen: vielleicht könnt Ihr Euch noch an unsere „kleine Nordsee" erinnern. Ein „Palettengebilde" direkt vorne am Eingang zu unserem Hof. Thorsten hatte es 2018 ursprünglich für die Weihnachtsdekoration gebaut und im darauffolgenden Sommer wurde es dann in eine Art maritimen Hingucker verwandelt. Es handelte sich um drei Abschnitte. Im oberen stand ein großer, rostiger Leuchtturm und ein Anker im selben Stil. Außerdem unsere zwei Seemannsfiguren, die wir aus Norddeich mitgebracht hatten. Und das ein oder andere Schaf als Beigabe. Auf der nächsten Etage gab es einen Brunnen, der an warmen Sommerabenden fröhlich vor sich hin plätscherte. Und darunter wiederum hatte ich viele kleine Figuren arrangiert, die alle irgendetwas mit dem Thema „Meer" zu tun hatten. Inklusive einer schönen Windmühle und eines rot-schwarz-weiß gestreiften Leuchtturms.

Dieses „Paletten-Gebilde" stand an einer sehr abschüssigen Stelle und war sämtlichen Witterungen vollkommen ungeschützt ausgesetzt.

Und schon Ende letzten Jahres hatte Thorsten die Befürchtung gehabt, es würde nicht mehr allzu lange halten. Anfang Januar machte er dann Nägel mit Köpfen und riß das gesamte „Kunstwerk" ab. Und bei näherem Hinsehen bewahrheiteten sich dann auch seine Befürchtungen. Das Holz unter dem grünen Rasenteppich war extrem morsch und hätte keinen weiteren Herbst überlebt. Also hatten wir zwar jetzt am Eingang wieder unglaublich viel Platz, dafür aber auch einiges an sehr sperrigen Dekoteilen übrig. Und die sollten jetzt logischerweise im Hof ihren neuen Platz finden.

Und das musste man von vornherein ein wenig gestalterisch umplanen. Am nächsten Tag hieß es dann aber erstmal „ran an den Kärcher". In der schönsten „Vorfrühlingssonne" erstrahlte der kalte Betonboden und unser weißer Holzzaun ringsum bald wieder in schönstem Glanz. Dank des Wetters trocknete alles recht schnell, und nach einer gemütlichen Tasse Kaffee konnten wir anfangen, mit Elas Hilfe, die riesigen grauen Teppichrollen im Hof zu verteilen. Am späten Nachmittag stand fast alles wieder an Ort und Stelle. Also zumindest mal die vorhandenen Möbel. Der Strandkorb bekam einen neuen Platz vorne am Zaun, da wo vorher der Grill gestanden hatte. Unser „Rostleuchtturm" und der „Rost-Anker" bekamen passende Teppichuntersetzer und standen nun gut sichtbar im Hof. Die Seemann-Figuren fanden ihren neuen Platz auf den, von Thorsten aus Holz gezimmerten, Blumenetageren und warteten auf meinen hoffentlich baldigen Deko-Einsatz. Gegen Abend saßen wir auf dem Teppich und hatten alle ein ziemlich zufriedenes Grinsen im Gesicht. Das hatte sich doch mal wirklich gelohnt, und im Sommer, wenn wieder alles ringsum blühen würde und ich mich wieder überwiegend hier draußen aufhalten konnte, würde dieses neue, gemütliche Ambiente sehr zu meinem inneren Seelenfrieden beitragen. Dass sich das alles noch ewig hinziehen würde mit dem „gemütlichen Ambiente", und dass ich zwischendurch noch ein sehr viel größeres Problem bekommen würde….. sind wir doch mal ehrlich: wie gut, dass man das alles nicht schon vorher weiß!

Widmen wir uns nun mal dem in der Überschrift angedeuteten „Rucksack".
Das war eine dieser Erfahrungen, die mir heute noch nachhängen. Aber
mittlerweile bin ich, glaube ich zumindest, an den Punkt angelangt, an dem
ich weder die Kraft, noch die Nerven habe, weiter darum zu kämpfen. Gerade
weil ich auch nicht mehr wüsste, für was eigentlich. Doch bevor ich hier
weiter in unverständliche Sätze abdrifte: wir reden von dem Thema
„Pflegekinder". Das mit der Adoption hatte sich ja unwiederbringlich erledigt
(„zu alt und zu krank"), und das mit einem Pflegekind schwebte noch so ein
wenig unausgegoren mitten im Raum. Unser Jugendamt hatte uns ja dazu
schon ziemlich unverhohlen seine Meinung kundgetan, aber in so manchen
Dingen kann ich mich ja dann zu einer Art Wadenbeißer entwickeln. Wenn
ich etwas nicht ganz einsehen kann oder denke, dass sich da weitere
Bemühungen durchaus lohnen würden, kann ich ziemlich hartnäckig werden.
Thorsten hatte mich im Februar auf einen Bericht der bayrischen Landes-
Zeitung in Facebook aufmerksam gemacht. „Guck mal Muddi, Bayern sucht
händeringend Pflegeeltern. Und wir hier bekommen keine Chance." Ich
überflog den Artikel und schnappte mir dann kurzerhand „Google" und das
Telefon. Entschlossen suchte ich mir die Nummer des zentralen Jugendamtes
in München heraus und wählte. Ja, ich kenne da nichts. Ich meine, was habe
ich denn schon groß zu verlieren, wenn ich einfach mal höflich nachfrage?
Einige Sekunden später hatte ich einen unglaublich netten Mann am Telefon.
Er stellte sich als Hauptleiter des bayrischen Jugendamtes vor und ich wäre
vor Schreck beinah spontan von meinem Stuhl aufgestanden und hätte mich
leicht verbeugt. Wir führten ein ewig langes Gespräch. Über unsere
Vorgeschichte, die Intention daraus, ein Kind aufnehmen zu wollen und
natürlich über mein großes „Ausschlusskriterium", die Multiple Sklerose. Er
schlug mir vor, mich an ein Jugendamt einer bayrische Stadt in unserer Nähe
zu wenden (ich möchte hier an dieser Stelle absichtlich den Namen des Ortes
außen vor lassen). Er wüsste, dass dort Pflegeeltern dringend gesucht werden
würden und könnte sich auch sehr gut vorstellen, dass meine Krankheit kein
allzu großes Hindernis darstellen würde. Er gab mir sogar gleich noch zwei
Durchwahl-Nummern der zuständigen Damen und wünschte uns viel Glück.
Am nächsten Tag rief ich dort an, redete bei beiden auf den
Anrufbeantworter und wartete geduldig ab (ja, manchmal kann ich das.
Außerdem sehe selbst ICH ein, dass es bestimmt nicht den allerbesten ersten

Eindruck macht, wenn man am Tag ein paar mal etwas hektisch auf den Anrufbeantworter atmet!) Ich musste fast zwei Wochen warten. Dann kam endlich der erhoffte Rückruf. Und nach einem netten, fast halbstündigen Gespräch bekamen wir ein paar Tage später per E-Mail einen Termin angeboten. Fünf Tage vor meinem 45. Geburtstag. Ich nahm es als Omen, klärte es mit Thorsten ab wegen seiner Arbeit und am 04. März machten wir uns vormittags auf den Weg nach Unterfranken. Auf dem Weg dorthin machten wir Zwischenstopp bei einem Einkaufscenter und tätigten schon mal „trockene" Wocheneinkäufe. Das hatten wir zu einer Art neuem „Hobby" auserkoren. Machte zum einen richtig viel Sinn und erleichterte mir unter der Woche einiges an Arbeit. Die Rede ist von „Essensplänen". Wir setzten uns zu dritt meistens Freitags an den Esszimmer-Tisch, ich hatte mein Pad vor mir und gemeinsam beratschlagten wir, was wir die kommenden fünf bis sechs Tage essen wollten. Wir planten ein, wann Ela Dienst hatte oder einfach generell zum Essen nicht da war, wälzten Angebotshefte und stellten das zusammen, was jeder gerne mal wieder essen würde. Und samstags vormittags, meistens schon gegen halb acht, fuhren Thorsten und ich dann los nach Weinheim und arbeiteten in zwei verschieden Einkaufsmärkten unsere Liste ab. Oftmals nutzten wir die Zeit und fuhren noch einen kleinen Umweg zu Michael ins Büro auf einen kleinen Plausch und einen schnellen Kaffee. Und waren dann gegen Mittag wieder daheim. Ich musste so also die ganze Woche nicht mehr wirklich aus dem Haus zum einkaufen. Vieles produzierte ich ja auch selbst, und wenn ich frisches Fleisch brauchte, teilten wir das so ein, dass ich es nach meiner Massage zweimal in der Woche mitnehmen konnte. Im Grunde genommen der perfekte Plan. Und da wir jetzt an diesem Tag schon solche Sachen wie Waschmittel und Thorstens Tabak auf der Liste stehen hatten, und eben noch massenhaft Zeit, erledigten wir das auf dem Weg gleich mit. Außerdem würde es uns ein wenig von unserer Nervosität ablenken. Wir verstauten die Einkaufs-Ausbeute und gingen uns dann noch einen Kaffee holen. Natürlich „to Go", alles andere würde einem wohl noch eine ziemlich lange Zeit verwehrt bleiben. Ich bekam sogar einen „koffeinfreien" Kaffee, löslich, als Granulat. Die Dame hinter der Theke dachte wohl, der schmeckt bestimmt nicht, wenn da nur so ein paar Löffelchen im Becher sind und zeigte sich äußerst großzügig. Am Ende hatte mein Kaffee eine gewisse Erdöl-änliche Konsistenz. Ich hätte ihn fast auslöffeln können, so „kompakt" fühlte er sich beim Trinken an.

Gegen halb zwölf waren wir an unserem Ziel, um viertel nach drei hatten wir erst den Termin. Wir trieben uns in der Stadt herum. Und ich fühlte mich irgendwie nicht sonderlich wohl. Ich konnte im Nachhinein nicht mal wirklich sagen, woran es lag. Die Stadt gefiel mir zum Beispiel überhaupt nicht. Wir waren schon in ziemlich vielen Städten, verbrachten stellenweise ganze Tage und sogar Urlaube dort. Aber dieser Stadt hier fehlte es an allem. Kein Charme, keine wirklich schönen Fleckchen, keine Ausstrahlung…. Ich bekam ein leicht ungutes Gefühl. Wollte ich das hier alles? Dabei war ja noch nicht mal wirklich was passiert. Ich schluckte es runter und schlenderte mit Thorsten durch die seltsamen Gässchen. Irgendwann zog es uns beide zurück zum Rathaus, wir wollten wenigsten schon mal in der Nähe vom Ort des Geschehens sein. Wie zwei Tiger im Käfig spazierten wir an den wenigen Schaufenstern gegenüber auf und ab und meldeten uns dann um drei beim Rathaus-eigenen Sicherheitsdienst an. Und als wir da so auf einer roten Lederbank im Foyer saßen, gingen mir schon wieder tausende Gedanken durch den Kopf. Natürlich hatten wir uns vorher lange und breit über das Thema unterhalten, ich hatte mich einmal quer durchs Internet gegoogelt und war felsenfest davon überzeugt, dass wir hier das absolut richtige taten. Und ganz bestimmt auch reelle Chancen hatten. Immerhin wussten die ja, woher wir kamen, und hätten uns bestimmt nicht den langen Weg hierher fahren lassen, nur um uns gleich zu Anfang abzusagen. Eine Dame, nennen wir sie mal der Einfachheit „Frau Müller", unterbrach meine Gedankengänge und führte uns in einen großen Raum. Dort kam eine weitere Dame hinzu (wie wäre es mit „Frau Meier"?), beides Mitarbeiterinnen beim Pflegekinder-Dienst. Der Raum war groß genug, um uns, den Corona-Regeln entsprechend, auf Abstand zu setzen. Die Maske mussten wir selbstverständlich aufbehalten (was eine Kommunikation stellenweise echt erschwerte, weil man ziemlich laut reden musste. Ich kam mir ja manchmal schon regelrecht unhöflich vor, weil ich die Damen so „anschreien" musste). Sie hörten sich zuerst unsere Vorgeschichte nochmal an und warum wir uns für diesen Schritt entscheiden wollten. Bei solchen Dingen lässt Thorsten mir ja nur zu gerne den Vortritt. Und so wählte ich meine Worte bedacht (und hoffentlich weise), aber auch ehrlich und sehr offen. Nachdem ich meine Klappe wieder zu gemacht hatte sahen die beiden Damen sich milde lächelnd an. Kennt ihr das? Ich kann nicht wirklich behaupten, dass ich sowas mag. Frau Müller legte ihren Kugelschreiber beiseite und legte los.

Ich muss das hier echt ein wenig zusammenfassen, weil in den nächsten zwei Stunden so unglaublich viel auf uns einprasselte, dass ich am Ende nur noch leise kopfschüttelnd das Gebäude wieder verließ. Wir bekamen ALLE erdenklichen NACHTEILE eines Pflegekindes aufgezeigt. Ja, ich spreche hier tatsächlich nur von Nachteilen.

Pflegekinder hätten alle von Anfang an einen riesigen Rucksack an Problemen bei sich, es gäbe kaum ein Pflegekind, was nicht irgendwann mal in seinem späteren Leben unbedingt eine Therapie benötigen würde (nur mal so am Rande: Ich war mit Ela in Therapie, als sie 15 oder 16 Jahre alt war, wo also liegt da jetzt der Unterschied??). Außerdem müssten wir uns darüber im Klaren sein, dass sich die ersten Monate unser komplettes Familienleben ausschließlich nur um den Neuankömmling zu drehen hätte, also (WÖRTLICH!) dass auch Svenja da absolut zurückzustecken hätte. Ich atmete tief durch. Und meinen bisherigen Kinderwunsch (den ich ja deswegen eigentlich nicht wirklich „ad Acta" legen wollte) sollte ich mir sowieso die nächsten zwei Jahre von der Backe putzen. Das würde man nämlich einem Pflegekind nicht antun wollen, dass da gleich am Anfang noch ein Geschwisterchen hinzu käme. Ich sah die Dame kurz sehr skeptisch an. „ZWEI JAHRE? Sie wissen aber schon, wie alt ich bin?" Frau Müller wühlte in ihren Unterlagen. „Nein, wie alt denn?" Ich straffte die Schultern. „Ich werde in genau fünf Tagen 45 Jahre alt." Sie sah mich an und sagte dann so ziemlich den einzig sympathischen Satz an diesem Tag: „Oh, das sieht man Ihnen aber gar nicht an." Ich versuchte, ein wenig Lockerheit und Witz in diese seltsame Situation zu bringen und erwiderte: „Kann ich das vielleicht schriftlich bekommen, für die Nachwelt?" Mit hochgezogenen Augenbrauen meines erstaunten Gegenübers verlief aber dieser jämmerliche Versuch von Humor meinerseits regelrecht innerhalb von Sekunden im Sande. Im Gegenteil, sie war „Not amused". „Das heißt, sie erwägen trotzdem noch weiterhin, auf natürlichem Wege schwanger zu werden?" Thorsten und ich sahen uns an, Frau Meier auf der anderen Seite des Raumes lehnte sich gespannt nach vorne. Thorsten nickte mir aufmunternd zu. „Ja, das werden wir. Soooo viel Zeit bleibt uns ja nun wahrlich nicht mehr." Und sofort bemerkten wir einen gewisse Unmut im Raum. „Nun, wir können Ihnen natürlich das Ganze nicht verbieten. Aber wirklich gerne sehen tun wir das nicht!" Alles in mir sträubte sich. Dann ging es weiter mit den Nachteilen. Wir müssten uns damit abfinden, dass die leibliche Seite des Kindes von vorne herein immer das

Recht auf ihrer Seite haben werde. Also dass im Endeffekt jeder über dieses Kind bestimmen dürfte… außer wir. Sollten zum Beispiel die Eltern getrennt leben und jeweils der Vater und die Mutter das Kind abwechselnd sehen wollen, dann wären wir dazu verpflichtet, alle zwei Wochen nach Bayern zu fahren. Und wenn die Eltern darauf bestehen würden, dass das Kind weiterhin zu den wichtigen Vorsorge-Untersuchungen zu dem ortsansässigen Kinderarzt geht, dann hätten wir das zu akzeptieren. Außerdem sollten wir uns Gedanken darüber gemacht haben, dass zu allen üblichen Festen wie Geburtstagen, Weihnachten, Ostern und so weiter, die gesamte Familie dabei sein sollte. Und je nach sozialem Hintergrund wären das dann auch mal Junkies, psychisch kranke Erwachsene oder eben im allgemeinen Menschen mit sehr schwachem, sozialen Hintergrund. Immerhin kämen die Kinder ja meistens aus Familien, in denen psychische oder körperliche Gewalt eine sehr große Rolle spielen würde oder die Eltern eben nicht in der Lage wären, sich adäquat um die Kinder zu kümmern. Ich war schon wieder nur in der Lage, sehr tief, und mittlerweile leicht bockig, zu atmen. Thorsten sah mir an, was mir auf der Seele brannte. „Warum haben dann die leiblichen Eltern trotzdem weiterhin alle Rechte, wenn man doch die Kinder aus der Familie nehmen muss??"
Wieder ein fragender (und leicht mitleidvoller?) Blick von Frau Müller. „Nun ja, wir legen natürlich größtmöglichen Wert darauf, die Kinder den Kontakt zu ihren leiblichen Eltern zu ermöglichen." Ich fiel ihr ins Wort. „Auch, wenn das bedeutet, dass es vielleicht nicht wirklich dem Kindeswohl entspricht?" Bei diesem Satz sah ich rüber zu Frau Meier. Sie erschien Thorsten und mir als die ruhigere, weichere von beiden und war auch offenbar mit der Vorgehensweise ihrer Kollegin nicht wirklich einverstanden. Doch jetzt nickte auch sie. „Ja, und das Schlimme ist tatsächlich noch, dass jeder Richter hier in Bayern den leiblichen Eltern in so gut wie jeder Beziehung Recht geben wird."
Dann meldete sich Frau Müller wieder zu Wort: „Frau Weber, sie sind eine sehr autonome Frau. Ich habe die leise Befürchtung, dass sie sich den Regeln und auch dem Umgang mit den leiblichen Eltern schwer unterordnen können. Könnte das sein? Außerdem steht da ja auch immer noch das Jugendamt dazwischen, Sie wären ja sozusagen nur eine Art Außenstelle, also quasi Angestellte des Jugendamtes. Kämen Sie denn damit zurecht?" Hallo?? Du kennst mich seit knapp eineinhalb Stunden, könntest du bitte aufhören, mich so dermaßen vorzuverurteilen??

Ich weiß, ich neige dazu, meine Meinung klar und deutlich zu äußern und zu vertreten. Und gerade, wenn es um meine Familie geht werde ich da gerne etwas „konsequenter". Ich lächelte sanft unter meiner Maske und hoffte, es würde meine Augen erreichen, da man es ja sonst nicht sah. „Nun, eigentlich bin ich sehr wohl in der Lage, mich unterzuordnen, wenn ich denn einen Sinn darin sehe. Ansonsten denke ich, bin ich erwachsen und reif genug, mir über bestimmte Situationen selbst Gedanken machen zu dürfen und sie auch entweder zu verteidigen oder zu kritisieren. Oder muss ich in diesem Rahmen alles für gut heißen, was vielleicht in meinen Augen, gerade für das Kind überhaupt keinen Sinn macht?" Jetzt meldete sich Thorsten neben mir zu Wort: „Wissen Sie, wir wollen doch eigentlich einem Kind nur ein liebevolles, familiäres und geborgenes Zuhause geben. Und wir sind gerne bereit, da auch gewisse Strapazen auf uns zu nehmen. Wie genau würde das denn nun ablaufen?" Stimmt, das wäre noch sehr interessant zu wissen. „Nun, wir bieten Ihnen zur Zeit Online-Kurse an, um ihre Eignung zur Pflegeelternschaft zu überprüfen und sie zu Schulen. Sollte es dazu kommen, dass wir ein geeignetes Pflegekind für sie finden, dann müssten sie die ersten drei bis vier Wochen regelmäßig zu uns hierher kommen, zur schrittweisen Annäherung. Da habe ich ja gewisse Bedenken, weil sie ja doch schon ein gutes Stück zu fahren haben."

Thorsten nickte und meinte: "Ja, aber das ist eigentlich kein Problem. Ich muss beruflich tagtäglich oft noch viel weiter fahren. Da macht mir diese Strecke nichts aus." Dem Blick nach zu urteilen war das nicht wirklich im Sinne der Frau Müller.

Die holte nun nochmal aus, man bekam das Gefühl, wie zum finalen Schlag: „In Anbetracht der Entfernung, die WIR ja dann auch zu IHNEN zurücklegen müssten in den ersten zwei Jahren (hier Anmerkung der Autorin am Rande: Danach sollte unser ortsansässiges Jugendamt übernehmen) würden wir Ihnen natürlich vorrangig ein Kind vermitteln, das wir sonst nur sehr schwer unterbekommen. Und haben Sie sich schon mal Gedanken darüber gemacht, ob sie eventuell auch Geschwisterkinder aufnehmen würden?" Thorsten und ich sahen uns mal wieder an, mittlerweile fragend, skeptisch, leicht überfordert. Und ich eigentlich schon mit den Gedanken wieder ein Stück weiter. „Noch nicht wirklich, aber wenn es sich ergibt, warum nicht?" Wir waren noch voll des guten Willens, ALLES zu versuchen. „Hätten Sie denn Wünsche, was das zukünftige Pflegekind betrifft?" Oh, man durfte also sogar

Wünsche äußern? Na dann… „Mir wäre es am liebsten, das Kind wäre nicht älter als zwei und nach Möglichkeit nicht aggressiv. Svenja kann sich schließlich nicht wehren, und wenn es für sie ganz furchtbar werden sollte dann wird es das für uns natürlich auch." Ich ahnte da schon, dass dieser Satz wahrscheinlich nicht wirklich zu unserem Vorteil ausgelegt werden würde.
„Nun, wir werden Ihren Fall dem gesamten Team vorstellen und Sie dann über unsere Entscheidung in Kenntnis setzen."
Gegen fünf verabschiedeten wir uns von Frau Müller und Frau Meier und liefen fast schweigend zurück ans Auto. Erst als wir fast wieder auf der Autobahn waren, hatte ich meine Gedanken einigermaßen im Griff.
„Ernsthaft? Ich will das nicht! SO WILL ICH DAS NICHT!!! Und die wollen UNS nicht, das war ja wohl mehr als klar zu spüren. Ich glaube echt nicht, dass ich dazu in der Lage bin, mich so sehr allem unterzuordnen" Thorsten nahm meine Hand. „Muddi, das musst du für dich selbst entscheiden. Ich zieh das mit dir durch, egal wie du das willst. Ich bin gerne bereit, ein Kind bei uns aufzunehmen, aber nicht um jeden Preis." Bis wir wieder daheim waren bestand mein Hirn schon wieder ausschließlich nur noch aus heißer Luft. Mittlerweile war es fast sieben Uhr abends. Ich machte eine Kleinigkeit zum Essen und zu dritt saßen wir am Esszimmer-Tisch und berichteten Ela ausführlich. Ich war nun nervlich so dermaßen angespannt und fertig von diesem Tag , dass mir alle paar Minuten die Tränen kamen.
Thorsten strich mir beruhigend über den Arm. „Schlaf mal drüber, der Tag war lang und anstrengend. Und morgen sieht die Welt schon wieder anders aus." Er hatte recht, sich jetzt in irgendetwas reinzusteigern würde keinem etwas bringen. Ich sah mich müde im Esszimmer um. Es war gerade alles so einigermaßen angenehm (wenn man das so behaupten kann…) Wir hatten es ruhig, gemütlich, sauber, hatten uns mit unserer Familienkonstellation einigermaßen arrangiert und Svenja machte einen zufriedenen, ausgeglichenen Eindruck. Ich hatte meine Aufgabe in meiner Schreiberei gefunden und war auf einem einigermaßen guten Weg. Wollte ich das wirklich alles auf Spiel setzen? Wollte ich, dass sich eine komplette Armada von Menschen in unser Leben drängte und es auf den Kopf stellte, nur weil ich nochmal so sehr „Mutter" sein wollte? Und war es tatsächlich alles soooo schlimm, wie wir es heute gehört hatten? „Weißt du was? Ich nutze mal meine kleine, soziale Reichweite und frage mal andere nach ihrer Meinung. Es gibt doch bestimmt noch mehr, die sich irgendwann mal mit dem Thema

auseinandergesetzt haben oder die vielleicht schon selbst Erfahrung mit Pflegekindern haben. Ich möchte mir wirklich zu gerne auch mal die andere Seite anhören." Und mit diesen Gedanken bin ich Abends ins Bett, wo ich eine ziemlich schlechte, traumschwere Nacht verbrachte.

Am nächsten Morgen setzte ich mein Vorhaben in die Tat um. Ich drehte ein kleines Video, in dem ich kurz erklärte, um was es mir ging und bat um zahlreiche Meinungen. Und die Resonanz war überwältigend. Von allen Seiten bekam ich Ratschläge und Hilfe angeboten. Sei es von Eltern, die sich selbst schon mal Gedanken über ein Pflegekind gemacht hatten, von Pflegeeltern selbst, von Jugendamts-Mitarbeitern und sogar Erwachsenen, die selbst früher als Pflegekind untergebracht waren. Über alle Kanäle erreichten mich Nachrichten, und mit einigen setzte ich mich dann persönlich auseinander. Ich telefonierte, schickte Nachrichten und hörte mir jede Seite ganz genau an. Die Meinungen gingen aber auch hier tatsächlich ziemlich weit auseinander. Und die Sache mit dem „Rucksack" konnte keiner so richtig verleugnen. Ich schwankte extrem zwischen „ist doch egal, das kriegen wir hin" und „ich habe ÜBERHAUPT keinen Nerv mehr für sowas". Dann passierte einige Tage nach meinem Video etwas sehr Nettes. Eine Dame aus unserem Ort schrieb mich an, ich nenne sie hier mal Katja. Sie hätte erst eine ganze Weile überlegt, aber schließlich hätte sie selbst zwei Pflegekinder und wollte mir gerne über ihre Erfahrungen berichten. Und jetzt komme ich zu etwas, über was ich mich eigentlich schon fast mein ganzes Leben lang aufrege, immer mal mehr mal weniger. Aber gerade wurde es unglaublich aktuell und bevor ich platzte musste es raus. Ich muss dazu kurz über den ersten Kontakt mit der Mutter und mir berichten. Wir kennen uns vom Sehen, hatten aber bisher noch nie wirklich miteinander geredet. Umso mehr freute ich mich, dass sie bereit war, sich mit mir zu treffen. ABER…. Bitte so, dass das erstmal keiner mitbekommt, schließlich würden ja die Leute über mich reden …

Ok, mal ganz langsam! Die Leute reden über mich, das weiß ich natürlich. Das machen sie schon immer, und mit Vorliebe seit dem Unfall. Aber dass man sich deswegen mit mir nicht in der Öffentlichkeit zeigen wollte, war mir dann doch gänzlich neu. Wir verabredeten uns also bei mir zu Hause. Aber erst nach meinem Geburtstag. Das war nämlich erstmal das nächste, was es nervlich wieder zu bewerkstelligen gab.

Ich wurde nämlich stolze 45! Also MITTE Vierzig!! Nicht Anfang, nein, das nächste was dann kommt ist ENDE vierzig. Und seltsamerweise schwebte diese Zahl wie ein Damoklesschwert über mir. Ich hatte schon Tage vorher sämtliche Kommentare bisher besuchter Kinderwunsch-Kliniken als Dauerschleife im Ohr: „ab 45 behandeln wir nicht mehr, da ist die Eizellen-Qualität schon so schlecht, dass würde wenig Sinn ergeben." Dementsprechend dachte ich dann, ab diesem verhängnisvollen Datum wäre meine Chance auf ein eigenes Baby von einer Sekunde auf die andere völlig vorbei. Natürlich hatte ich auch absolut geistreiche und lichte Momente, in denen mir bewusst wurde, dass mein Körper ja innen keinen Hebel hat, den er genau an dem Tag umlegte und sämtliche wichtige Fortpflanzungsorgane damit auf einen Schlag lahmlegen würde. Und trotzdem sah ich dem ganzen mit gemischten Gefühlen entgegen.

Und der Tatsache, dass es eben schon der zweite Geburtstag war, den ich ohne meinen kleinen Engel verbringen musste… so wie alle, die ich hier auf Erden noch feiern durfte. Thorsten hatte sich zunächst überlegt, wie immer frei zu nehmen. Aber da wir ja überhaupt nirgends hin konnten, also weder Kaffee trinken, geschweige denn, irgendwo schön frühstücken wie sonst die letzten Jahre konnte er auch arbeiten gehen. Er würde einfach etwas früher nach Hause kommen. Ela und Svenja hatten Schule, würden also auch erst beide gegen 16:00 Uhr wieder daheim sein. Dafür hatte sich „moi Herzkersch" extra für mich freigenommen. Und ihren Mann gleich mal gebeten, auch frei zu nehmen und Zuhause bei den Kindern zu bleiben, so dass wir uns einen absolut wunderbaren Vormittag würden machen können. Mein Geburtstag begann wie immer ziemlich früh (also für mich, man weiß ja, Schlaf wird gänzlich überbewertet). Ich saß also wie immer schon gegen halb fünf in der Küche und sinnierte über meiner Kaffeetasse. Was würde dieses neue Lebensjahr DIESES Mal für Überraschungen für mich bereit halten? Was würde aus unserer gesamten „Kinderplanung" werden? Wie würde sich die Lage zum Thema „Corona" noch entwickeln und würde ich vielleicht dieses Jahr wenigstens noch die ein oder andere Lesung planen können? Was könnte sonst noch alles so passieren, zur Abwechslung vielleicht mal sogar was richtig GUTES? Ich träumte also so völlig abwesend vor mich hin, als Thorsten irgendwann in die Küche kam. Er brummelte ein „Herzlichen Glückwunsch" und umarmte mich ganz fest. Als er kurze Zeit später vom Rauchen aus dem Hof zurückkam, hatte er einen kleinen Rosenstrauß in der Hand. Und vor der Haustür lag eine neue, rosa Fußmatte mit einem Anker, auf der stand „Heimathafen von Muddi"!

Ohhh, ich war hin und weg. Und es passte so perfekt. Das hier war und ist mein kleiner Heimathafen, mein Rückzugsort, meine „Ruhe im Sturm", mein Anker und Halt in stürmischen Zeiten. Wenn ich im Hof saß oder nach einem anstrengenden Tag die Haustür hinter mir schließen konnte, wurde ich innerlich ruhig und friedlich. Vorne am Hofeingang (da wo wir die „kleine Nordsee" entfernt hatten) prangte seit kurzem ein Fahnenmast. Und an dem flatterte seit ein paar Tagen eine „Muddi-Flagge" im Wind. Man könnte also jetzt tiefsinnig und sinnbildlich behaupten, ich hätte die Segel gehisst, auf in ein neues Lebensjahr und mit festem Blick auf neue, aufregende und glücklichere Ufer. So, jetzt aber genug der ganzen Küchenpsychologie, widmen wir uns wieder Banalerem. Thorsten ging irgendwann arbeiten, Svenja war auf dem Weg zur Schule und Ela erschien mit einem riesigen Karton in der Küche. In diesem verbarg sich eine unglaublich tolle „Ankerlampe". Genau meins! Ich war schockverliebt und hatte auf Anhieb den perfekten Platz. Sie kam ins Esszimmer zwischen die beiden Aquarien, und wenn es draußen regnet, „herbstelt" (was es die kommenden Monate noch öfter tun sollte) oder im Allgemeinen draußen unwirtlich ist, dann mache ich mir einen Kaffee, zünde eine Kerze und diese Lampe an, setz mich an mein Pad und fühle mich sofort warm und geerdet (ein Gefühl, welches mir ein paar Wochen noch arg fehlen würde). Als alle weg waren machte ich mich in Ruhe fertig und begann, mich für die ersten Glückwünsche zu bedanken. Gegen zehn erschien Katharina nebst Gatten. Wir tranken zusammen Kaffee, aßen Kuchen und dann ließ Tobi uns Weiber allein. Katharina hatte sich mal wieder absolut selbst übertroffen, was ihr Geschenk für mich betraf. Auf einer runden Holzplatte war ein riesiger Kranz aus Kinderriegeln, umwickelt mit silbernen Band.
In diesem Kreis befanden sich vier Dosen meiner Lieblings-Gummibärchen, eine wunderschöne Narzisse UND... zwei Karten für „Santiano" am 09.10. in der „SAP-Arena" in Mannheim. Ich war vollkommen sprachlos. Natürlich wusste niemand, ob dieses Konzert in diesem Jahr überhaupt stattfinden würde. Bisher sah es auf alle fälle so aus, als wäre dem nicht so. SÄMTLICHE Freizeitaktivitäten waren mittlerweile auf Eis gelegt worden, NICHTS war dank Corona mehr möglich. Also würden wir abwarten und bis dahin konnte ich mich auch bestimmt richtig darauf freuen. Wir verbrachten einen unglaublich lustigen, unterhaltsamen und auch emotionalen Vormittag miteinander. Wenn Katharina und ich zusammen sitzen, bleibt selten ein

Auge trocken. Egal, wer wie gelaunt war vorher, ob wütend, traurig oder sauer… wenn wir uns wieder verabschieden, hat jede ein gutes, warmes und zufriedenes Gefühl in sich. Unser gemeinsamer Humor ist unschlagbar, und so manche würden wohl schlicht verzweifeln, wenn sie uns länger als eine halbe Stunde zuhören und gemeinsam ertragen müssten. Aber genau dafür liebe ich sie, weil sie gemeinsam mit mir ALLES durchkämpft und ohne zu fragen immer da ist! Nachdem Katharina sich gegen halb zwei verabschiedet hatte räumte ich ein wenig auf und telefonierte. Dann erschienen Reni und Michael. Wir sahen uns in letzter Zeit viel zu selten. Auch Schreiben war irgendwie so eine Sache. Dazu möchte ich gerne kurz was sagen. Ich bin wirklich öfter am Handy (mein Mann kriegt meistens schon die Krise), aber mittlerweile mache ich das hauptsächlich zu „Werbezwecken". Also immer schön bemerkbar machen, dass es einen noch gibt, bevor ich völlig unvorbereitet eines Tages vielleicht mal wieder Lesungen halten konnte und keiner erinnert sich mehr an mich. Ich stecke also am Tag so einiges an Zeit in „Social Media" Arbeit. Und dann denke ich manchmal: „Jetzt müsste ich eigentlich mal wieder den- oder diejenige anschreiben und fragen, wie`s denn so geht. Ich nehme mir das also vor und verschiebe es auf später. Oft genug vergesse ich es dann wieder oder es kommt mir erst wieder spät abends in den Sinn. Un wenn ich DANN nachfrage, muss ich ja auch mit einer Antwort rechnen. Heißt, es entsteht ein Dialog, der dauern könnte. Tagsüber habe ich selten wirklich Zeit und Abends findet das mein Mann selten lustig, wenn ich ständig mein Handy in der Hand habe. Und DANN komme ich an einen Punkt wo ich denke: „Hättest doch auch einfach anrufen können." Und so geht es mir mit unzählig vielen Kontakte. Ich würde so gerne wissen, wie es den meisten geht, gerade jetzt in dieser für viele so schwierigen und seltsamen Zeit. Und immer nehme ich mir vor: HEUTE schreibe ich und frage oder rufe einfach an. Um festzustellen: Schon wieder ist ein Tag vorbei und ich habe wieder nichts in der Richtung gemacht (und ich hoffe schwer, dass jetzt ganz viele da draußen kräftig nicken und sagen „Alles klar, kenn ich!") Solche Kontakte sind nun mal auch Reni und Michael. Ich muss so oft an die beiden denken. Und genau deshalb genieße ich es, wenn wir endlich mal wieder die Möglichkeit haben, uns treffen zu können. Kurz danach traf auch Thorsten ein und wir verbrachten noch einen schönen restlichen Nachmittag. Reni und Michael mussten wegen eines Termines gegen Abend wieder los und Thorsten, Ela , Svenja und ich bestellten Essen bei meiner „Lieblings-

Wirtin" Nicole in Affolterbach (vielleicht erinnert ihr Euch, das ist die mit meinem perfekt „allergiekonformen" Essen). Und schon war wieder ein Geburtstag vorbei. Der zweite in Corona, der zweite ohne meine kleine Krawalli und der erste, der mich gruselig nah an eine „runde" Zahl brachte. Und ich hatte so ein „1. Januar"-Gefühl. Ab jetzt wird alles besser. Bestimmt! HAHAHAHAH….

Am nächsten Tag hatte ich mich ja dann mit „Katja" zum Thema Pflegekinder verabredet. Ich bat Katharina mit dazu, weil ich ja gerne dazu neige, Dinge zu vergessen, falsch zu verstehen und zu überhören. Und dann bin ich immer froh, wenn ich jemand im Rücken habe, der meinem Hirn auf die Sprünge hilft. Wir saßen schon eine halbe Stunde bei einem Kaffee, als es an der Tür klingelte. Ich war leicht nervös. Nicht wegen der Tatsache, dass sie überhaupt hierher kam, auch nicht wegen dem Thema, über das wir reden wollten. Nein, ich wusste, ihre Pflegekinder waren noch klein, der Kleinste erst eineinhalb. Und genau DEN würde sie mitbringen. Und davor hatte ich eine Heidenangst. Als sie bei mir im Esszimmer stand und mir berichtete, dass sie extra die letzten paar Meter gelaufen war, damit der Kleine vorne in der Trage schläft, hätte ich sie schon vor Dankbarkeit drücken können. Sie setzte sich vorsichtig, ließ ihn schlafend in der Trage sitzen, ich ignorierte ihn („Effeff", ihr wisst noch?) und alles war somit erstmal gut. Zu dritt begannen wir, zu reden. Über das große Thema „Pflegekind", aber auch darüber, WAS die Leute eigentlich so Interessantes von mir zu berichten hatten. Immerhin musste ich ja einen Ruf wie Donnerhall haben, wenn man sich schon nicht in der Öffentlichkeit mit mir sehen lassen wollte.
Sie wollte zunächst nicht wirklich mit der Sprache rausrücken, ich merkte ihr das sehr wohl an. „Weißt du, die Leute zerreißen sich halt ihr Maul darüber, wie du mit allem so umgehst. Und über euren „Engelgarten" zum Beispiel. Sich sowas vors Haus zu stellen wäre ja wohl das Allerletzte. Oder wenn du irgendwelche Bilder oder Videos teilst, die lustig sind. Und dass du halt immer so fröhlich bist und offenbar überhaupt nicht mehr trauerst. Das finden die meisten total seltsam!"
Ich war wie vor den Kopf geschlagen. Natürlich ist es mir schon immer egal, was oder wie die Leute über mich denken. Man kann es ja echt schließlich nicht jedem recht machen. Diesen Ehrgeiz hatte ich sowieso noch nie.

Aber wer Bitteschön erlaubt sich denn einen unwissenden Blick hinter die Mauern einer trauenden Mutter und verurteilt dann auch noch rotzfrech das Bild, das sie nach außen zu tragen versucht? Ich war schon kurz vor diesem „wenn ich nicht gleich tief regelmäßig ein- und ausatme, dann platze ich" -Punkt als sich der Kleine in der Trage bewegte. Na prima. Das hatte mir gerade noch gefehlt. Sie holte ihn raus und ließ ihn mit dem Rücken zu mir auf ihrem Arm. Meine mühsam aufrecht erhaltene Konzentration war ab diesem Punkt fast gänzlich aufgebraucht. Ab jetzt musste ich nämlich BEIDE irgendwie ignorieren, konnte also auch die Mama beim Reden nicht mehr wirklich ansehen. Ich hörte seine Geräusche, konnte im Augenwinkel sehen, wie sie ihm den Schnuller gab und dachte, mich zerreißt es innerlich. Katharina fragte, ob sie vielleicht mit ihm ein wenig in die Küche gehen sollte. Dann könnten wir uns in Ruhe unterhalten. Sie nahm ihn also mit und Katja widmete sich ganz mir. Was ich im umgekehrten Fall leider nicht wirklich hinbekam. Draußen in der Küche wurde der kleine Mann leicht quengelig und rief nach seiner Mama. Für mich schier unerträglich, aber ich riss mich noch schwer am Riemen. Katja stand auf, holte ihn zurück und wippte ihn in ihrem Arm. Und ich Obertrottel tat das einzig Falsche in dem Moment: Ich dachte, ich bin stark und mutig genug, meinen Blick zu heben und mir den Kleinen wenigstens mal ganz kurz anzusehen. Immerhin bekam ich es bei Katharinas Kindern ja mittlerweile auch ganz gut hin. Die grandios beklopptest Idee der letzten Stunden. Ich sah also nach oben und direkt in sein Gesicht. Und er sah mich an. Binnen Sekunden war es völlig vorbei. Ich brach innerlich wie äußerlich komplett zusammen. Und ich heulte wie ein kleines Kind. Katharina sprang sofort entsetzt auf und nahm mich ganz fest in den Arm. Ich ließ mich kaum beruhigen. Als sie merkte, dass ich gerade völlig die Fassung verlor, bugsierte sie mich ins Wohnzimmer und sagte: „Du bleibst jetzt hier, ich mach das schon." Sie verabschiedete meinen Besuch, entschuldigte sich für MICH und versuchte zu erklären, dass ich eben nur für alle anderen und für die Öffentlichkeit diese starke Frau bin, die jeder zu sehen glaubt. Aber es nun mal ganz viele solcher kleinen, grausam schmerz-vollen Momente in meinem Leben gibt. Der Kleine war in der Zwischenzeit hellwach und hatte scheinbar auf das alles herzlich wenig Lust. Er weinte herzzerreißend laut, und ich stand in meinem Wohnzimmer und hielt mir leise weinend angestrengt die Ohren zu und kniff die Augen fest zusammen.

Nach einer gefühlten Ewigkeit kam Katharina wieder. „Sie sind weg, alles gut. Mach dir keine Gedanken. Sie hat dich sehr gut verstanden.
Auch wenn sie, glaube ich, niemals mit so einem Gefühlsausbruch gerechnet hätte. Aber vielleicht war es mal ganz gut so, dass du das zugelassen hast. Es muss nicht immer jeder das Gefühl haben , dass du das alles mit links stemmst. Sie wird dich nochmal anschreiben." Ich lag schon wieder in ihren Armen und heulte. Irgendwie bekam ich das Gefühl, mich gerade überhaupt nicht beruhigen zu können. Diese verdammte, immer wiederkehrende Hilflosigkeit. Immer dann, wenn man denkt, man hat's gerade so schön im Griff. Als ich mich endlich wieder ziemlich beruhigt hatte verabschiedete sich Katharina. Wieder mal wusste ich nicht, wie sehr ich ihr für ihre unglaubliche Freundschaft danken sollte. Dass sie so sehr für mich da ist, gerade in solchen Momenten, bedeutet mir unendlich viel und gibt mir immer wieder neue Kraft und Auftrieb. Ich hoffe, ich kann ihr das glaubhaft übermitteln.
Als meine Wohnung dann wieder leer und sehr still war, fühlte ich mich erschöpft, innerlich grau und völlig ausgebrannt. Und genau in dieser Stimmung schnappte ich mir mein Handy und drehte ein Video. Ich betitelte es als „Jetzt reden wir mal Tacheles!". Ich ließ meinen gesamten Frust raus, motze, wetterte und beschwerte mich über all die unzufriedenen und offenbar sich selbst hassenden Mitmenschen, die den ganzen Tag nichts Besseres zu tun hatten, als sich über andere aufzuregen und deren Leben zu be- und verurteilen. In meiner nun sehr aufgeheizten Stimmung zeigte ich zum ersten mal auch wirkliche Emotionen in der Öffentlichkeit, auch, wenn ich das weder geplant hatte noch wollte. Es überkam mich einfach und es war gut, dass es endlich mal draußen war. Ich versuchte, endlich jedem auf irgendeine Art und Weise klar zu machen, dass, während alle anderen gerade lebten, ich hier nichts mehr tat, als zu versuchen zu ÜBERLEBEN". Und das halt auf meine ganz eigene Art und Weise. Und daran, wie oft dieses Video angeklickt und angeschaut wurde, merkte ich, dass ich bei vielen offensichtlich einen wunden Punkt getroffen und darin herumgestochert hatte.
Und die zahlreichen Kommentare, die danach auf mich einprasselten, gaben mir recht und bestärkten mich darin, GENAUSO weiterzumachen, wie bisher. Ohne Rücksicht auf die, die sowieso nur dann aus ihren Löchern gekrochen kommen, wenn man eh schon lange am Boden liegt, um dann nochmal nach zu treten.

Keine Woche später wurde es „in mir" unruhig. Ich kann es eigentlich gar nicht wirklich anders beschreiben. Ich merkte sofort, dass irgendetwas nicht stimmte. Meine Hände begannen zu kribbeln, mein Gesicht fühlte sich seltsam an und wenn ich den Kopf nach vorne beugte hatte ich ein astreines „Lhermitte-Zeichen" (so nennt man das, wenn einem beim Kopf beugen ein Art elektrischer Schlag durch den Körper zieht). Und da dachte ich „Uiuiui, das wird offenbar lustig (zwei Monate später dachte ich das dann mit dem „lustig" eher nicht mehr). Nun denn, ich kenne das ja wahrlich zur Genüge. Und nicht jede kleine Missempfindung ist ja auch gleich ein Schub. Dafür müssen die Symptome mindestens mal 24 Stunden da sein, stärker werden oder sich ausbreiten. Also mal langsam mit den (nicht mehr ganz so jungen) Pferden. Als es aber dann nach über einer Woche immer noch nicht besser wurde, sondern mittlerweile auch noch andere Körperstellen betroffen waren, dachte ich, ich lasse mal so ganz nebenbei das Wort „Schub" in die Familienrunde fallen. Aber nach Möglichkeit erstmal völlig ohne Alarm. Außerdem wissen wir ja, erst wenn die Muddi hektisch wird, ist eventuell Not am Mann. Ich musste zugeben, ich machte mir zwar doch schon den ein oder anderen Gedanken, weil die Symptome so ganz anders waren als sonst. Wenn ich bisher Schübe hatte, dann bezogen die sich meistens auf die obere Körperhälfte. Also ganz oft war es das Gesicht, Arme und Hände und der Brustkorb. Die Beine hatten zwar im Verlauf immer gerne mit der ein oder anderen Schwäche zu tun, machten aber meistens noch das, was sie sollten. Das war allerdings dieses mal nicht wirklich so. Mein Hauptproblem war: Meine Füße waren BEIDE an den Fußsohlen und an den Fußzehen völlig taub. Wenn ich meine Zehen versuchte, zusammen zu krallen, fühlte es sich an, als hätte ich zehn Paar dicke Socken an. Und mein linke Gesichtshälfte wurde pelzig. Das mit dem „Lhermitte" wurde fühlbar Tag für Tag schlimmer und ich bekam immer öfter ziemliche Kopfschmerzen. Da half jetzt wohl auch kein „Schönreden" mehr. Am 23. März beschloss ich also, der neurologischen Notfall-Ambulanz der Kopfklinik in Heidelberg einen Besuch abzustatten. Mit Katharina im Schlepptau. Die hatte nämlich mitbekommen, dass ich nach Heidelberg wollte und war mit den Worten „Untersteh dich, da alleine hinzufahren!" sofort bereit gewesen, mich zu begleiten. Wohl wissend, dass sie nicht mit in die Klinik rein durfte. Sie bewaffnete sich mit einem Buch und meinte: „Lass dir Zeit, ich bin hier beschäftigt und gehe nicht verloren." Es war ein Dienstag und ich immer noch gänzlich unmotiviert.

Gegen halb zehn trudelten wir dort ein, ich hatte um viertel nach zehn schon einen Zugang im Arm, Blut genommen bekommen, die ersten allgemeinen Fragen beantwortet und saß dann erstmal wie bestellt und nicht abgeholt im Wartebereich. Bis halb eins! Dann getraute ich mich, mal nachzufragen. Es war wie gesagt Dienstag, und Svenja würde schon gegen viertel nach zwei wieder zuhause sein. Das könnte zeitlich also etwas eng werden, immerhin hatte ich ja bisher noch nicht mal einen Arzt zu Gesicht bekommen. Das sollte sich jetzt aber schlagartig ändern, nachdem ich mal leise angetippt hatte, an was es denn eigentlich hängt. Der (sehr junge) Neurologe vor mir begann sein übliches Werk. Untersuchte, prüfte nicht vorhandene Reflexe, fragte und überlegte. Dann meinte er: „Ich muss mal telefonieren. Bei wem sind sie denn sonst üblicherweise?" Ich nannte ihm den Namen meiner Neurologin im Haus und merkte gleich noch an, dass ich eigentlich bis spätesten halb zwei hier wieder raus müsste. Kennt ihr das, wenn einem die Leute so ansehen, als wollten sie einem sachte über den Kopf streicheln und sagen: „ach, du arme Irre"? So kam ich mir gerade vor. Thorsten hatte zwar schon angeboten, sich auf den Heimweg zu machen, aber ganz ehrlich gesagt wollte ich ja auch wieder hier raus und war dementsprechend bereit, ein wenig Druck aufzubauen. Der Arzt besah sich noch mal meine Akte und meinte dann: „Also nach dem jetzigen Stand der Dinge müssten wir sie eigentlich stationär aufnehmen. Die Zeichen deuten alle auf einen akuten Schub hin, und sehr wahrscheinlich bräuchten sie Kortison. Aber das kann ich so alleine nicht entscheiden. Außerdem zeigt Ihre Urinprobe einen ziemlichen massiven Harnwegsinfekt. Das heißt, Sie brauchen zunächst Antibiotika, bevor dieser unter dem Kortison noch schlimmer wird. Ich werde die Schwester gleich damit zu Ihnen schicken, und dann sehen wir weiter." Sprachs und entschwand. Und mein Hirn begann zu rattern. Seit einer gefühlten Ewigkeit nahm ich nichts anderes als mein Vitamin D und meine ganzen „Baby"-Vitamine. Ich getraute mich ja nicht mal, ein Schmerzmittel zu nehmen, wenn ich meine Tage hatte. Obwohl ich fast jedesmal über drei Tage hinweg fast kaputt ging. Kopfschmerzen saß ich aus und mit Rückenschmerzen lebte ich ja sowieso.

Ich nahm nichts, aus Angst, ich könnte darauf regieren und dann käme vielleicht jede Hilfe zu spät. Und jetzt sollte ich Antibiotika nehmen? Ja natürlich, ich war im Krankenhaus, also eigentlich an Ort und Stelle, falls was wäre. Aber ich sollte ja auch bis spätestens in einer halben Stunden Land gewonnen haben, und dann würde das Antibiotika erst anfangen zu wirken. Ich würde mit Katharina im Auto sitzen, vielleicht mitten auf der Autobahn. Mein Gesicht würde zu schwellen, von meinem Hals ganz zu schweigen. Ich bekäme keine Luft mehr und bis der Rettungswagen uns auf der Autobahn gefunden hätte, wäre es zu spät. Braucht Ihr noch mehr Kopfkino oder kann ich an der Stelle aufhören?? Ich schwitzte also schon alleine bei dem Gedanken daran und überlegte fieberhaft nach einer Lösung, als ich die Schwester schon mit einem Becherchen angetrabt kommen sah. Gefüllt mit feinstem, schon aufgelösten Antibiotika. „Hier Frau Weber, das sollen Sie bitte trinken. Ich habe Ihnen auch noch eine Flasche Wasser mitgebracht." Sie lächelte freundlich mit den Augen, ich bedankte mich artig und nahm den Becher in die Hand. Dann tat ich so, als müsste ich mich kurz sammeln vorm trinken. Sie nickte und verließ den Raum. Ich schaltete blitzschnell, das war meine Chance. Wie gut, dass ich mich nach unzähligen Aufenthalten hier bestens auskannte. Gleich neben dem Behandlungszimmer befindet sich eine Toilette nebst Waschbecken, man muss dazu nicht mal raus auf den Flur. Ich entsorgte den Inhalt des Becher mit Schwung in den Abfluss, ließ Wasser hinterherlaufen und wusch mir die Hände. DAS wäre schon mal erledigt, um den Infekt würde ich mich später selbst kümmern, das sollte doch mit ausreichend Flüssigkeit eigentlich in den Griff zu bekommen sein. Und dann würde ich das Zuhause nach kontrollieren, wofür hat man denn schließlich alles daheim, was die Teststreifen-Welt so hergab? Also auch Urin-Teststreifen. Um halb zwei wurde ich nervös. Ich musste echt langsam hier raus, der Arzt wusste das doch. Ich schlich mich auf den Flur und sah mich um. Hie und da lief eine Schwester oder ein Pfleger, auch der ein oder andere Arzt huschte ums Eck, aber keiner wollte zu mir. Nach „Notfall" sah hier grad aber auch nichts aus. Also schnappte ich mir meine Tasche und beschloss, diese heiligen Hallen zu verlassen. Ich suchte mir den Pfleger, der mich aufgenommen hatte und wollte ihm nochmal kurz erklären, dass ich jetzt los musste. Er kam mir schon entgegen. „Na junge Frau, wohin des Weges?" Ich versuchte ihn unter der Maske hinweg fast schon flehentlich anzusehen. „Ich muss wirklich nach Hause! Meine Tochter wird gegen viertel nach zwei mit dem Bus gebracht. Ich hatte das dem Arzt aber schon lang und breit erklärt. Jetzt ist er vor zwanzig Minuten verschwunden, eigentlich wollte er nur mal schnell telefonieren. Würden Sie ihm bitte ausrichten, dass ich jetzt wirklich gehen muss? Vielleicht könnte er mich einfach anrufen, wie es weitergeht?"

Mit diesen Worten warf ich mir schwungvoll meine Tasche über die Schulter und wollte zackig entflüchten. Der Pfleger sah mich leicht entgeistert an. Nicht wirklich wegen der Tatsache, dass ich gehen wollte, nein. „Hatten Sie denn jetzt vor, mit dem Zugang im Arm abzuhauen??" Stimmt, da war ja noch was. Ich nickte. „Ja, so war der Plan. Ich mach das dann daheim." Sanft zog er mich am Arm und drückte mich auf den nächsten Stuhl. „Nix da, der Zugang bleibt da! Ich werde es dem Arzt gerne weitergeben, es tut mir ja auch leid, dass es heute nicht wirklich vorangeht." Minuten später war ich von sämtlichen Nadeln befreit und auf dem Weg zurück zu Katharina… wenn auch nicht wirklich schlauer als noch ein paar Stunden vorher. Dafür aber gerade noch pünktlich wieder daheim, bevor Svenja zurück kam.

Als ich über eine Woche immer noch nichts von Heidelberg gehört hatte, beschloss ich, nochmal nachzuhaken. Und wurde prompt mit DEM Arzt verbunden, den ich so mir nichts, dir nichts quasi vor einer Woche verlassen hatte. Und der klang etwas angesäuert! Seine erste Frage war dann erwartungsgemäß: „Warum haben Sie denn nicht gewartet, bis ich nochmal mit Ihnen geredet habe? Was wollen Sie denn nun?" Ohhh, da war wohl jemand leicht beleidigt. Ich lächelte durchs Telefon und versuchte, einen um Verständnis bittenden Ton anzuschlagen. „Ich konnte nicht bleiben wegen meiner Tochter, das hatte ich Ihnen doch versucht, zu erklären. Ich dachte nur, Sie wollten mich nochmal anrufen und mir erklären, wie es nun weitergeht. Also ob ich Kortison nehmen muss oder nicht." Am anderen Ende der Leitung war es einen Moment still und ich hoffte insgeheim auf ein „nein, wir haben das alles nochmal besprochen und beschlossen, sie können erstmal abwarten". Aber dann kam etwas doch sehr Unerwartetes. „Also ich habe nochmal mit der Neurologin gesprochen die Sie nun schon länger kennt und wir sind der Meinung, sie sollten zunächst ins MRT. Und zwar sollte es dieses Mal ein komplettes Bild der Wirbelsäule sein, inklusive Kopf. Wir gehen von einem Schub aus, wollen aber erst wissen, wo er sich lokalisiert. Wenn Sie die Bilder haben, machen Sie sich bitte einen Termin in der Ambulanz, die werden dann alles Weitere mit Ihnen besprechen."

Ok, das hieß also das Ganze würde sich noch einige Zeit hinziehen. Ich kannte das ja zur Genüge. Einen Termin in der Radiologie würde ich nicht von heute auf morgen bekommen, schon gar nicht für so eine große Untersuchung. Und dann bräuchte ich ja auch wieder einen Besprechungsraum-Termin in der neurologischen Ambulanz. Auch das würde wohl eher nicht zeitnah mit dem MRT Termin zu vereinbaren sein. Ich war leicht, sagen wir mal, unzufrieden. Das hätte er mir doch wahrlich schon am nächsten Tag sagen können. Und mich nicht nochmal eine Woche in der Luft hängen lassen. Meine Symptome nahmen zu und ich bekam so ganz langsam ein paar Bedenken. Nun denn, also zunächst erst einmal einen MRT-Termin ausmachen. Den bekam ich am 27. APRIL! Das waren nochmal drei Wochen, in denen NICHTS passierte. Gleich danach rief ich in Heidelberg an und ließ mir einen Termin bei meiner Neurologin in der Ambulanz geben. Dieser war dann Anfang Mai. Na ganz toll! Eine leise Stimme in meinem Hinterkopf murmelte zwar „tja Corinna, selbst schuld, was wartest du auch so lange?", aber ich gebot ihr, die Klappe zu halten und versuchte mich also, in Geduld zu üben.

Immerhin hatte ich ja auch noch einige andere Dinge auf dem Schirm. „Ronjas Welt" Band 4 war vollendet und wir hatten schon das Cover-Shooting mit Ela über die Bühne gebracht. Nun musste das Cover erstellt werden, darüber hatte ich mir in dem ganzen „Schub-Brimborium" noch nicht wirklich Gedanken gemacht. Also hatte das jetzt zunächst Vorrang, immerhin hatte ich die Veröffentlichung für Anfang April geplant. Und nach gut drei Tagen Nachdenken, Bilder und Farben aussuchen und mit dem Vadder am PC sitzen stand mein neues Cover. Ich war glücklich, wenigsten etwas, was einigermaßen reibungslos lief. Was, so ganz nebenbei erwähnt, auch für Wochen das letzte Mal bleiben sollte.

Ende März begleitete mich Ela dann mit Svenja nach Schlierbach. Svenja sollte ein festes Korsett bekommen und ich musste zugeben, ich hatte körperlich mittlerweile so meine Probleme. Da wir nur in die „Technische Orthopädie" zur Anprobe mussten, durften wir ausnahmsweise zu dritt rein. In sämtlichen Kliniken durfte nämlich sonst immer nur EINE Person mit dem zu behandelnden Kind das Krankenhaus betreten. Corona hatte uns weiterhin fest im Griff. Da ich aber als Mutter im Normalfall gerne dabei bin, wenn es um irgendwelche Untersuchungen oder Entscheidungen geht, die Svenja betreffen, ich aber gerade kaum in der Lage war, sie aus dem Rollstuhl zu wuchten, hatte ich im Grunde genommen ein echtes Problem. Ging ICH mit ihr, musste ich mich alleine um alle Transfers und Transporte kümmern. Ging Ela mit ihr, bekam ich nicht mit, was besprochen wurde und konnte nicht nochmal direkt nachfragen, wenn noch etwas unklar geblieben war.

So ähnlich ging es mir nämlich ein paar Wochen zuvor, bei dem Termin in der

Orthopädie in Schlierbach, bei dem es danach hieß, dass Svenja nun ein Korsett benötigen würde. An dem Tag war Ela zwar auch dabei, durfte aber nicht mit rein. Und mir ging es damals schon nicht mehr wirklich gut (wenn auch noch erheblich besser als ein paar Wochen später). Ich quälte mich also mit ihr durch alle erforderlichen Stationen, zog sie dreimal aus und wieder an, hob sie auf den Röntgentisch und versuchte mich auf sämtliche Arztgespräche zu konzentrieren. Als wir dann endlich durch und soweit fertig waren und es hieß, wir sollten gleich rüber in die Technische Orthopädie zum Maß nehmen, war ich vollkommen am Ende. Ich drückte Ela den Rolli mit Svenja in die Hand und setzte mich erschöpft auf eine Bank in die Sonne. Ausmessen lassen konnten die beiden auch ohne mich. Gut, sie haben dann auch noch gleich ein Muster für das Korsett ausgesucht, aber das war mir in dem Moment fast völlig egal.

Als wir jetzt, an besagten Tag, zu dritt in der Technischen Orthopädie saßen und ich zum ersten Mal das fast fertige Korsett sah, dachte ich zunächst, die beiden wollten mich veräppeln. Svenja und Ela hatten sich (wohl mangels größerer Auswahl) für ein rassiges Leoparden-Muster entschieden. Also so eins, wo man im Normalfall sagen würde „dem Einzigen, dem so ein Leoparden-Muster wirklich gut steht, ist ein Leopard!" Nun denn, mir soll's recht sein. Und wieder saßen wir mehr als drei Stunden in Schlierbach und als wir wieder nach Hause fuhren wurde mir bewusst, dass ich wohl meinem Kind die nächste Zeit dieses Korsett nicht anziehen würde können. Es bedurfte nämlich einiges an Kraft und körperlichen Aufwand, den ich jetzt schon nicht wirklich aufbringen konnte. Und da wusste ich noch nicht, WIE lange ich tatsächlich fast zu nichts mehr fähig sein würde...

April, Mai, Juni: „zwei Zweiräder mehr", „ein Geburtstag mit Hindernissen" und „kurz vom Knockout"

Die meisten von Euch werden sich bestimmt noch an meine Karla erinnern. Den Elektro-Chopper, der seinen Namen deshalb so verdient trägt, weil ich mit meinem Helm darauf aussehe, wie „Karla Kolumna", die rasende Reporterin aus „Benjamin Blümchen". Jetzt hatte Thorsten eine neue, mir zunächst etwas Bauchgrummeln bereitende Idee: Ich sollte ab jetzt noch Roller fahren. Er besaß seit 26 Jahren einen Roller in Feuerwehr-Rot. Und blassem Grau. Also nicht wirklich meine Farben. Außerdem war ich ja schon ewig und drei Tage nichts mehr in der Richtung gefahren. Mit 15, als ich meinen Mofa-Führerschein gemacht habe, bin ich mit einer alten, orangefarbenen „Kreidler" durch die Gegend geheizt. Und ich habe es damals richtig geliebt. Heute, beziehungsweise aktuell, wo meine Füße und Beine nicht wirklich das taten, was sie sollten, konnte ich mir kaum vorstellen, dass ich das mit dem Roller hinbekommen würde. Mit meiner Karla ist das etwas ganz anderes. Da sitze ich ziemlich nah an der Straße, kann also mit den Füßen sofort runter, falls ich es mit dem Gleichgewicht zu tun bekomme. Und sie sieht nun mal spitze aus, ist schnittig und perfekt beklebt. Der Roller war, sagen wir mal, nicht wirklich soooo hübsch. Aber de Vadder sah das Ganze optimistisch: „den lackieren wir dir in Muddi-Farben, das wird super. Außerdem richten wir ihn wieder so hin, dass er problemlos läuft. Und damit kommst du auch viel leichter auf den Friedhof." Nun, damit hatte er bestimmt zweifellos recht. Meine Karla ist nun mal ein Elektrogefährt, und der Friedhof befindet sich an einer ziemlichen Steigung. Jedesmal, wenn ich zarte Elfe mit ihr also diesen „Berg" erklimme, höre ich sie schon fast jammern „es ist zu steil, ich pack das nicht, geh sofort von mir runter du dickes Ding!" Sie wird besorgniserregend langsam und spätestens nach dem dritten Mal will sie nicht mehr. Da wäre das mit dem Roller schon erheblich einfacher. Und ich bin ja nun nicht wirklich von Angsthausen oder Dummsdorf und müsste das doch mit Sicherheit ziemlich flott hinbekommen. Also dann, neues Projekt: „Die Muddi bekommt einen Roller". Thorsten brachte aus der „Schriftengarage" in Helmstadt Farbkarten mit. Die Eigentümer Udo und seine Frau Stefanie hatten uns schon die Beschriftung für unsere Autos und für beide Chopper gemacht, jetzt sollten sie uns helfen, den Roller mittels Folie aufzuhübschen.

Ich entschied mich für ein sattes dunkles „Pflaumenlila", auch „Plum Explosion" genannt (jetzt keine Assoziationen bitte!) und Thorsten zerlegte den Roller komplett in seine Einzelteile. Dann brachte er die Teile zum folieren nach Helmstadt. Ein paar Tage später kam er damit zurück und ich war hellauf begeistert. Das verblasste, billig wirkende Rot war einem dunklen, leicht glitzerndem, in der Sonne glänzenden Lila gewichen. Jetzt passten nur die hellgrauen Kunststoff-Teile überhaupt nicht mehr dazu. Unser ehemaliger Nachbar Halil betreibt in Mannheim ein Geschäft für Graffiti-Farben und hat uns sofort mit einigen Farbkarten versorgt. Wir verglichen mit dem lila Ton der Blechteile und ein paar Tage später erstrahlten die Kunststoff-Teile dank Halils Farbdosen und dem „Sprayer-Geschick" meines Mannes in einem wunderbar passenden zart lila-rosa. Ein fast perfekter „Muddi-Roller!

Jetzt fehlten nur noch die Beschriftung und ein Name. Um die Beschriftung würde sich wieder die „Schriftengarage" kümmern, „mein" Anker (also mein Tattoo auf meinem Bein) würde uns ein Bekannter aus Affolterbach ausdrucken. Der hatte auch schon die Anker für unsere Chopper erstellt. Um einen geeigneten Namen zu finden startete ich eine kleine Umfrage. Ich selbst war irgendwie noch völlig planlos. Und es prasselten zahllose Vorschläge auf mich ein. Von „Muddimobil, „Pink Lady", „Lilly Fee" oder „Brummhummel" über „Hedwich", „Bärbel" oder „Dreamcatcher" war da alles dabei. Ein ganz süßer Vorschlag kam von Jenny. Die schrieb mir „Masvro" und ich muss zugeben, dass ich zunächst dachte „ist das russisch? „Ich kapier´s grad nicht" schrieb ich ihr dann auch ziemlich hilflos. Und als sie mir dann erklärte, WAS sie damit meinte, war ich fast schon beschämt: ManuelaSVenjaROnja. Eine durch und durch süße Idee. Aber irgendwie doch nicht wirklich passend für mein zukünftiges Gefährt. Ich hatte bei keinem der Namen bisher diesen „Aha-Effekt", also dieses Gefühl, dass genau DAS der richtige und passende Namen ist. Außer vielleicht bei „Bärbel". Den fand ich urkomisch, wollte aber nochmal drüber schlafen. Immerhin sollte dieses mal der Name vorne auf den Roller.

Als ich am nächsten Morgen im Bad stand, hatte ich eine Art Eingebung. Der Roller war bunt, laut, und ich wäre in Zukunft ganz oft damit unterwegs. Ich wollte sagen können, ich bin mit meiner … (den Namen verrate ich Euch im „Mai-Kapitel") unterwegs. Ich rief Thorsten an und unterbreitete ihm meinen

Vorschlag. Ich wollte nicht, dass er das komisch oder seltsam finden würde. Erst schluckte er, dann dachte er darüber nach und stimmte mir zu.

Es fühlte sich für mich gut und richtig an und ich weiß, das würde noch jemand richtig gut finden. Ich war mir sogar ziemlich sicher...

Meine nächste Herausforderung war das Fahren des lila Flitzers. Als der Roller endlich straßentauglich und angemeldet war, setzte ich mich das erste mal darauf, um wieder ein Gefühl für so eine Art von Fortbewegungsmittel zu bekommen. Und sah mich sofort mit einem Problem konfrontiert: Man sitzt auf so einem Roller erheblich höher als auf meinem Chopper. Und ich bin nun mal nur 1,55 Meter groß, und hatte somit leichte Schwierigkeiten, beim Stehen mit meinen Füßen den Boden zu berühren. Mein Göttergatte bot mir schon an, mir Holzklötze unter die Schuhe zu montieren. Ich bekam auch schon den guten Tipp, doch einfach High Heels zum Fahren anzuziehen. Ich hatte also nicht wirklich den perfekten Bodenkontakt beim Anhalten, daran musste ich mich erst noch gewöhnen. Außerdem schoss der Roller sofort nach vorne beim Gas geben, anders als meine Karla, die sanft und leise vor sich hin glitt. Ich eierte also beim ersten Mal mehr schlecht als recht Richtung Hartenrod und in der ersten großen Kurve hätte es mich dann erwartungsgemäß fast auf die Schnauze gelegt. Ich habe in einer Einbuchtung gedreht wie der erste Mensch und bin dann eher gediegen zurück gefahren. Thorsten erwartete mich schon an unserer Straßeneinfahrt und war prompt der Meinung, ich hätte gefälligst zu blinken, wenn ich abbiegen wolle. „Mal ehrlich, ich bin gerade noch zu sehr damit beschäftigt, gleichzeitig Gas zu geben, dem Straßenverlauf zu folgen und nicht seitlich umzukippen. Blinken ist da nun wirklich nicht auch noch drin!"

Das musste ich dann wohl noch ein wenig üben. Was mir auch noch schwer fiel war, das Maschinchen auf den Ständer zu wuchten. Was aber auch an meinen immer tauber werdenden Füßen lag. Und ich hatte das System dieses Ständers die ersten paar Male noch nicht wirklich begriffen (ja, das klingt jetzt etwas seltsam, ich geb's zu. Im Normalfall habe ich mit sowas auch nicht wirklich Probleme „zwinker"). Nachdem es mir Thorsten aber noch ein paar mal gezeigt hatte (Gott, das wird immer komischer, ich merke es gerade selbst) konnte ich ohne Schwierigkeit überall parken. Und als ich dann die ersten Tage alleine unterwegs war und immer sicherer im Umgang mit dem Roller wurde, fing ich an, es unglaublich zu genießen. Ich fühlte mich damit frei und unabhängig und genoss das Gefühl, überall hinzukommen, ohne

Angst haben zu müssen, der Akku wird leer. Leider sollte mir das Gefühl nicht allzu lange bleiben, denn nicht mal zwei Wochen später sollte ich erstmal für längere Zeit überhaupt nichts mehr fahren können, weder Roller noch Auto. Warum aber jetzt ZWEI Zweiräder? Nun, weil Thorsten im Internet während der Umbauphase an meinem Roller einen weiteren Roller gleichen Typs entdeckt hatte und wir ihn für billig Geld erworben haben.

Er machte ihn wieder fahrtauglich und lackierte ihn um in schwarz-grau. Dann bekam er die gleiche Beschriftung wie meiner, nur der Name ist logischerweise anders. Thorstens Roller heißt „Schorsch".

Ich bekam noch einen neuen, rosafarbenen Helm mit Visier. Und für den montierte mir de Vadder einen passenden rosa Koffer auf den Gepäckträger. Innen wurde er mit lilafarbenem Glitzertepppich ausgelegt und außen bekam er seinen „Muddi"-Schriftzug. Fehlte nur noch der Aufkleber mit dem Namen, den ich für ihn, beziehungsweise sie, ausgesucht hatte.

Ende April ging ich dann ins MRT. Bis dahin hatte ich immer noch gehofft, die Symptome würden sich bessern oder vielleicht sogar ganz verschwinden. Leider war das Gegenteil der Fall und ich hatte ziemliche Angst vor dem Ergebnis. Nach eineinhalb Stunden in der Röhre (ja, so lange dauert das, wenn der Kopf und die gesamte Wirbelsäule untersucht wird) durfte ich wieder gehen. OHNE Ergebnis. Das hatten wir ja vor gar nicht allzu langer Zeit schon mal. Und daran hatte sich auch noch nichts geändert. Die Ärzte wollten einen immer noch nicht sehen, geschweige denn, mit einem sprechen. Zwei Tage später holte ich mir den Befund bei meinem Hausarzt und war, gelinde gesagt, völlig schockiert. Ich hatte ACHT neue Herde. Also MS-Herde, nicht solche zum kochen. Und diese neuen Herde befanden sich fast alle in der Brustwirbelsäule. Ein bekannter Herd in der Halswirbelsäule war ebenfalls aktiv und ich wunderte mich in dem Moment überhaupt nicht mehr. Jetzt hatte ich nur noch Angst vor den Konsequenzen. Dass das nicht einfach so wieder von allein weggehen würde, war mir vollkommen bewusst. Und auch die Tatsache, dass ich eigentlich selbst schuld an dem Ganzen war. Zum einen hätte ich schon viel früher etwas sagen und handeln sollen. Zum anderen war ich ja nun schon seit mehr als eineinhalb Jahren völlig therapielos. Erinnert Ihr Euch an einen Abschnitt ziemlich am Anfang des Buches, in dem ich noch so großartig getönt habe, eventuell nie wieder Medikamente nehmen zu wollen, weil es mir ja so wunderbar ging? Offenbar ein großer Fehler. Jetzt würde einiges auf mich zukommen, dessen war ich mir durchaus bewusst.

Zunächst aber hatten meine beiden Mädels noch Geburtstag. Ela am 02. Mai, Svenja am 09. Mai. Während die eine an ihrem Geburtstag eigentlich nur kurz zum Kaffeetrinken und Kuchen essen da war (ich spreche hier von Ela) sorgte die andere an ihrem Geburtstag aber mal für RICHTIG Stimmung.

Svenja hatte sich seit Wochen schon ausgemalt, was alles an ihrem Geburtstag passieren sollte. Sie wünschte sich ganz dringend ein ganz spezielles Feuerwehrauto (weil wir ja auch noch nicht genug hier rum stehen hätten), nämlich den „Jupiter" von „Feuerwehrmann Sam". Außerdem noch einen Käsekuchen und sie wollte richtig toll feiern. Alles in allem erfüllbare Wünsche. Wir bestellten ihr ihren heißgeliebten „Jupiter" und ich beschloss, ein „Feuerwehr-Auto" aus Schokoladenkuchen zu fabrizieren. Außerdem hatten wir Reni und Michael eingeladen. Die durften sogar nach den neuesten Corona-Regeln ganz offiziell bei uns sein. Michael war schon komplett geimpft, Ela auch und Svenja musste nicht mitgezählt werden weil sie noch keine 14 Jahre alt war (es war durchaus kompliziert wie Ihr seht). Und es sollte laut meiner Wetter-App der erste wirklich schöne Tag seit langem werden. Wir konnten also vielleicht sogar im Hof feiern.

Vor Svenjas Geburtstag war dann aber zunächst mein Termin in der Kopfklinik. Ich hatte ein etwas schlechtes (Gewissen. Immerhin war ich schon ewig nicht mehr dort gewesen. Ich hatte zwar versprochen, mich regelmäßig blicken zu lassen, aber es kam irgendwie immer was dazwischen. Mal war Svenja dank Corona ewig daheim, es lag zu viel Schnee oder es ging mir einfach zu gut und ich habe nicht mehr daran gedacht. Ich konnte mir vorstellen, dass meine Neurologin „Not amused" sein würde und sah dem Zusammentreffen mit leichtem Bauchgrummeln entgegen. Nach fast zwei Stunden Wartezeit rief sie mich zu sich. Und war freundlich wie eh und je! Ich war dermaßen erleichtert, ich kann es kaum beschreiben. Aber sie war auch höchst besorgt. „Frau Weber, was Sie da haben, nennt sich ein spinaler Schub und erklärt all Ihre Symptome. Wir müssen dringend mit Kortison beginnen, zunächst mal über drei Tage hinweg als Stosstherapie." Ich nickte, eigentlich war mir das ja schon vorher vollkommen klar gewesen. „Darf ich die Stoßtherapie wieder zuhause über Tabletten machen?" Sie kannte mein häusliches Problem, ich wollte Svenja nicht alleine lassen. Und wir hatten es vor Jahren schon mal so gehandhabt. „Natürlich, das können wir machen. Sind halt nur eine Unmenge an Tabletten, aber das wissen Sie ja.

Und dann sollten wir uns dringend über eine MS Therapie unterhalten. Es gibt da selbst unter dem Thema „Kinderwunsch" einige Möglichkeiten. Ich möchte Sie nur nicht noch länger weiter untherapiert lassen. des Weiteren lege ich Ihnen die Corona-Impfung sehr ans Herz. Auch wenn ich befürchte, dass bei Ihnen die Nebenwirkungen um einiges heftiger ausfallen könnten, aber immer noch besser als an Corona zu sterben. Also dann machen wir es wie folgt…"

Wir besprachen die Kortison Therapie und sie drückte mir noch einiges an Informationsmaterial für zuhause in die Hand zum Thema „MS Therapien unter Kinderwunsch". Außerdem noch Rezepte über einen Magenschutz, Heparin-Spritzen und eben Kortison-Tabletten. „Wir nehmen jetzt noch Blut ab und kontrollieren den Urin nach der Antibiotika-Gabe (ach du sch…mir fiel da gerade siedend heiß etwas ein, ich behielt es aber erstmal für mich!!!) und dann melde ich mich am Montag, ob sie anfangen können. Den Sonntag sollten Sie noch ohne Kortison genießen dürfen, immerhin ist da Muttertag und Svenja hat Geburtstag. Da kommt es auf die vier Tage jetzt auch nicht mehr an. Und sie melden sich am 20. Mai mal bei mir, wie sich die Symptome entwickelt haben." Sie verabschiedete sich von mir und ich fühlte mich regelrecht erleichtert. Endlich würde was passieren und das Kortison würde bestimmt ganz schnell helfen. Ich naives, kleines Proton („positiv geladenes Teilchen") aber auch….

Ich tigerte ins Labor, wurde angezapft und bekam dann das obligatorische Becherchen in die Hand gedrückt. Na denn, half ja alles nix. Ich hatte daheim immer mal wieder selbst getestet und feststellen müssen, dass ich diesen Harnwegsinfekt, von dem der Arzt damals gesprochen hatte, mitnichten durch genügend Flüssigkeitszufuhr in den Griff bekommen hatte. In Folge dessen würde er wohl noch da sein und ich am Montag wahrscheinlich dann DOCH Antibiotika brauchen. Ich lieferte den Becher befüllt wieder ab und machte mich nachdenklich auf den Weg nach Hause.

Dann kam der Sonntag, Svenjas Geburtstag und Muttertag. Und ich kann keinem sagen, wie froh ich war, dass ich noch keinen Krümel Kortison in mir hatte. Ich hatte den Tag zuvor drei Kuchen gebacken. Unter anderem meinen geplanten „Feuerwehr-Auto-Schokokuchen". Er war zwar nicht ganz so, wie ich ihn mir vorgestellt hatte (ich HASSE es, mit Fondant zu arbeiten), aber man sah ihm durchaus an, was es darstellen sollte. Statt dem Käsekuchen gab es eine Oreo-Torte und ich wusste, sie würde sich trotzdem tierisch darüber freuen.

Ich versah den Feuerwehrkuchen noch mit Kerzen, wir stellten ihr Geschenk auf den Tisch und dann gingen wir alle hoch zu ihr ins Zimmer. Ela und ich sangen ihr ein Ständchen und Svenja war höchst begeistert. „Ohhh, ihr seid ja sooo lieb" strahlte sie über alle Backen.

Ich drückte sie zuerst und gratulierte ihr, dann Thorsten, dann Ela. „Wo ist mein Geschenk und mein Geburtstagskuchen?" Ich musste lachen. „Ela bringt dich gleich mit runter, dort wartet alles auf dich. Weißt du noch, was du dir gewünscht hattest?"

Sie strahlte immer noch. „Na klar, einen „Jupiter" und Käsekuchen." „Also dann, bis gleich Geburtstagskind." Thorsten und ich gingen wieder runter, Ela wollte noch kurz vorher mit ihr ins Bad. Als sie sie dann in der Küche in den Therapiestuhl setzte zündete ich die Kerzen an. Dann fuhr Ela sie ins Esszimmer und ich dachte kurz „wie guckt die denn?" Also Svenja wohlgemerkt. Wir stellten sie an den Esszimmertisch und Svenja starrte die Sachen an, die darauf standen. Ela hatte noch ihre Geschenke dazugestellt und einen großen „Feuerwehrmann Sam" Luftballon aufgeblasen. Svenja starrte immer noch. Ich hatte eigentlich etwas mehr enthusiastische Freude erwartet, immerhin kannte ich sie ja und wusste, wie sehr sie ich normalerweise freuen konnte. „Willst du die Kerzen ausblasen?" Sie antworte zwar ja und fing auch sofort an zu pusten, aber irgendwas war seltsam. Noch konnte ich nicht genau sagen was. Auch Thorsten und Ela fiel auf, dass sie komisch reagierte. „Guck mal, was die Mama extra für dich gemacht hat." Ich zeigte ihr den Kuchen und Svenja betrachtete ihn von allen Seiten. Aber anstatt sowas zu rufen wie „Ui, ein Feuerwehrauto" sagte sie nur „schön". Dann ließen wir sie ihr Geschenk aus der Tüte ziehen. Und sie erkannte nicht, was sie da auspackte. Ich wurde zunehmend unruhiger. Ela zeigte auf verschiedene Buchstaben und Zahlen auf dem Karton und fragte Svenja, was sie sah. Svenja sagte irgendetwas, aber keiner verstand sie so wirklich. Sie machte den Eindruck, als würde sie ständig nach Worten suchen. War aber dabei hellwach. Wir fragten sie, wer wir sind. Sie schaute uns an, sagte zu Thorsten Babba, zu Ela den Namen einer ihrer Lehrerinnen und mich erkannte sie überhaupt nicht. Dafür sagte sie ein paar mal: „Ich muss heute noch ins Krankenhaus." Es war gruselig. Wir fragten sie, warum sie denn ins Krankenhaus müsse, aber darauf hatte sie keine Antwort.

Ich drehte sie um zu mir und sah sie an. Dann nahm ich sie fest in den Arm und fragte leise, was denn los sei. Und mir kamen sofort die Tränen, weil der Tag sowieso emotional schon wieder leicht anstrengend für mich war. Ich war für einen Augenblick der Meinung, Ronja würde ihr unglaublich fehlen. Das Problem hatten wir nämlich vor einiger Zeit. Eine ihrer Lieblings-lehrerinnen, mit der ich in ständigem Kontakt stehe, hatte mir eine Nachricht geschickt, ob Svenja daheim auch gerade sehr viel über Ronja reden würde. In der Schule wäre das Thema sehr präsent und Svenja würde so gut wie jeden Tag momentan weinen, manchmal sogar ziemlich heftig. Sie würde Ronja so sehr vermissen und sie käme auch gar nicht mehr zu ihr.

Ich war wie vor den Kopf gestossen. Svenja erschien mir die letzte Zeit eigentlich eher entspannt und Ronja war nicht wirklich ihr Thema mir gegenüber. Ich bat die Lehrerin, Svenja doch beim nächsten Mal darauf anzusprechen, ob sie vielleicht mit MIR mal darüber reden wolle. Schon am nächsten Tag erhielt ich eine Nachricht: „Svenja sagt, sie hat extra nichts zu dir gesagt, weil es dir doch momentan sowieso nicht so gut geht. Und sie möchte nicht, dass du dann auch noch wieder so traurig wirst." Ohhh…

Ich musste aufpassen, nicht auf der Stelle loszuheulen. Svenja zeigte Empathie, etwas, dass sie eigentlich bisher nicht wirklich kannte. Ich wollte aber nicht, dass sie das Gefühl hatte, sie würde mich mit ihren Gefühlen „belästigen". Das tat sie NIE, ich hatte ihr doch schon so oft gesagt, dass sie mit mir jederzeit über alles reden konnte. Abends beim fertig machen fürs schlafen sprach ich sie darauf an: „Ist alles gut bei dir?" Sie blinzelte mich an. „Ja Mama, alles super." Und ihr rechter Daumen schnellte obligatorisch nach oben. „Bist du dir sicher? In der Schule ist also auch alles in Ordnung?" Svenja merkt man sehr schnell an, wenn sie versucht, Gesprächen auszuweichen sobald sie ihr unangenehm werden oder sie merkt, auf was man hinaus will. Jetzt war so ein Moment. Sie wich meinem Blick aus und ihr Oberkörper wand sich wie ein Aal. „Warum fragst du?" Jetzt musste ich vorsichtig sein. Wenn ich jetzt wie ein zügelloses Pferd nach vorne preschte konnte es sein, dass sie sich entweder komplett verschloss oder sehr schnell anfing, zu weinen. Beides wollte ich gerade nicht. „Nun, ich habe gehört, dass du momentan manchmal ein wenig traurig bist in der Schule. Stimmt das? Magst du vielleicht mit mir darüber reden?" Sie verzog den Mund zu einem ganz leichten Lächeln. „Das hat dir meine Lehrerin gesagt, oder? Dir geht's doch aber gerade gar nicht gut." Ich wartete ab, aber sie schien vorerst mit ihrem

Satz fertig zu sein. Also begann ich erneut. „Ja, mir geht's zwar nicht so gut, aber deshalb kannst du mir doch trotzdem immer sagen, wenn dich was bedrückt. Also, was ist los?" Svenjas Mundwinkel gingen nach unten und sie blickte so unglaublich bedrückt, dass ich sie am liebsten in den Arm genommen hätte. Aber das wäre jetzt der falsche Moment gewesen, sie sollte erst sagen dürfen, warum sie so traurig war. Sie holte tief Luft.
„Ich vermisse Ronja so sehr, sie ist irgendwie gar nicht mehr so oft bei mir!"
Ich hatte das kommen sehen. Mir ging es ganz oft genau so. Gerade in letzter Zeit hatte ich so oft das Gefühl, als sei sie überhaupt nicht mehr da, selbst in meinen Gedanken nicht mehr wirklich greifbar. Aber das konnte ich ja nun Svenja ganz schlecht erzählen. Also dachte ich kurz nach und sagte ihr dann: „Weißt du, Ronja wird ja auch bald schon vier Jahre, und ist somit schon ein ziemlich großes Mädchen. Und die haben halt auch mal ganz andere Dinge zu tun. Mir ist sie vor gar nicht allzu langer Zeit mal im Traum erschienen und hat mir gesagt, dass alles in Ordnung sei und ich mir keine Sorgen zu machen bräuchte." Und das war ja tatsächlich nicht mal gelogen. Ab und an schickt sie mir kleine Zeichen, die ich dankbar aufnehme und in mich aufsauge wie ein Schwamm. Und das versuchte ich jetzt Svenja zu vermitteln. Dass Ronja immer noch da sei, sie würde doch ihre Schwester niemals allein lassen. Aber dass sie bestimmt immer so viel zu tun hatte im Himmel als Gottes schönster Engel, dass sie ganz oft überhaupt keine Zeit mehr hatte. Ich sei mir aber ganz sicher, dass sie immer wieder zu ihr käme. „Wenn du willst, rede ich mal mit ihr, wenn ich das nächste mal auf den Schatzkistenplatz gehe und sage ihr, sie soll mal wieder zu dir kommen. Soll ich das machen?" Svenja strahlt.
„Au ja, mach das bitte. Sag ihr, sie fehlt mir..."
Ich drückte Svenja und musste mich schwer zusammenreißen. „Das mache ich aber nur, wenn du ihr versprichst, in Zukunft immer mit mir zu reden, wenn du Probleme hast oder dich traurig fühlst, ok? Egal wie es mir gerade geht. Für dich habe ich immer Zeit." Sie nickte, und ich hoffte, ich hatte sie glaubhaft von allem überzeugen können. Das fiel mir nämlich immer schwerer...
Jetzt, an ihrem Geburtstag, war ich also für einen Moment lang der Meinung, Svenja hatte gerade ein genauso emotionales Problem wie ich. Als ich sie aber im Arm hatte merkte ich, dass sie mit einem Male kaltschweißig wurde und kurz den Kopf nach vorne sacken ließ. Ich schob sie an den Schultern zurück und zischte dann: „Ela, drüben im Bett die Decke weg und ein

Handtuch hin, Thorsten, schnall sie ab und bring sie rüber, ich hole das Notfallmedikament. Ich glaube, sie rutscht uns in einen Anfall!". Es ging Hand in Hand und keine halbe Minute später lag sie in stabiler Seitenlage auf Thorstens Bettseite. Und grinste.

„Svenja, weißt du, was heute für ein Tag ist?" Ich sah sie gespannt an.

„Sie schnalzte mit der Zunge, wie jemand der angestrengt überlegt. Dann sagte sie: „Dienstag." Wir anderen sahen uns an. Svenja kannte alle Wochentage, wusste manchmal besser als ich, was für ein Tag gerade war. Ela fragte: „Wer bin ich denn?" Und wieder war Svenjas Antwort: „Meine Lehrerin Frau..."

Mich erkannte sie überhaupt nicht und jetzt wusste sie auch nicht mehr, wer Thorsten war. Dafür war sie aber ziemlich gut drauf und offenbar weit weg von einem ihrer typischen „Anfalls-Symptomen".

Nur halt eben VÖLLIG neben der Spur. Das war erschreckend und etwas ganz Neues. Ihre Sprache war nicht wirklich deutlich und die rechte Gesichtshälfte begann zu hängen! Ich ging aus dem Schlafzimmer und rief unsere Kinderärztin an. Mittlerweile war es mir fast schon peinlich, dass wir immer mit irgendwas ums Eck kamen wenn es spätabends, Wochenende oder Feiertag war. Aber Caroline war keinesfalls genervt oder verärgert, sie wusste ja, ich rufe meistens nicht umsonst an. Ich schilderte ihr die Sachlage und schickte eine Vermutung hinterher: „Wenn ich es nicht besser wüsste, würde ich vermuten, sie hat einen Schlaganfall."

Caroline bekräftigte meine Vermutung. „Das kann durchaus sein, auch bei Kindern. Hol einen Krankenwagen und sag denen auch gleich, was du vermutest. Noch sind wir in einem guten Zeitfenster. Und halt mich auf dem Laufenden." Ich versprach ihr, mich zu melden, legte auf und wählte die „112". Dann ging ich zurück ins Schlafzimmer und berichtete. Ela blieb bei ihr, während ich Medikamente und was zu trinken für unterwegs richtete. Thorsten wartete draußen auf den Krankenwagen. Keine fünf Minuten später hörten wir schon das Martins-Horn. Die Sanitäter, die kurz darauf in unserem Schlafzimmer saßen und Svenja begutachtet hatten, warfen eine weitere Verdachtsdiagnose in den Raum: „TIA", eine transistorische ischämische Attacke, also eine kurzzeitige Durchblutungsstörung im Gehirn. Bei näherem Betrachten durchaus möglich. Natürlich würden wir in die Klinik müssen, und natürlich bestanden wir auf Heidelberg. Immerhin waren wir, beziehungsweise Svenja, dort mehr als bekannt. Der Rettungssanitäter telefonierte und Svenja wurde ins Auto verladen. Noch immer wusste sie nicht, wer wir waren oder was heute für ein Tag war. Dafür war sie weiterhin ansprechbar und ziemlich guter Dinge. Was für eine überaus seltsame Mischung. Kurze Zeit später waren wir auf dem Weg nach Heidelberg.

Ich setzte ein Bild von dem vorausfahrenden Rettungswagen in meinen WhatsApp Status, weil schon einige Svenja zum Geburtstag gratuliert hatten. Ich wollte nicht, dass sich jemand wunderte, wenn ich erstmal eine Weile keine Antwort geben würde. Dann rief ich bei Michael an, schilderte ihm kurz die Sachlage und versprach, mich zu melden, wenn ich Genaueres wissen würde. Danach informierte ich unsere Kinderärztin, dass wir auf dem Weg nach Heidelberg waren. Ela war mit Svenja im Krankenwagen mitgefahren. Mit ihr schrieb ich jetzt und fragte, ob sie schon wusste, in welche Klinik sie fahren würden. Ihre Antwort war „Kopfklinik" und so fuhren Thorsten und ich dort hin. Als wir ankamen, war vom Wald-Michelbacher RTW noch keine Spur.

Aber um sicher zu gehen, ging ich zur Notaufnahme und fragte nach. Und ließ mich dort von dem Pförtner erstmal blöd anmachen. „Wie alt ist ihr Kind denn?" blaffte er mich an. Als ich ihm sagte „neun" und warum sie hierher gebracht werden sollte meinte er nur knurrend „das ist egal, Kinder kommen zuerst in die Kinderklinik!". Ich beschloss, entgegen meiner sonstigen Einstellung vorerst still zu sein und draußen auf Svenjas Ankunft zu warten. Einige Minuten später rollte der Krankenwagen mit meinem Kind auf die Einfahrt der Notaufnahme zu. Ich spurtete hin und als die Tür sich öffnete rief mir Svenja ein fröhliches „Hallo Mama" entgegen. Oh mein Gott, sie war wieder da! Und zwar so, als wenn nichts gewesen wäre. Ich war sprachlos und ziemlich glücklich. Nachdem dann auch der Rettungssanitäter mit dem „freundlichen" Pförtner diskutiert hatte, mussten wir tatsächlich also zunächst in die Kinderklinik. Thorsten wollte rüber laufen und zur Not später das Auto nachholen. Aber für mich war der Weg definitiv zu weit, meine Wegstrecken, die ich zurücklegen konnte, wurden in den letzten Tagen immer kürzer. Und so durfte ich mit meinen beiden Mädels im Rettungswagen rüber in die Kinderklinik fahren. Svenja war wieder völlig die Alte. Nun denn, blieb abzuwarten, was die Ärzte nun dazu sagen würden. Die beiden Rettungssanitäter, es waren eine Frau und ein Mann, und ich brachten Svenja in ein Zimmer der Notaufnahme. Während die beiden draußen dem zuständigen Arzt erklärten, was passiert war, wurde bei Svenja schon mal Temperatur und Blutdruck gemessen. Dann kamen unsere zwei Rettungskräfte nochmal rein und verabschiedeten sich. Die beiden waren wirklich total lieb und Svenja sagte heiter winkend „Tschüss und Danke." Dann kam der Arzt: „Hallo Svenja, na, wie geht es dir?" Und mein Kind strahlte ihn an und meinte: „Hallo schöner Mann, mir geht's gut." Ich dachte, mich haut´s vom Stuhl. Vor gut einer Stunde wusste dieses Kind nicht mehr, was oben und unten ist, und jetzt baggerte sie schon wieder Ärzte an, war das denn zu fassen??

Er wandte sich an mich und ließ sich die Vorkommnisse erzählen. Und auch er kam ziemlich schnell zu der Feststellung, dass es sich dabei wahrscheinlich wirklich um eine TIA gehandelt haben könnte. Die wiederum könne man jetzt im MRT sowieso nicht mehr nachweisen, deshalb würden sie auch keines machen wollen (na Gott sei Dank). Aber zur Sicherheit und zur Beobachtung solle Svenja die Nacht über hier bleiben. So eine Attacke könne schließlich jederzeit wieder auftreten. Gut, das war mir ja eigentlich klar gewesen. Und genauso klar war, dass ich mein Geburtstagskind gerade heute NICHT hier lassen wollte. Bittend sah ich den Arzt an. „Sehen Sie, Svenja hat heute Geburtstag und draußen ist das herrlichste Wetter (es war mittlerweile sogar schon fast unerträglich warm). Ich weiß, dass heute nicht mehr viel gemacht werden wird, außer eventuell ein paarmal den Blutdruck gemessen. Morgen gehen wir dann nach Hause, hier war alles gut, und übermorgen kommt die nächste Attacke. Ich habe Svenja hoch und heilig einen tollen Geburtstag versprochen. Mit Kuchen, ihrem Besuch, auf den sie sich schon so freut und mit Geschenken, die sie sich gewünscht hat. Bitte nehmen Sie das diesem Kind nicht!" ich hätte fast geheult. Ich wollte so sehr, dass man Svenja ihren Geburtstag nicht mehr kaputt macht, jetzt, wo es ihr doch schon wieder so gut ging. Der junge Arzt sah mich mehr als verständnisvoll an. „Frau Weber, ich versteh Sie so gut. Sie wissen aber auch, dass ich Sie dann gegen ärztlichen Rat gehen lassen muss und Sie mir das unterschreiben müssen." Ich sah ihn fast flehentlich an. „Natürlich weiß ich das. Bitte lassen Sie uns wieder gehen." Er stand auf und meinte: „Ich werde das kurz mit meinem Oberarzt besprechen, aber eigentlich sehe ich da keine Probleme."

Einige Minuten später kam er wieder. „Also gut, Sie können gehen, auf eigene Verantwortung natürlich. Und wenn nochmal etwas sein sollte kommen Sie bitte unverzüglich wieder." Ich nickte bekräftigend und versprach, das genau so zu tun. Dann sagte er: „Wir werden noch die

Blutgase überprüfen. Svenja, dazu gibt es einen kleinen Piks in den Finger, ist das für dich in Ordnung?" Und meine kleine Flirtmeisterin meinte nur: „Na klar schöner Mann, mach ruhig. Du darfst das alles." Ich konnte nur mit dem Kopf schütteln, dieses Kind war echt immer wieder für Überraschungen gut. Er pikste also mit Erlaubnis und besprach den Rest mit seinem Oberarzt. Eine Viertelstunde später ungefähr kam er zurück. „Die Werte sind vollkommen in Ordnung und wenn Sie mir den Zettel unterschreiben, dürfen Sie und das Geburtstagskind nach Hause."

Vollkommen erleichtert schrieb ich Thorsten an, er solle das Auto holen und mir Ela reinschicken. Die musste Svenja raustragen. Minuten später stand Ela in der Tür und als wir Svenja draußen ins Auto verfrachteten, begann sie „Feuerwehrmann Sam" zu singen. Das hatte sie im Behandlungszimmer auch schon der Schwester vorgesungen. Ich rief Michael an, um ihm zu sagen, dass wir jetzt wieder auf dem Heimweg waren und wir uns freuen würden, wenn er und Reni nachher zu uns kommen würden. „Wir sind auch in Heidelberg, wir wollten euch nicht alleine lassen. Auch wenn wir natürlich nicht mit rein gekonnt hätten." Ohhh... ich war nervlich so angespannt, dass ich beinahe geheult hätte, so gerührt war ich. „Dann treffen wir uns am besten gleich bei uns. Wir freuen uns!"

Wieder daheim setzten wir Svenja in den Therapiestuhl und stellten sie in den Hof. Dann bereiteten wir den Geburtstagstisch draußen vor, ich schnitt die Kuchen an und Thorsten brachte die Geschenke nach draußen. Einige Minuten später kamen Reni und Michael an. Auch sie hatten „Feuerwehrmann Sam" - Geschenke dabei und Svenja erkannte auf Anhieb, was sie da vor der Nase hatte. Auch meinen mühsam zusammengebastelten „Feuerwehr-Kuchen" erkannte sie (na endlich aber auch!)

Und da gleichzeitig Muttertag war, bekam auch ich Geschenke. Von Ela einen wunderschönen Rosenstrauß und ein richtig tolles Fußmassage-Gerät. Meine Füße waren ja nach wie vor taub, mittlerweile seit fast drei Monaten schon. Katharina hatte auch so ein tolles Gerät und hatte es mir die letzten zwei Wochen schon geliehen. Und das tat mir unheimlich gut. Zwar brachte es meinen Füßen das Gefühl nicht zurück, aber es entspannte wenigstens den Rest meines Körpers. Und jetzt hatte ich sogar mein eigenes! Ausgestattet mit allen Raffinessen. Thorsten hatte etwas bestellt, was Svenja mir schenken durfte: Eine Art Windspiel mit vier Segelbooten und als Dreh-und Angelpunkt einem Leuchtturm. Die Segelboote drehen sich im Wind und der Leuchtturm leuchtet im Dunkeln. Zusammen mit der Tatsache, dass es Svenja wieder richtig gut ging und wir hier mit Freunden bei herrlichstem Wetter im Hof sitzen konnten, war ich dem Gefühl von „glücklich sein" ziemlich nah.

Ich drehte spontan ein kleines Video und ließ Svenja darin selbst sagen, dass sie wieder fit und Zuhause war. Dann gingen Ela und ich in die Garage zu meinem Roller. Heute, an Svenjas Geburtstag und am Muttertag wollte ich endlich den Namen verkünden, meinen Roller also ganz offiziell taufen.

Ein paar Tage zuvor hatten wir den Anker und den Namen bekommen und jetzt war er/sie also fertig zum Enthüllen. Ela filmte, während ich ein paar Worte dazu sagte, WARUM ich mich entschieden hatte, dem Roller genau DIESEN Namen zu geben. Dann zog ich langsam die Decke zurück.

„Tja ihr Lieben, er ist laut, er ist bunt, er passt perfekt zu mir und ich kann ab jetzt immer sagen, ich bin mit… meiner „Krawalli" unterwegs!"

Ja, mein Roller heißt „Krawalli", weil nichts besser zu ihr gepasst hätte. Sie wird auf mich aufpassen, wenn ich durch die Gegend heize und sie ist somit immer dabei.

Es wurde noch ein wunderschöner Tag und als wir Svenja abends ins Bett brachten blinzelte sie erschöpft und meinte:

„Das war der beste Geburtstag aller Zeiten!" Und ich war froh, dass sie das, trotz allem so sah.

Am nächsten Tag sollte ich ja dann mit dem Kortison beginnen. Und DAS, und was dann die nächsten Wochen und Monate folgte, war das Einschneidenste und Aufrüttelnste, was mir die letzten Jahre passiert war. Und es ist allemal ein eigenes Kapitel wert: „Die Muddi völlig außer Gefecht!" Los geht's …

Mai, Juni, Juli: *„Die Muddi völlig außer Gefecht"*, *„her mit allen Kalorien"* und *„Gruezi miteinand"*

Einen Tag nach Svenjas Geburtstag bekam ich einen Anruf von der Kopfklinik. Mein Urin wäre ÜBERHAUPT nicht in Ordnung (wer hätt´s gedacht?) und ich müsste dringend Antibiotika nehmen. Am besten als Einmaldosis. Ich wusste selbst, dass das vor der Kortison-Stoßtherapie unabdingbar war. Einfach ausgedrückt würde das viele Kortison alles verschlimmern, was sich dann noch als Baustelle in meinem Körper befand. Ich würde also dieses Mal nicht drumherum kommen. Resigniert bestellte ich mir ein Rezept bei meinem Hausarzt. Ich würde die Tabletten sowieso erst nachmittags nehmen können, wir hatten nämlich Vormittags mit Svenja noch einen „Pressetermin". Der kam ziemlich überraschend einige Tage vorher. Des Bürgermeisters Sekretärin hatte mich kontaktiert, es ging um die neue behindertengerechte Schaukel in der „Heinrich-Schlerf-Erholungsanlage", von uns Wald-Michelbachern kurz und knackig „Elchpark" genannt. Ich hatte vor längerem mal unseren Bürgermeister in Facebook auf so eine ähnliche Schaukel markiert. Und tatsächlich hatte er danach Spenden gesammelt, um das Projekt möglich machen zu können. Jetzt sollte Svenja also zusammen mit ihm und der örtlichen Presse die Schaukel ganz offiziell einweihen. Als ich ihr das Abends erzählte, wäre sie beinahe vor Stolz geplatzt. Ihr wisst ja, mein Kind ist äußerst gerne „berühmt" und steht auch ziemlich gerne in der Öffentlichkeit. Sie war also wie zu erwarten schwerst begeistert. Ich sagte in der Schule Bescheid, dass Svenja an dem Tag nicht kommen würde und gegen zehn Uhr Vormittags waren wir dann an der Schaukel. Thorsten setzte Svenja probeweise hinein und als der Pressefotograf, unser Bürgermeister Dr. Sascha Weber und ein Mann von der Schlerf - Stiftung erschienen, war Svenja schaukeltechnisch schon so „eingegroovt", dass sie gar nicht mehr raus wollte. Sie saß nahezu perfekt darin und konnte weder um- noch rausfallen. Ich versprach ihr, dass, sobald ich wieder besser laufen konnte, wir bestimmt noch öfter hierherkommen würden. Dass das allerdings dann noch SO lange dauern würde, konnte ja keiner ahnen.
Am Nachmittag nahm ich dann schon fast todesmutig das Antibiotika. Und siehe da: Nichts passierte! Weder bekam ich Atemnot, noch wurde mir sonst irgendwie seltsam. Ich war mehr als erleichtert.

Am nächsten morgen gegen halb sechs zählte ich mir 25 Tabletten des Kortisons auf einen kleinen Teller. Dann nahm ich den Magenschutz, aß eine Banane und gegen sechs Uhr begann ich das Kortison einzuwerfen. Ich hatte dafür einen Zeitrahmen von ungefähr einer Stunde und nahm immer fünf bis sechs Tabletten auf einmal.

Ach Gott, ich hatte ja schon vergessen, wie dermaßen ekelhaft diese Dinger waren. Schon beim Runterschlucken waren sie bitter wie Galle, und nach der dritten Portion hatte ich eigentlich schon keine Lust mehr. Ich nahm ja schon die ganze Zeit über Kortison, allerdings in noch einigermaßen erträglichen Dosen. Das hier war aber schon wieder nicht mehr lustig. Aber ich würde das jetzt die nächsten drei Tage durchziehen wie ein Held und dann durfte ich ganz ohne Ausschleichen aufhören. Und danach würde es mir bestimmt sehr bald wieder richtig gut gehen. HAHAHAHAHA!!!

Dienstags hatte ich also begonnen und Donnerstags war ich fertig mit meinen insgesamt 3000mg Kortison. Ich hatte immer schön fleißig den Magenschutz dazu genommen und auch immer genügend getrunken. Und bis jetzt war ich selbst erstaunt, wie gut ich diese Dosis doch dieses Mal wegsteckte. Nur an den Symptomen hatte sich noch nicht viel getan, aber das würde ja erfahrungsgemäß auch noch eine Weile dauern. Freitags, also den ersten Tag „ohne" ging es mir dann auch noch verhältnismäßig gut. Samstags morgens sollte sich das allerdings schlagartig ändern. Ich wurde gegen sieben Uhr morgens wach und wollte auf die Toilette. Und merkte entsetzt, dass ich meine Beine nicht mehr spürte. Beim Blick in den Spiegel musste ich feststellen, dass mein Gesicht angeschwollen war. Gut, ich kannte das Phänomen (nennt sich Cushing-Syndrom, also „Vollmondgesicht" unter Kortison). Ich hatte das beim letzten extremen Schub vor Jahren auch, und es war für mich fast mit die schlimmste Nebenwirkung überhaupt. Jetzt aber standen meine Beine im Vordergrund, ich kam kaum noch wirklich vorwärts. Sie waren gefühllos und vollkommen schwach. Außerdem hatte ich fürchterliche Schmerzen im Rücken und mein Nacken-Schulterbereich fühlte sich an, als hätte ich einen Sandsack darauf liegen. Mir war mehr als seltsam, als würde ich mindestens drei Schritte neben mir stehen. Alles in allem konnte ich mich also kaum noch rühren und schleppte mich mit Müh und Not wieder zurück ins Bett. Dort angekommen drehte sich Thorsten zu mir um, zog scharf die Luft ein und begann, sich vor Schmerzen zu winden. Ich war zunächst extrem irritiert, und dachte wirklich erst, er wolle mich vielleicht veräppeln. Immerhin war ich ja gerade froh, dass ich es mit Müh und Not wieder zurück ins Bett geschafft hatte. Aber nein, von „veräppeln" war er meilenweit entfernt, er hatte sich im Schulterbereich wohl irgendwas geklemmt und konnte sich jetzt nicht mehr rühren. Na Bravo, zwei Vollinvalide auf einen Schlag. Wie sollte das denn heute weitergehen?? Ela war arbeiten und Svenja schlief noch. Die musste ja aber nachher irgendwie versorgt werden. Und dass ich, so wie es mir gerade ging, die Treppen hoch kam, war ein Ding der völligen Unmöglichkeit. Nur sah Thorsten gerade auch nicht wirklich so aus, als könnte er demnächst auch nur einen Meter laufen. Also quälte ich mich wieder raus aus den Federn und schlich in die Küche, wo ich Thorsten einen ganzen Schwung Schmerzmittel auflöste. Dann schwankte ich wieder zurück, drückte ihm das Glas in die Hand und ließ mich völlig entkräftet auf meine Bettseite fallen. Einem von uns beiden musste es jetzt schnellstmöglich besser gehen, sonst bräuchten wir am Ende alle einen ambulanten Pflegedienst. Erst für uns, dann für Svenja. Thorsten leerte das Glas und stöhnte. Dann warteten wir eine halbe Stunde und ich hoffte, die Tabletten würden ihre Wirkung zeigen. Ich brauchte nämlich auch irgendwann mal demnächst Hilfe. Gegen halb neun schien es Thorsten dann wenigstens minimal besser zu gehen, auf alle Fälle quälte er sich unter großem Gejammer aus dem Bett und hangelte sich in die Küche. Mein „seltsamer" Zustand wurde inzwischen immer schlimmer, ich hatte keine Ahnung, was das sein sollte und woher diese ganzen Symptome jetzt auf einmal kamen. Aber sie machten mir ein klein wenig Angst. Mittlerweile war Thorsten so weit, dass er Svenja runter ins Bad holen konnte. Während er sie holte versuchte ich, von unserem Schlafzimmer ins Bad zu kommen. Die beiden Räume liegen genau gegenüber, also eigentlich nur ein paar Schritte und im Normalfall nicht der Rede wert. Jetzt brauchte ich aber schon fast fünf Minuten, bis ich überhaupt mal aus dem Schlafzimmer draußen war. Svenja lag auf dem Wickeltisch und schon beim Öffnen ihres Bodys merkte ich, dass nicht nur meine Beine komplett taub waren, sondern dass ich auch mittlerweile über meine Hände und Arme keinerlei Gewalt mehr hatte. Ich konnte also Svenja kaum wirklich wickeln, wusste aber, Thorsten würde es auch nicht können. Also Zähne zusammen beißen, die Windel irgendwie ums Kind gewickelt und den Rest den Mann machen lassen. Der konnte zwar auch nicht wirklich gut, hatte aber wenigstens noch seine Extremitäten im Griff.

Er zog sie also an und brachte sie wieder nach oben. Dann bekam ich eine Tasse Kaffee ans Bett gebracht und wir überlegten, wie es nun weitergehen sollte. Vorerst wollte ich abwarten, mal wenigstens bis Ela wieder da war. Die wollte gegen Mittag zurück sein. Thorsten schmiss mir den DVD-Player an und ich schaute am frühen Vormittag einen Bollywood-Film nach dem anderen. Wenn ich mich überhaupt nicht bewegte ging's eigentlich, aber sobald ich auch nur ansatzweise versuchte, mich umzudrehen oder meine Lage im Bett zu verbessern, hätte ich schreien können vor Schmerzen. In der Zwischenzeit begannen meine Lymphknoten am Hals zu schwellen und ich konnte den Bereich vom Hals abwärts bis zum Dekolleté kaum berühren. Es brannte wie Feuer und fühlte sich wund an. Obwohl man von außen nicht viel sah, außer dass halt alles geschwollen war. Als Ela später nach Hause kam war ich völlig mit meinen Nerven am Ende. Ich beschloss, den ärztlichen Bereitschafts-Dienst anzurufen und zu fragen, was ich machen sollte. Vielleicht würden die ja sagen, dass das eine Absetzerscheinung vom Kortison war und es bis morgen eigentlich besser sein müsste. Die sehr nette Ärztin, die mich dann eine halbe Stunde später zurückrief, war aber zunächst nicht wirklich überzeugt davon, dass das alles am nächsten Tag wieder verschwunden sein würde und konnte die Symptome auch nicht wirklich zuordnen. Sie versprach, vorbei zu kommen und sich ein persönliches Bild von mir zu machen. Kurze Zeit später saß sie dann auch schon auf meiner Bettkante. Sie untersuchte, klopfte, tastete und meinte dann: „Also, ich weiß ja auch nicht!" Na prima...

„Ich gehe jetzt erstmal nicht davon aus, dass Ihre Symptome vom Absetzen des Kortisons kommen, ich habe das in dem Ausmaß noch nicht erlebt. Aber ich werde mal kurz mit Heidelberg telefonieren." Sie ging aus dem Schlafzimmer in die Küche und ich hörte sie reden. Dann kam sie wieder und meinte: „Sie möchten sich doch bitte in der neurologischen Notfallambulanz vorstellen. Eventuell brauchen Sie nochmal Kortison." Ohhh Mann, das wurde ja immer besser. „Ich lasse Ihnen jetzt Papiere da, dann können Sie jederzeit dort hin. Ich würde aber vielleicht nicht allzu lange warten." Sie verabschiedete sich und Ela und ich beratschlagten uns. Thorsten meinte: „Dann soll Ela dich doch fahren. Wenn sie mir Svenja soweit vorher fertig macht mach ich ihr später was zu essen, und den Rest bekommen wir hin." Das klang nach einem einigermaßen vernünftigen Plan. Ich wälzte mich also aus dem Bett, bewegungstechnisch in etwa so grazil und beweglich wie eine schwangere Seekuh. Ela brachte mir ihre Sporttasche und ich begann, einiges an Notwendigkeiten einzupacken. Ich ging davon aus, mal mindestens über Nacht bleiben zu müssen. Gegen vier Uhr nachmittags machten wir uns dann auf den Weg Richtung Heidelberg. Eine Stunde später standen wir am Eingang der Notfall-Ambulanz und Ela machte sich auf die Suche nach einem Rollstuhl, ich kam nämlich gerade keinen Schritt mehr selbstständig vorwärts. Was für ein durch und durch besch ... eidenes Gefühl.

Drinnen meldete ich mich an, wie zu erwarten musste Ela natürlich draußen bleiben. Und da Heidelberg schon immer ziemlich schnell im Zustechen ist, hatte ich keine zehn Minuten später schon einen Zugang liegen, eine Infusion mit Flüssigkeit anhängen, war auf Corona getestet und auf eine Liege verfrachtet worden. Das wars dann aber auch für die nächsten ACHT Stunden. Ungelogen kam nämlich bis dahin kein Mensch mehr zu mir. Zwischendurch war ich mitsamt Liege vom Flur der Notaufnahme in den Vorraum geschoben worden. Das war's aber dann auch schon wieder mit der Aktivität. Wie ich dem unzufriedenen Gebrummel rings um mich herum vernehmen konnte, warteten manche Patienten sogar noch viel länger als ich. Ich übte mich (ausnahmsweise und völlig entgegen meines Charakters) dieses Mal aber in Engels-Geduld. Ich würde es durch nichts beschleunigen können. Durch Motzen schon dreimal nicht. Es war mittlerweile kurz nach ein Uhr Nachts. Ela hatte sich zu mir „geschlichen" und da keiner was dagegen zu haben schien, blieb sie einfach da. Ich hatte schon vor Stunden zu ihr gesagt, sie könne wieder nach Hause fahren. Sollte ich wider allen Erwartens doch noch nach Hause dürfen würde ich mich melden. Aber sie wollte mich nicht alleine lassen und bestand darauf, solange zu warten, bis man endlich mehr wüsste. Gegen halb zwei kam auf einmal Bewegung in die Sache. Eine Ärztin kam zu mir und holte mich per Rollstuhl in eines der Behandlungszimmer. Sie untersuchte mich und meinte dann, dass sie gerne zunächst meine Lendenwirbelsäule röntgen lassen würde um zu schauen, wo diese massiven Schmerzen herkämen. Auch fand sie meine geschwollenen Lymphknoten und die plötzlich aufgetretene Lähmung in Armen und Beinen mehr als seltsam. Sie schob mich wieder raus in den Vorraum und hieß mich nochmal kurz warten. Ich berichtete Ela, wie es nun weitergehen sollte und sie wollte jetzt auch noch unbedingt warten, bis das Ergebnis der Röntgen-Untersuchung vorlag. Einige Minuten später holte mich ein Mann ab. Er war schätzungs-weise Ende fünfzig, Anfang sechzig, groß, hatte graue Haare, einen grauen

Bart und trug einen rosafarbenen Op-Mantel. Sein Blick war sanft-wirr (kennt ihr das??) und mir wurde leicht mulmig. „Ich soll sie zum Röntgen bringen." Er schob meinen Rollstuhl zur Fahrstuhltür und ich warf noch einen mehr oder weniger gespielt ängstlichen Blick zurück zu Ela. Die grinste. Ein Stockwerk tiefer schob er mich dann wortlos gemächlich über den sehr schwach beleuchteten, menschenleeren Krankenhaus-Gang. In meinem Kopf breiteten sich unzählige Horrorszenarien aus.

Er hätte mir von hinten an die Gurgel gehen und mich erwürgen können, mich aus dem Rollstuhl zerren und über mich herfallen können oder ein geistesgestörter Patient würde aus dem Nichts auftauchen und uns beide hinterrücks ermeucheln. Ich konnte mich ja aktuell weder wehren noch würde ich flüchten können. Dementsprechend froh und erleichtert war ich, als wir die Radiologie erreichten und ich die Stimme einer Frau vernahm. Sie hieß mich schon mal oben herum frei machen, sie käme gleich. Ich merkte schnell, dass das mit dem „freimachen" so eine Sache war. Hat schon mal jemand versucht, mit tauben Händen einen BH-Verschluss zu öffnen? Ich stellte mich an wie der erste Mensch. Dann kam sie aus ihrem Kabuff und platzierte mich vor dem Röntgen-Gerät. Nach insgesamt drei Bildern durfte ich mich wieder anziehen („lassen Sie doch den BH einfach aus, das stört doch hier niemanden." Die hatte ja Humor, ich musste gleich wieder mit dem rosa gekleideten „Jack the Ripper"-Verschnitt zurück über dunkle Flure, das tat ich bestimmt nicht ohne meinen Büstenhalter!!"). Dann wurde ich wieder zurückgeschoben und kann keinem sagen, wie froh ich war, einige Minuten später Ela wieder zu sehen. Es war zwei Uhr nachts, also mittlerweile schon Samstag, als ein Arzt zu mir an die Liege kam. Er stellte sich als dienst-habenden Neurologen vor. „Frau Weber, Ihr Röntgenbild ist völlig in Ordnung. Was uns aber nicht gefällt sind Ihre Symptome. Ich denke, die 3000mg Kortison, die Sie bisher genommen haben, waren bei weitem nicht ausreichend. Wir würden Sie von daher gerne stationär aufnehmen und nochmal über die nächsten drei Tage das Kortison über Infusion verabreichen. Wir hoffen, dass sich dadurch die Lähmungserscheinungen ein klein wenig bessern. Sie kommen demnächst auf Station, jemand wird Sie gleich abholen (ich hoffte schwer, es war nicht schon wieder mein rosa gekleideter Freund). Und morgen früh werde ich wieder nach Ihnen schauen." Er verabschiedete sich freundlich nickend und wünschte mir eine Gute Nacht (Spaßvogel). Ich wandte mich an Ela: „Jetzt kannst du aber wirklich nach Hause fahren, ich komme nun auf Station und dann läuft hier heut eh nichts mehr. Wobei, „heute" ist ja erst seit ein paar Stunden." Ich lächelte, obwohl ich inzwischen hundemüde und völlig kraftlos und am Ende war. „Fahr vorsichtig und melde dich bitte, wenn du zuhause bist. Und Ela? Danke, dass du so für mich da warst!" Ich drückte sie nochmal ganz fest. „Ach was, das habe ich doch gerne gemacht. Meld dich morgen wenn du etwas Neues weißt." Dann verabschiedete sie sich und ich wurde keine fünf Minuten später von einem Pfleger auf Station gebracht.

Als ich ins Zimmer geschoben wurde war es halb drei Uhr. Thorsten hatte auch über den Abend ein paar mal nachgefragt, ob es was Neues gäbe, aber ich konnte ihm ja nicht wirklich etwas berichten. Er hatte auch mit Ela telefoniert und geschrieben und war aber dann irgendwann ins Bett gegangen. Ich ging davon aus, dass Ela ihn auf dem Laufenden halten würde. Ich würde mich in ein paar Stunden bei ihm melden. Dann zog ich mich um, legte mich mühsam aufs Bett und starrte im Zimmer umher. Gott sei Dank lag ich völlig alleine. Ich weiß ja nicht wie Ihr das seht, aber Krankenhaus-Aufenthalte stehen und fallen mit den jeweiligen Zimmergenossen. Ich hatte da schon die dollsten Unikate um ich herum. Ganz schlimm finde ich es ja, mit Svenja in der Kinderklinik stationär bleiben zu müssen. Da hat man dann nämlich automatisch gleich zwei Mitbewohner im Zimmer, meistens die Mutter, ab und zu aber auch mal ein Vater, der bei seinem kranken Kind blieb. Und dann heißt es Rücksicht nehmen, in allen Belangen. Angefangen von den Fenstern (da erzähle ich Euch gleich noch was dazu), über den Fernseher, das Licht und die Bad-Benutzung. Außerdem konnte man nie in Ruhe mit seinen Lieben zuhause telefonieren, weil man immer Angst hatte, man störte. Ich mochte es also nicht wirklich, und empfand es als wahren Glücksfall, hier alleine liegen zu können. Meine erste Amtstat war dann auch, noch bevor ich mich aufs Bett gelegt hatte, alle verfügbaren Fenster zu öffnen. Ich bin ein wahrer „Frischluftfanatiker" und schlafen, wenn die Fenster geschlossen sind, geht für mich gar nicht, selbst im tiefsten Winter nicht. Und ich kannte das Szenario noch aus meinen Zeiten als Lernschwester im Krankenhaus. Wenn man da morgens in ein Zimmer kam, das vielleicht sogar noch belegt war mit drei Herrschaften älteren Kalibers und die Fenster waren geschlossen, hatte ich extreme Schwierigkeiten mit dem Durchatmen und meine Gesichtsfarbe wechselte oftmals ins grünliche. Also, Fenster auf und atmen.

Ich stellte mir den Wecker auf sechs Uhr, weil ich schon im Bad gewesen sein wollte wenn die Visite und das Frühstück kam. Immerhin hatte ich seit dem Vortag mittags nichts mehr gegessen. Nach einer sehr unruhigen Nacht wachte ich natürlich schon vor dem Weckerklingeln wieder auf, obwohl ich da vielleicht gerade mal zwei Stunden geschlafen hatte. Ich setzte mich an die Bettkante und stellte vorsichtig meine Füße auf den Boden. Ein schönes Gefühl war definitiv anders, und auch meine Arme und Hände fühlten sich nicht wirklich gut an. Auf meinem Handy blinkte eine Nachricht von Thorsten: „Wo bist du?" Zunächst war ich vollkommen irritiert über diese Frage. Hatte Ela ihm noch nicht erzählt, dass ich im Krankenhaus bleiben musste? Ich hatte es ihm allerdings heute Nacht dann auch nicht mehr geschrieben und von daher war er wohl dann doch zu Recht verwirrt. Ich rief ihn an. „Ich muss mindestens mal heute noch bleiben und warten, bis der Arzt da war. Dann wird entschieden, wie es weitergeht. Hast du Ela noch nicht gesehen?" Am anderen Ende der Leitung gähnte es. „Nein, und als ich eben die Augen aufgemacht habe und du warst nicht da, habe ich mich erst ganz schön gewundert. Dann war mir klar, dass du wohl bleiben musstest." Ich versprach mich zu melden, sobald die Visite da war und legte auf. Dann wackelte ich ins Bad, und war nach drei Schritten schon wieder völlig am Ende. Eieiei, was war das denn jetzt? Ich bekam es mit der Angst zu tun. Wenn sich dieser Zustand nicht mehr ändern würde, würde ich über kurz oder lang im Rollstuhl landen. Und das war das Letzte, was ich jetzt auch noch gebrauchen konnte. Ich begann mich mühsam zu waschen und Zähne zu putzen, brauchte aber alle paar Minuten eine Pause und musste mich am Waschbecken abstütze, um nicht umzufallen. Ich überlegte mir sogar kurzzeitig, auf das Schminken zu verzichten. Aber dazu möchte ich Euch gerne mal noch etwas über mich erzählen: Seit ich denken kann, schminke ich mich. Also mindestens mal, seit ich 13 oder 14 Jahre alt war (und doch, ich habe schon sehr weit vorher angefangen zu denken!) Mich zu schminken war für mich schon immer eine Art Rebellion. Früher rebellierte ich damit gegen meine Eltern und manchmal gegen meine Freunde (männlich wie weiblich). Später (und auch heute manchmal noch) rebelliere ich meistens gegen mich selbst. Ich versuche mein Gesicht in schöner Regelmäßigkeit zu verarschen. Mache ihm also weis, dass es gut aussieht, egal, wie ich mich gerade fühle. Je nach Tagesform schminke ich mich mal kräftiger und mal zarter, mal blau, mal grün oder auch mal lila. Wobei ich mir ganz selten das komplette Gesicht zukleistere, sondern nur meine Augen betone und ein wenig hie und da mit der Puderquaste spiele. An diesem Morgen, im Bad der Kopfklinik, sah ich in den Spiegel und hätte laut schreien können. Ich definiere mich sehr über mein einigermaßen erträgliches Äußeres. War also schon immer eher der Meinung, dass mich die Menschen nur DANN mögen, wenn ich attraktiv und gepflegt wirke. Der Ursprung des Ganzen liegt da am ehesten bei meiner Mutter, die mir immer deutlich gemacht hat, dass ich eigentlich so gut wie nichts wert bin. Egal, was ich tue. Also habe ich versucht, äußerlich immer das Beste aus mir zu machen, um dann von anderen zu hören, wie toll ich bin. Und das, was ich da jetzt im Spiegel sah, erschütterte mich regelrecht. Ich wirkte total entstellt, das war überhaupt nicht mehr „ich". Seufzend kramte ich mein Schmink-Täschchen aus der Sporttasche und machte mich ans Werk. Und erwartungsgemäß brauchte ich eine gefühlte Ewigkeit, bis ich mit meinem „Werk" auch nur annähernd zufrieden war. Mit meinem ursprünglichen Gesicht hatte das nun trotzdem überhaupt nichts zu tun. Mein Selbstbewusstsein stürzte damit vollkommen in den Keller. Nicht nur, dass ich nicht laufen konnte, jetzt sah ich auch noch aus wie ein Zombie.

Dann zog ich mich um, machte mir meine Haare und schlich wie eine Schnecke zurück in mein Bett. Es war zwischenzeitlich viertel vor sieben. Von einer Schwester, einem Arzt, geschweige denn Frühstück war weit und breit nichts zu sehen. Ich klappte mein Pad auf, dass ich mir wohlweislich in die Tasche gepackt hatte, und las die BILD-Zeitung. Danach schrieb ich mit Ela, Katharina und auch nochmal mit Thorsten und wartete weiterhin ab, ob sich irgendwann mal meine Zimmertür öffnen würde. Das tat sie dann aber erst gegen halb neun. Herein kam ein jüngerer Pfleger zum Blutdruckmessen und Temperatur kontrollieren. Ich fragte mal ganz zaghaft nach, ob der Arzt vielleicht schon auf dem Weg zu mir sei und wie es denn mit einem Kaffee aussehen würde. „Ach, Sie haben noch kein Frühstück bekommen? Na also da müssen wir uns aber mal schleunigst darum kümmern. Wir haben heute keine Visite, es ist doch Sonntag. Also ein Arzt kommt da nicht mehr."

Ich zog die Augenbrauen nach oben. „Oh doch, heute Nacht sagte mir der diensthabende Neurologe, er würde heute Vormittag nochmal nach mir schauen und dann entscheiden, wie es weitergeht." Der Pfleger sammelte seinen Kram wieder zusammen und ging mit den Worten „ich guck mal, ob was in Ihrer Akte steht" zurück auf den Flur. Nach einer Viertelstunde kam er wieder, beladen mit einem Tablett. „So Frau Weber, jetzt gibt es wenigstens schon mal Frühstück. Dem Arzt habe ich auch Bescheid gegeben, er wird später nochmal bei Ihnen vorbei sehen. Lassen Sie es sich schmecken." Ich betrachtete den Teller und war mir nicht sicher, ob er das ernst gemeint hatte. Vor mir lag ein Brötchen und eine angetrocknete Scheibe Brot, ausserdem eine abgepackte Erdbeermarmelade, eine Butter und ein abgepackter Kräuterfrischkäse. Dann überlegte ich, was ich damit anstellen konnte. Außer der Butter blieb mir ja nicht viel. Zum Glück hatte ich ein paar Tage zuvor Bananenmarmelade gekocht. Dass Bananen nämlich astrein in mein Allergiesammelsurium passten hatte ich vor einiger Zeit mit Hilfe von Katharina herausgefunden. Und seitdem wurde dieses Obst, fast genauso wie meine Kinderriegel, in alles und zu allem verarbeitet was irgendwie ging. Also natürlich auch zu Marmelade. Und in weiser Voraussicht hatte ich mir ein Glas davon mit in die Tasche gepackt. Außerdem noch zwei Pudding und ein paar Butterkekse. Ich schmierte mir also ein Brötchen mit meiner Marmelade und rührte mir Zucker in den Kaffee. Auf nichts freute ich mich gerade mehr als auf einen schönen Schluck heißen Kaffee. Ich hatte wohl verdrängt, wie dermaßen ekelhaft diese Krankenhaus-Plörre doch schmeckte. Ich kaute also eher missmutig an meinem Brötchen und überlegte ernsthaft, mir später einen Automaten-Kaffee zu holen.Die Frage war nur: Wie kam ich dahin?? Bis zum Automat war es ein ganzes Stück zu laufen, für jemanden, der es mit Ach und Krach die fünf Schritte bis ins Bad geschafft hatte ein schier unmögliches Unterfangen. Während ich noch so nachdachte, wie ich das bewerkstelligen könnte, kam mein Pfleger zurück. Er sah meine halb volle Kaffeetasse und meinte: „Möchten Sie das nicht mehr?" Ich verzog die Lippen nach unten. „Ne, lieber nicht. Ich bin passionierter Kaffeetrinker, und dieses Gebräu kriegt man ja fast nicht runter." Er sah mich fast schon mitleidig an. „Wissen Sie was? Ich koche nachher im Schwesternzimmer einen „richtigen" Kaffee, und dann bringe ich Ihnen einen Tasse davon. Das darf nur keiner merken." Er zwinkerte und räumte dann das Tablett raus. Ich telefonierte gerade nochmal kurz mit Thorsten, als er schon wieder zurück kam, dieses mal mit einer Infusionsflasche in der Hand. Mir schwante fürchterliches. „Das ist doch mit Sicherheit Kortison, oder? Wer hat das denn jetzt angeordnet?" ich streckte ihm widerwillig meinen linken Arm mit dem Zugang hin, er spülte ihn nochmal durch und schloss dann die Infusion an. „Der Neurologe, der Sie gestern Abend gesehen hat. Er kommt auch gleich nochmal zu Ihnen."

Na wunderbar, das war jetzt schneller passiert, als ich darüber nachdenken konnte. Kaum war „mein" Pfleger wieder draußen, kam der Arzt rein. Für das, das es die letzten drei Stunden ziemlich ruhig in diesem Zimmer war, ging es jetzt hier zu wie auf einem Bahnhof. „Na Frau Weber, haben Sie gut geschlafen?" (der war ja morgens noch genauso witzig wie nachts). „Wir haben uns nochmal besprochen, und sind zu dem Ergebnis gekommen, dass diese 3000mg an Kortison, die sie bisher genommen haben, nicht ausreichend waren. Wir können uns zwar Ihre Symptomatik nicht wirklich erklären, aber offenbar reagieren sie extrem auf das abrupte Absetzen." (Klar, warum auch nicht? Wann war bei mir denn schon mal was normal??) „Wir würden Ihnen also jetzt gerne nochmal insgesamt 3000mg zusätzlich die nächsten drei Tage über Infusion geben. Und hätten sie dafür gerne unter Beobachtung. Danach erstellen wir Ihnen einen Ausschleichplan, damit sie nicht wieder so eine extrem Absetzsymptomatik entwickeln. Sind Sie damit einverstanden?" Er sah mich erwartungsvoll an. Was erwartete er denn jetzt? Etwa, dass ich Nein sagte? Immerhin hing ich ja jetzt schon an der ersten Infusion. Ich wollte selbstverständlich so schnell wie möglich wieder nach Hause. Aber mir war auch klar, dass ich nicht mehr allzu viele Chancen hatte, aus diesem Schub wieder raus zu kommen, wenn ich jetzt nicht das tat, was von mir verlangt wurde. Ich musste nur noch zuhause klären, wie das mit Svenja funktionieren würde. Und dann würde ich eben die nächsten drei Tage hier aussitzen, beziehungsweise ausliegen. „Also gut, dann füge ich mich eben meinem Schicksal. Darf ich dann aber nach den drei Tagen auch wirklich nach Hause?" Der Arzt sah der Infusion eine Weile beim Tropfen zu, dann meinte er: „Wenn es Ihnen soweit besser geht und Sie alles gut vertragen haben, steht dem eigentlich nichts im Wege. Eventuell müssen wir aber vorher nochmal ein MRT machen. Ich lasse Sie jetzt mal ein wenig in Ruhe, die Nacht war ja auch ziemlich kurz. Wir sehen uns morgen früh wieder." Er nickte mir lächelnd zu und verließ mein Zimmer. Mit diesen Neuigkeiten rief ich Thorsten wieder an und erzählte ihm alles. Wir redeten noch eine ganze Weile, dann rief ich Ela an und berichtete auch ihr, was mir der Arzt gerade unterbreitet hatte. „Brauchst du dann noch irgendwas?" Ach so, stimmte ja, ich hatte ja eigentlich damit gerechnet, heute wieder heim zu dürfen, und hatte dementsprechend nicht genug Klamotten dabei. Auch meinen Föhn, mein Glätteisen, ein paar Handtücher mehr und vielleicht noch den ein oder anderen Kinderriegel wären von großem Vorteil.

„Mach mir einfach eine Liste, ich bringe dir die Sachen später." Dann legte ich auf, schrieb auf, was ich noch alles brauchen würde, schickte diese Liste an Ela und schloss dann für eine halbe Stunde die Augen. Gegen zwölf kam das Mittagessen, da war meine Infusion noch nicht mal zur Hälfte durch. Ich hob den Deckel an, betrachtete mir den seltsamen Misch-Masch auf dem Teller und machte den Deckel wieder zu. Ich fühlte mich stark an das „Baustellen-Drama" in der Schlierbacher Orthopädie erinnert und fragte mich zum wiederholten Male, warum man sowieso schon kranken Menschen auch noch so einen Fraß auftischen musste. Außerdem getraute ich mich sowieso nicht davon zu essen. Das sah nun wirklich nicht so aus, als würde sich das mit meinem ohnehin schon seltsamen Speiseplan vertragen. Also begnügte ich mich mit einem meiner „Notfall-Puddings". Gegen zwei kam der Pfleger von morgens mit einer dampfenden Tasse zurück in mein Zimmer. „Sehen Sie, wie versprochen. Eine gute Tasse Darboven-Kaffee". Er strahlte, als hätte er das Bernstein-Zimmer gefunden. Er hatte sich sogar von morgens gemerkt, dass ich zwei Zucker für meinen Kaffee brauchte und zog diesen jetzt grinsend aus der Kitteltasche. Ich lächelte ihn dankbar an. Der Kaffee roch verführerisch.

Dann verabschiedete er sich mit „bis morgen, dann bringe ich Ihnen nachmittags auch wieder einen gescheiten Kaffee". Obwohl die Infusion immer noch mindestens eine Stunde brauchen würde, spürte ich jetzt schon, dass ich damit erheblich mehr zu kämpfen hatte als mit den insgesamt 75 Tabletten die Tage zuvor. Ich bekam Kopfschmerzen, mein Gesicht begann zu glühen, mein Herz raste und ich wurde im Allgemeinen unglaublich unruhig. Als gegen halb vier dann endlich der letzte Tropfen seinen Weg in meine Venen gefunden hatte, fühlte ich mich wie gerädert. Ich hatte doch tatsächlich komplett verdrängt, wie anstrengend so eine Stoßtherapie per Infusion war. Gegen fünf rief Ela mich an, sie würde sich nun mit meinen restlichen Sachen auf den Weg machen. Und natürlich durfte sie wieder nicht persönlich auf Station, um sie mir zu bringen. Sie musste sie vorne an der Pforte abgeben. Gegen acht Uhr Abends telefonierte ich zum ersten Mal seit ich weg war mit Svenja. Die hatte gestern nicht wirklich mitbekommen, dass ich ins Krankenhaus bin, wir hatten beschlossen, es ihr erstmal nicht zu sagen. Sie wusste ja, dass ich in letzter Zeit sowieso ganz schwierig die Treppen zu ihr hochlaufen konnte und hatte sich wohl dementsprechend auch noch nicht gewundert, dass sie mich im Laufe des Tages noch nicht gesehen hatte. Thorsten rief mich per Videoanruf an und hob das Telefon dann Svenja hin. Und die sah mich und fing prompt an zu weinen. Ich beruhigte sie und versprach ihr, ganz bald wieder nach Hause zu kommen. Und dass wir so oft wie möglich miteinander telefonieren würden. Und dann sagte sie: „Ich schicke Ronja heute Nacht zu dir, dann musst du nicht alleine schlafen. Die passt auf dich auf!" Ich schluckte, Tränen waren jetzt das Letzte, was ich diesem Kind zumuten wollte. Dann sagte ich ihr „Gute Nacht" und wir verabredeten uns für den nächsten Morgen zu einem weiteren Videotelefonat, bevor sie in die Schule musste. Ich sprach noch einen Moment mit Thorsten, wir würden später nochmal in Ruhe telefonieren. Dann schrieb ich mit Katharina. Zwischendurch kam die Nachtschwester zum Blutzucker messen. Der schießt erfahrungsgemäß unter Kortison ziemlich in die Höhe, wenn man nicht aufpasst, was man isst und trinkt. Ich bekam noch was zum Schlafen angeboten, was ich aber (bescheuerterweise) dankend ablehnte. Als ich wieder ganz alleine war, telefonierte ich nochmal mit Thorsten, versprach, ihn morgen früh zu wecken und wir wünschten uns gute Nacht. Danach schrieb ich mit Katharina noch bis halb eins in der Nacht. Der Fernseher lief so nebenbei und wenn es mir nicht ganz so komisch gegangen wäre, hätte ich es fast ein wenig genießen können.

Ich hatte keinerlei Verpflichtungen, keine Arbeit, konnte (oder eigentlich musste, weil nichts anderes ging) den ganzen Tag ausruhen und bekam drei Mahlzeiten pro Tag ans Bett gebracht. Aber sind wir doch mal ehrlich: Ich bin normalerweise schwer zu bändigen und muss den ganzen Tag etwas zu tun haben. Jetzt war ich fast sprichwörtlich ans Bett gefesselt und gerade zu nichts wirklich fähig. Und mir ging es ziemlich mies. Das, was einem hier als Mahlzeiten aufgetischt wurde, verdiente die Bezeichnung „Essen" nicht wirklich und eigentlich vermisste ich meine Menschen daheim schon wieder entsetzlich. Alles in allem wollte ich, dass diese noch folgenden zwei Tage so schnell wie möglich vorbeigehen würden. Dass es aber noch ein ganz klein wenig schlimmer kommen konnte, sollte ich bereits am nächsten Tag erleben. Der verlief zunächst ähnlich wie der Sonntag. Die Infusion wurde dieses Mal Gott sei Dank ein wenig früher angehängt, sogar noch vor dem Frühstück. Somit war ich sie gegen Mittag dann auch wieder los. Und dann beschloss ich todesmutig, ein paar Schritte zu gehen. Mein Pfleger vom Vortag war offenbar woanders eingeteilt, jedenfalls war ich heute um meinen „guten" Kaffee gekommen.

Und den wollte ich mir nun selbst besorgen, je nachdem allerdings, wie weit ich kommen würde. Die ersten ungefähr fünfzehn Schritte waren noch auszuhalten und ich freute mich über diesen kleinen Fortschritt. Aber damit war ich noch meilenweit entfernt vom Kaffeeautomat. Aber zurück in den Rollstuhl wollte ich mit Sicherheit nicht. Also biss ich die Zähne zusammen und lief. Seeeeeehr, sehr langsam wohlgemerkt. Und auch ziemlich unrund, das merkte ich selbst. Aber immerhin, ich lief auf meinen eigenen Beinen. Als ich endlich am Kaffeeautomaten angekommen war, musste ich feststellen, dass er defekt war. Na prima, der ganze Weg umsonst. Ich hatte jetzt zwei Möglichkeiten: entweder ich ging unverrichteter Dinge zurück auf mein Zimmer, oder ich lief ans Kiosk und holte mir dort einen frischen Kaffee. Zunächst setzte ich mich aber für einen Moment auf eine Heizungsabdeckung und versuchte, meine zitternden Beine in den Griff zu bekommen. Als ich mich wieder imstande fühlte, weiterzugehen, schlug ich den Weg zum Kiosk ein, holte mir einen Cappuccino und ging damit raus an die frische Luft. Und wieder musste ich mich erstmal irgendwo hinsetzen und Pause machen. Gott, war ich genervt davon.

Ich trank also meinen Kaffee in der Sonne, und weil ich gerade so im „Flow" war beschloss ich, gleich mal noch ein paar Schritte über das Krankenhaus-Gelände zu machen. Ich war noch keine drei Meter unterwegs, da klingelte mein Handy. Eine Heidelberger Nummer. Einigermaßen verwirrt meldete ich mich. „Frau Weber, hier ist die Station. Wir müssten Sie verlegen, weil wir Ihr Zimmer für zwei Männer benötigen und wir Sie von daher mit einer weiteren Frau zusammenlegen müssten. Könnten Sie zurück auf Station kommen, damit wir Ihr Bett und Ihre Sachen schon mal in das andere Zimmer bringen können?" Ich versprach, so schnell wie möglich zurück zu sein, würde aber mindestens zehn Minuten brauchen. Auf dem Weg dorthin knurrte ich vor mich hin. Ich hatte die letzten eineinhalb Tage ja fast schon genossen. Jetzt würde es wohl vorbei sein mit der Ruhe, ich war mal sehr gespannt auf meine Bettnachbarin. Und wenn alles gut lief, durfte ich ja auch morgen wieder nach Hause. Mit Müh, Not und einiger Anstrengung war ich dann knapp fünfzehn Minuten später wieder auf Station. Ich packte meinen Kram zusammen und schob gemeinsam mit der Schwester mein Bett auf den Flur und vier Zimmer weiter nach vorne. Das Bett, das dort schon im Zimmer stand, war wohl schon belegt, die Dame war aber unterwegs. Infolge meiner kleinen „Wandertour" war ich fix und alle. Ich riss ein Fenster auf und kippte das andere, die Luft hier im Zimmer war fast schon zum Schneiden. Dann schmiss ich mich wie ein Stein aufs Bett. Die Kortison-Infusion machte mir ziemlich zu schaffen, mein Kopf dröhnte und ich kam mir vor, als wäre ich in fünf Kilo Watte gepackt. Außerdem nahm mein Gesicht komische Formen an. Was ich allerdings auch bemerkte: ich „fühlte" nicht mehr wirklich irgendetwas. Also emotional (den Rest fühlte ich ja sowieso nicht). Ich konnte an Ronja denken, ohne dass es mich fast zerriss und ich erinnerte mich an einige intensive Momente mit ihr, ohne dabei kurz vorm Durchdrehen zu sein. Eigentlich eine gute Sache, nur fühlte ich mich dadurch wie komplett abgestumpft. Und ich hatte nicht mal die Kraft zu entscheiden, ob das gut oder schlecht war. Und noch während ich so darüber sinnierte, kam meine Zimmernachbarin zurück. Erinnert ihr Euch? Ein Krankenhaus-Aufenthalt steht und fällt mit den Zimmernachbarn? Meiner fiel gerade, und zwar mindestens bis ins Kellergeschoß.

„Oh, die Fenster müssen aber sofort wieder zu!" schleuderte sie mir mit polnisch-russischem Akzent entgegen. Und ich dachte augenblicklich: Bitte nicht!!!

Sie setzte sich aufs Bett und klingelte nach der Schwester, die schleunigst die Fenster zu schließen hatte. Dann wurde ein Infusions-Automat herein geschoben und die Dame an die erste Flasche von zwei angeschlossen.

Ich beobachtete das Ganze aus den Augenwinkeln. Da ich mich auf der „Neuro-Onkologie" befand und eines der Infusionen eindeutig Zytostatika, also quasi eine Chemotherapie enthielt, kombinierte ich, dass meine Bettnachbarin wohl am ehesten einen Hirntumor haben musste.

Im Laufe des Gespräches, das wir dann innerhalb der nächsten halben Stunde führten, stellte sich heraus, dass ich Recht gehabt hatte. Sie war 57 Jahre und mittlerweile seit vier Jahren an Krebs erkrankt. Sie hatte den Fernseher angemacht und ich freute mich, dass gerade „Mein Lokal, dein Lokal" lief . Danach könnte man vielleicht noch „Das Perfekte Dinner" schauen, das war daheim so unser allabendliches Fernsehprogramm. Und da sie eh nicht wirklich hinschaute sondern ständig ziemlich laut telefonierte oder schrieb, dürfte es ihr ja nicht wirklich etwas ausmachen. Weit gefehlt! Wie schon bei meinem Krankenhaus-Aufenthalt vor ungefähr einem Jahr in Weinheim (da, wo ich meine nette „Galle" kennen gelernt hatte) hatte ich hier keinerlei Gewalt über die Fernbedienung, geschweige denn über das Fernseh-programm. Die Fernbedienung lag bei ihr auf dem Nachttisch und als

„mein Lokal, dein Lokal" fertig war, entschied sie rigoros: „So, reicht für heute, Fernseher kommt jetzt aus!" Ich verzieh ihr diese Macke innerlich großmütig, ich wollte eventuell sowieso noch ein wenig schreiben. Sie telefonierte weiter ungerührt offenbar mit der gesamten russisch-polnischen Bevölkerung. Gegen Abend stieg mein Blutzucker, und zwar so, dass man sich überlegte, mir Insulin zu spritzen. Das merkte ich auch an meinem Kopf und an meinem Gesicht. Alles glühte, meine Backen sahen aus, als hätte ich bei einem Ohrfeigen-Spiel verloren und ich fühlte mich unfassbar schlapp und kraftlos. Als meine Nachbarin im Bad war, wagte ich es und kippte ein Oberlicht, weil ich so langsam das Gefühl hatte, zu ersticken. Kaum war die Dame vom Bad zurück, ging's schon wieder los. „Ich darf nicht frische Luft bekommen, das Fenster sofort wieder zu!" So schlecht, wie es mir gerade ging, hatte ich null Bock auf Diskussionen und tat so, als hätte ich sie nicht verstanden. Sie klingelte nach der Schwester, um sich wieder an die Infusion anschließen zu lassen. Und machte sofort ihrem Unmut Luft. Die Schwester wollte aber zuerst mal zu mir, um nochmal meinen Blutzucker zu überprüfen. Ich bat sie leise, das Fenster doch noch einen Moment aufzulassen. So, dass wenigstens für die Nacht noch ein wenig frische Luft rein konnte. Immerhin schliefen wir hier drin zu zweit, da war ein geschlossenes Fenster ja fast schon kriminell. Die Dame neben mir wetterte allerdings schon wieder pausenlos über meine „Unverfrorenheit", ein Fenster zu öffnen und wies die Schwester mittlerweile ziemlich energisch an, das Fenster SOFORT zu schließen. Die sah mich mitleidig an, sah mein glühendes Gesicht und meinen verzweifelten Blick und wandte sich dann resolut an das Bett gegenüber. „Frau Apfel (Name frei erfunden!), wir lassen das Fenster jetzt mal fünf Minuten offen.
Frische Luft tut Ihnen auch mal gut. Ich hole jetzt das Blutzucker-Messgerät und wenn ich zurück komme mache ich das Fenster wieder zu, einverstanden?" Dem Blick nach zu urteilen und dem erbosten polnisch-russischen Gebrummel, das danach einsetzte, war Frau Apfel keinesfalls damit einverstanden, hatte aber erstmal keine andere Wahl. Ich genoss den Moment, als ein kleiner, zarter Windhauch meine geröteten Backen streichelte und schloss erschöpft die Augen. Die Schwester ließ sich offenbar ein wenig länger Zeit als die fünf Minuten. Auf jeden Fall dauerte es Frau Apfel viel zu lange. Sie klingelte und als die Schwester das Zimmer betrat, herrschte sie:" Das Fenster jetzt SOFORT zu, sonst ich werde krank!" Ich war

zu schwach um zu protestieren (und das will wirklich etwas heißen!) Die Krankenschwester schüttelte leicht verständnislos mit dem Kopf und meinte dann: „Ich messe jetzt bei Frau Weber noch den Blutzucker und dann mache ich es zu." Sie kam zu mir, pikste mich in den Finger und flüsterte ein mitleidvolles „Tut mir leid". Ganz leise versuchte ich es nochmal: „Aber wir müssen zu zweit hier drin schlafen, ich habe ja so schon das Gefühl, kaum noch richtig Luft zu bekommen. Kann man die Dame nicht noch irgendwie umstimmen? Ich kann sonst hier drin nicht wirklich schlafen." In der Zwischenzeit hatte das Blutzucker-Gerät einen Wert von 234 ausgespuckt und die Schwester sah mich prüfend an. Noch bevor sie aber etwas sagen konnte, flippte meine Bettnachbarin fast aus. „So, Gerät hat gepiept, jetzt Fenster ZU!!" Meine Herren, ging die mir auf die Makronen mit ihrem Fenster. Ich nickte ergeben und die Schwester zog den Hebel zum Schließen nach unten. Damit war also unwiderruflich die Frischluftzufuhr für diese Nacht abgestellt. „Ich werde nochmal kurz mit dem Arzt reden, was wir mit ihrem Zuckerwert machen sollen. Ich bin gleich nochmal da." Mein Kopf dröhnte, als wäre er kurz vorm Platzen und ich hatte mittlerweile das Gefühl, man könne auf meinen Backen Spiegeleier braten. Frau Apfel hatte sich zwischenzeitlich hingelegt und das Licht auf ihrer Seite gelöscht. Ich ließ meins noch an. Erstens konnte ich ja sowieso nicht wirklich schlafen und zweitens wollte die Nachtschwester ja auch nochmal kommen. Und prompt kam von drüben: „Bleibt Licht jetzt die ganze Nacht brennen, ja?" Also so ganz langsam war ich jetzt mit meiner mühsam aufrechterhaltenen Geduld aber auch am Ende und überlegte ernsthaft, ihr die Wahl zu lassen: Entweder Fenster auf oder Licht an, such ´s dir aus!" Aber dann besann ich mich wieder auf meine eigentlich vorhandene Empathie und gute Erziehung. Vielleicht konnte sie ja gar nichts dazu, dass sie so war. Bestimmt hatte sie der Hirntumor so sehr verändert. Jedenfalls redete ich mir das ein, bevor ich jetzt noch ausfallend wurde. „Die Schwester kommt doch eh gleich nochmal, also kann ich das Licht auch anlassen." Ich hoffte, sie hatte mich verstanden. Als sie sich dann demonstrativ auf die andere Seite wuchtete, dachte ich nur „auch gut, schlaf endlich, dass es Ruhe gibt hier drin." Ungefähr eine halbe Stunde später kam die Nachtschwester zurück. „Wir werden Ihnen jetzt kein Insulin spritzen, der Arzt meint, der Wert würde sich für Kortison noch im Rahmen halten." Dann rief sie: „Frau Apfel?" Und ich wollte noch sagen: „Ach bitte nicht, keine schlafenden Hunde wecken." Aber da war's schon zu spät.

„Sie müssen noch ihre Nachtmedikation gegen die Übelkeit nehmen." Die knurrte natürlich wieder mal, und ich musste schmunzeln…

Gegen halb vier war meine Nacht dann erwartungsgemäß vorbei. Ich schlich mich aus unserem luftleeren Raum und suchte mir einen Weg ins sauerstoffreiche Freie. Dort blieb ich so lange sitzen, bis ich anfing zu frieren. Danach schnappte ich mir einen Kaffee und setzte mich in den Flur an eine Sitzgruppe. Da saß ich dann, bis ich kurz vor sechs dachte, ich könnte es jetzt wagen, ins Zimmer zurück und ins zu Bad gehen, ohne einen Anschnauzer zu kassieren. Um halb sieben saß ich geschniegelt und gebügelt auf meinem Bett und hatte die, hoffentlich vorerst letzte, Infusion anhängen. Noch während diese lief, kam der Oberarzt der Neurologie zu mir und setzte sich auf meine Bettkante. „Nun Frau Weber, geht es Ihnen besser?" Ich überlegte ernsthaft, was ich jetzt antworten sollte. Eigentlich ging es mir natürlich sehr viel besser als noch am Samstag. Aber von „richtig gut" war ich meilenweit entfernt. Laufen konnte ich immer noch nicht wirklich und auch meine Arme, die Hände und das Gesicht fühlten sich mehr als fies an. Und ich war angeschwollen, und zwar RINGSUM. Ich war schon gespannt, wieviel ich dieses mal an Wasser einlagern würde. Ich sagte ihm: „In meinem jugendlichen Optimismus hatte ich gehofft, dass es mir nach den drei Infusionen und dem vorherigen Kortison schon sehr viel besser gehen würde. Aber dafür bin ich wohl dann mal wieder zu ungeduldig. Und ich fühle mich gerade mit meinem Äußeren nicht wirklich wohl, die Einlagerungen machen mir ganz schön zu schaffen. Kann ich dann nach der Infusion nach Hause gehen?" Der Arzt sah mich an. „Was meinen Sie denn mit Einlagerungen?" Na der war ja charmant. Dachte der etwa, ich sehe immer so aus wie ein Hamster mit vollgestopften Backentaschen?? Ich zeigte ihm ein Bild von mir, das gerade mal ein paar Wochen her war. „Ohhh, jetzt verstehe ich, was Sie meinen. Da ist ja wirklich heftig. Ich habe selten jemand so stark auf das Kortison reagieren sehen. Aber um auf Ihre Frage zurückzukommen: Ja, Sie können heute nach Hause. Ich werde Ihnen einen Ausschleich-Plan erstellen, dass Sie nicht nochmal in so eine Situation kommen wie am Wochenende. Wobei Sie morgen und übermorgen ja nochmal jeweils 1000mg nehmen sollten. Außerdem müssen Sie bitte zeitnah nochmal ins MRT, das bekommen wir heute nicht mehr hin. Setzen Sie sich bitte wie geplant am 20. mit Ihrer Neurologin hier im Haus in Verbindung und berichten Sie ihr, wie es Ihnen geht. Und Sie sollten unter dem Kortison regelmäßig zur

Blutentnahme. Außerdem sollten Sie zwei – dreimal täglich Ihren Blutzucker kontrollieren und über die nächsten vier Wochen noch das Heparin spritzen. Die Symptome werden wohl noch Monate brauchen, bis sie wieder rückläufig werden. Es kann natürlich auch sein, dass ein bisschen was zurückbleibt. Sie dürfen sich selbstverständlich jederzeit wieder hier vorstellen, falls sich die jetzt noch vorhandenen Symptome wieder verschlimmern. Ich drücke Ihnen aber alle Daumen, dass es ab jetzt stetig aufwärts geht. Sie sollten sich allerdings auch in naher Zukunft mit Ihrer Neurologin wegen einer weiteren MS-Therapie zusammen setzen. Bis dahin wünsche ich Ihnen aber alles erdenklich Gute." Er stand auf und nickte mir nochmal freundlich lächelnd zu. „Ich bringe Ihnen nachher noch den Abschlussbericht mit dem Ausschleich-Plan und den Rezepten. Und dann dürfen Sie diese heiligen Hallen wieder verlassen." Als er aus dem Zimmer war, rief ich Thorsten an. Da war es ungefähr halb zwölf. Die Infusion lief noch in den letzten Zügen. Es war Dienstag, und Svenja sollte gegen halb drei zuhause sein. Da die Johanniter-Fahrerinnen ja sowieso über Weinheim fuhren, wäre es Blödsinn gewesen, sie erst bis ganz nach Wald-Michelbach bringen zu lassen und dann wieder zurück Richtung Heidelberg zu fahren. Er verabredete sich also mit den beiden Damen in Weinheim und wollte mich danach, zusammen mit Svenja, abholen kommen. Gegen halb drei verließ ich dann die Kopfklinik mit Sack und Pack. Thorsten durfte ja nicht reinkommen, um mir beim Tragen zu helfen. Meine Beine zitterten und ich spürte sie kaum noch, als ich, völlig fertig von den paar Metern Weg, zu Thorsten ins Auto kletterte.
Zuhause angekommen dachte ich noch, jetzt würde es die nächsten Tage bestimmt zügig besser werden, immerhin wirkten da ja jetzt schon insgesamt über 6000mg Kortison in mir und bis ich damit durch wäre, würden sich in meinem Körper knapp 10.000mg davon befinden.
Also wenn DAS nichts brachte, dann weiß ich auch nicht. Ich sah mich schon die nächsten Tage durch die Gegend springen wie ein einigermaßen junges Reh. Dass das alles dann aber mehr einem alten Bock kurz vor dem Abschuss gleichen sollte, konnte ich ja nun wirklich nicht ahnen...
Wieder daheim machte ich also noch zwei Tage genau mit der gleichen Menge weiter wie im Krankenhaus. Und dann durfte ich ab dem dritten Tag anfangen, zu reduzieren. Von 1000mg auf 80mg runter. Und ab da war dann auch endgültig Schluss mit lustig. Ich sollte immer wochenweise reduzieren, wäre also bis Mitte Juli noch mit dem Kortison beschäftigt.

Wo ich mich die Tage zuvor aber noch einigermaßen durch den Tag geschleppt hatte, ging ab dem ersten Tag der Reduzierung NICHTS mehr. Früh morgens, noch bevor ich die erste Dosis drin hatte, ging's eigentlich. Da störten mich noch eher die Schubsymptome, sprich, die immer noch komplett tauben Füße und Beine und die kribbelnden Hände und Arme. Aber ungefähr drei Stunden nach der Kortison-Tablette war ich nicht mehr ich selbst. Ich schleppte mich nur noch von meinem Sessel im Wohnzimmer zum Klo und wieder zurück. Zu mehr war ich nicht mehr in der Lage. Und ich bekam Schmerzen. Unerträgliche Schmerzen. Meistens Nachts, und immer in den Knien. Einmal sogar so schlimm, dass wir nah dran waren, den Rettungswagen zu holen. Ich schrie vor Schmerzen, und bin eigentlich keine, die schnell zu „Mimimi" neigt. Was mich auch noch extrem störte, waren die massiven Spastiken, die ich unter dem Kortison-Entzug entwickelte. Manchmal verkrampften meine Finger sich so derart, dass ich kaum noch in der Lage war, etwas festzuhalten. Sie verbogen sich in alle Himmelsrichtungen und ich konnte rein gar nichts dagegen tun. Das Gleiche machten im Übrigen auch meine Füße und Fußzehen. Wenn ich richtig Pech hatte, sogar gleichzeitig. Und weh tats natürlich auch noch. Aber das allerschlimmste für mich war (ich merke gerade, ich mache DOCH „Mimimi"): Ich lagerte EXTREM ein. Sage und schreibe 17 Liter Wasser hatten sich an den ungünstigsten Stellen in meinem Körper angesammelt. Und ich könnte heute noch schwören, mindestens 15 Liter davon befanden sich in meinem Gesicht! Ich sah entsetzlich aus, jedenfalls war das mein persönliches Empfinden. An manchen Tagen bekam ich nicht mal mehr die Augen auf, so zugequollen war ich. Da war DAS Gesicht, das ich dem Arzt im Krankenhaus so vorwurfsvoll gezeigt hatte, reines Gold dagegen.

Als ich einigermaßen meinen Humor wieder hatte, bezeichnete ich das Ganze als „Merkel"-Gesicht. Ich hatte Backen wie ein peruanischer Goldhamster und Lefzen, um die mich jeder Dobermann und jede Bulldogge beneidet hätten. Mein Nacken, mein Kinn und mein Hals waren quasi Eins, man wusste rein optisch nicht, wo das eine anfängt und das andere aufhört. Mein Mund wirkte dadurch natürlich kleiner als er war, und als ich in dem Zusammenhang den Begriff „Karpfenmund" ergoogelte war mir alles klar. Insgesamt fühlte ich mich wie ein in Epoxid-Harz getränkter Wattebausch. Ich hatte eine unglaubliche Körperspannung, konnte aber partout nichts damit anfangen. Die körperliche Schwäche, aber gleichzeitig unglaublich innere

Unruhe raubten mir fast den Verstand. Außerdem musste ich ziemlich auf meinen Blutzucker aufpassen. Das Kortison trieb ihn in schöner Regelmäßigkeit ziemlich in die Höhe. Und dabei hat man unter diesem Teufelszeug ständig das Bedürfnis, irgendwas zu essen. Ein wahrer Teufelskreis. Ich notierte mir also akribisch, was ich wann aß und trank und musste dann doch immer wieder enttäuscht feststellen, dass es kaum etwas brachte. Ich ernährte mich überwiegend von Naturjoghurt, Haferflocken, Bananen und Melonen und hatte Abends doch meistens Werte von weit über 200mg%. Der Nüchtern-Zucker war ganz selten unter 120 und ich war nah dran, durchzudrehen. Ich trank Wasser wie eine Irre. Meistens mehr als drei Liter am Tag. Ich, die sich vor dem Schub vehement weigerte, auch nur EIN GLAS Wasser zu sich zu nehmen und die ihren Flüssigkeitshaushalt mit ausreichend Kaffee und ab und an einem Schluck Spezi regulierte. Natürlich ist viel Trinken gesund, das weiß ich sehr wohl. Allerdings hatte ich das Gefühl, dass sich die hart erarbeitenden drei Liter ausnahmslos wieder in meinem Gesicht versammelten. In einem offensichtlichen Anfall von völliger geistiger Umnachtung besorgte ich mir Brennessel-Tee. Allen, die dieses Gebräu kennen, brauche ich jetzt ja nichts mehr zu erklären. Allen anderen sei gesagt: Lasst es!! Ich habe selten etwas ekelhafteres getrunken (vielleicht bis auf dieses Ingwer-Gesöff in Berlin). Ich hatte das Gefühl, kopfüber und mit offenem Mund in einem Heuhaufen gelandet zu sein. Da schmeckte bestimmt jede Friedhofshecke besser. Und Wirkung hatte es gleich Null. Wobei Katharina meinte, von einer Tasse am Tag dürfte ich jetzt auch keine allzu großen Wunder erwarten. Nach zwei Tagen und insgesamt drei Tassen hatte ich die Nase gestrichen voll und widmete mich wieder meinem Wasser. Außerdem hatte ich kaum noch eine Fingerkuppe, die nicht völlig zerstochen war. Ich scherzte schon sarkastisch, dass es bestimmt demnächst aus meinen Fingern sprudeln würde, wenn ich was trank.

Weiterhin war ich kaum in der Lage, mich in der Wohnung mehr als zehn Schritte vorwärts zu bewegen, ohne zwischendrin eine Pause zu brauchen. Von „Draußen" mal ganz zu schweigen. Als ich eine Woche nach meiner Krankenhaus-Entlassung endlich mal wieder am Schatzkistenplatz bei meiner Krawalli war, wäre ich ohne Thorstens Hilfe nicht wieder zurück ans Auto gekommen. Ich war ganz nah dran, mir einen Stock zu organisieren. Ich hätte ihn „Ernst" getauft. Dann hätte ich immer sagen können: „Nein, das ist nicht MEIN Ernst, ich benutze ihn nur mal vorübergehend."

Zwischendurch behauptete ich immer mal wieder „wenn das alles vorbei ist, bin ich auf Werkseinstellung zurückgesetzt."

Svenja konnte ich kaum versorgen, gerade, dass ich ihr mit Ach und Krach morgens die Zähne putzte und sie wickelte. Den Rest übernahmen Thorsten, Ela oder Katharina. Und die war wie immer sofort zur Stelle, wenn man sie brauchte. Ein echtes Juwel in meinem Leben!

Am 08. Juni wagte ich dann etwas völlig Beklopptes: Ich wollte mir unbedingt selbst beweisen, dass ich es schaffe, mehr als drei Minuten am Stück zu laufen. Und nahm mir vor, einen Brief zum Post-Briefkasten zu tragen, der ungefähr 200 Meter entfernt an der Hauptstraße an einem Haus hängt. Nur wohnen wir ja auch noch an einem Hang, das heißt, ich musste erstmal den Buckel runter und danach auch wieder hoch. Für jemand, der sich tagelang nur mehr als mühsam in seinem häuslichen Umfeld bewegt hat wie eine sedierte Rennmaus, war das eine ziemliche Herausforderung, Aber wenn die Muddi sagt, sie macht das, dann macht sie das! Ich schnappte mir also den Brief und machte mich ganz langsam auf den Weg. Schon am dritten Straßen-Begrenzungspfeiler (örtlich auch „Hundsbrunzer" genannt) hätte ich mir selbst in den A...llerwertesten beißen können. Und vernünftigerweise hätte ich da spätestens wieder umdrehen sollen.

Aber dafür bin ich dann wieder viel zu stur und auch zu streng mit mir selbst. Also „lief" ich eisern bis zum Briefkasten, warf den Brief ein und fragte mich schon beim Umdrehen, wie ich es jetzt wohl wieder nach Hause schaffen sollte. Ich konnte ja jetzt schon nicht mehr. Ich biss die Zähne zusammen und setzte eisern einen Fuß vor der anderen. Die Strecke zog sich wie Gummi und ich war verdammt nah dran, das nächstbeste Auto anzuhalten und darum zu bitten, mich die paar Meter nach Hause zu fahren.

Als ich endlich wieder am Fuße „unseres" Hanges angekommen war, warf ich mich bäuchlings auf die Papiermülltonne vor unserem Haus und versuchte, meine Gliedmaße wieder einigermaßen unter Kontrolle zu bekommen. Und mir war schwer nach einem Sauerstoffzelt. Nur noch ein paar Schritte, dann wäre ich wieder in unserem Hof gewesen, aber das Stück „Berg", das da vor mir lag, erschien mir für die nächsten Minuten schier unüberwindbar. Ein letztes mal riss ich mich schwer zusammen und quälte mich die restlichen Meter zurück in meinen „Heimathafen". Dort ließ ich mich auf das nächstbeste Polster fallen und schwor mir selbst, mich die nächste halbe

Stunde keinen Zentimeter mehr zu bewegen. Und ich war mal wieder übelst genervt von alledem, am meisten aber von mir selbst.

Ich blieb eine Viertelstunde sitzen und wartete darauf, dass das Zittern in meinen Beinen aufhörte. Währenddessen überlegte ich mir ernsthaft, wie das weitergehen sollte. Ich hatte jetzt zwei Möglichkeiten: Entweder, ich ergab mich meinem „Schicksal" und ließ die MS die Oberhand gewinnen, oder aber ich kämpfte dagegen an. Und jetzt wissen die, die mich schon eine Weile länger kennen bestimmt, für was ich mich entschieden habe…

Ich begann jeden Tag ein paar Schritte mehr zu laufen, wenn auch nur im Haus und im Hof. Ich wollte erstmal nicht mehr in so eine blamable Situation kommen wie bei meinen Wurf über die Mülltonne. Und ich versuchte, so viel wie möglich wieder selbst zu machen. Svenja wickeln und anziehen war das Eine, sie zu tragen würde wohl für längere Zeit nicht wirklich funktionieren. Und das Kortison machte mir weiterhin schwerst zu schaffen. Selbst, als ich endlich anfangen durfte auszuschleichen. Auch wenn ich das vorher nicht wirklich für möglich gehalten hätte, wurden die Wassereinlagerungen ab da nur noch viel schlimmer. Ich bekam einen unglaublichen Stiernacken und war an manchen Tagen nicht in der Lage, beim Zähneputzen meinen Kopf in den Nacken zu legen. Das Wasser baute einen unglaublichen Druck in meinem Oberbauch auf und ich hatte brustabwärts das Gefühl, einen fest aufgeblasenen Luftballon verschluckt zu haben. Es tat beim Sitzen, beim Liegen und sogar beim Laufen weh. Was mich auch noch schön langsam etwas nervte, war die abendliche Heparin-Spritze. Nicht nur, dass ich mir über die Wochen hinweg eine perfekte Deutschlandkarte mittels blaue Flecken auf den Bauch gespritzt hatte. Nein, es tat auch mittlerweile bei jedem Einstich weh. Ihr merkt also, ich war schwerst unzufrieden mit der Gesamtsituation. Und in der dritten Woche des Ausschleichens hatte ich dann endgültig die Schnauze voll!

Ich wollte keine Schmerzen mehr, keine Spastiken, keine Einlagerungen, keine Schweißausbrüche, keine Unkonzentriertheit, keine Lustlosigkeit, keine furchtbare Schwäche, keine nervigen Stimmungsschwankungen, keine Esszwänge und keine Unruhe mehr. Und vor allem wollte ich endlich wieder mein Gesicht zurück. Und ich hatte noch drei Wochen Kortison vor mir. Alles in allem war ich todunglücklich. Und genau in dieser Stimmung rief ich meine Neurologin in Heidelberg an.

„Hören Sie mal, ich habe jetzt keine Lust mehr!! Die Schmerzen machen mich wahnsinnig und es kann doch auch nicht in Ihrem Sinn sein, dass ich demnächst platze." Sie hörte sich geduldig mein Gejammer an und schlug mir dann Folgendes vor: ich solle das Kortison jetzt noch drei Tage lang ausschleichen und könne es dann absetzen. Aber ich müsse unbedingt zum Blutabnehmen und nochmal ins MRT. Außerdem müssten wir dann dringend über eine zukünftige geeignete MS-Therapie reden. Immerhin war ich ja trotz allem Brimborium mit meinem Kinderwunsch nicht wirklich durch. Auch wenn manche jetzt bestimmt ziemlich ungläubig mit dem Kopf schütteln. Während der Kortison-Therapie hatte ich ja bekanntlich diese einigermaßen entspannte „alles Sch… egal-Haltung". Da dachte ich dann auch: „was soll´s, dann kriegen wir halt kein Baby mehr. Ich bin eh zu alt und vielleicht ist es auch besser so. Ich genieße dann mein Leben, wenn das alles wieder vorbei sein sollte und so ist es doch auch alles viel einfacher…" Bla bla bla…

Mit der Reduzierung, und der damit verbundenen Rückkehr meiner Gefühle, merkte ich sehr wohl, dass ich mitnichten mit irgendetwas abgeschlossen hatte. Ich wollte das weiterhin, zwar nicht auf Teufel komm raus, aber die Sehnsucht ließ mich halt nicht wirklich los. Also musste eine zukünftige MS-Therapie kompatibel mit meinem Wunsch sein. Und natürlich alles unter der großen Voraussetzung, dass ich irgendwann wieder fit werden würde. Um es an dieser Stelle mal zu erwähnen: Das Thema „Pflegekinder" hatte sich für uns endgültig erledigt, ich hatte weder die Kraft noch die Ausdauer und schon gar nicht die Geduld, mich weiterhin mit renitenten Jugendamts-Mitarbeitern rumzuschlagen!

Ich möchte an der Stelle aber gerne mal ganz kurz und hoffentlich verständlich in die medizinische Richtung abdriften. Es ist nämlich nicht damit getan, über Wochen hinweg so dermaßen hohe Mengen an Kortison zu nehmen, sie dann abzusetzen und gut ist. Kortison ist ein Hormon, das unter anderem auch bei Stress in der Nebennieren-Rinde des Menschen produziert wird. Wird nun dem Körper von außen in Massen dieses Hormon zugeführt, sagt sich die Nebennieren-Rinde „na wunderbar, dann hab ich ja jetzt Urlaub und stelle die Kortison Produktion hiermit erstmal ein." Setzt man jetzt die Tabletten zu schnell ab, kann die Nebenniere nicht gleich wieder reagieren und man ist quasi erstmal eine ganze Weile unterversorgt. Und das kann im schlimmsten Fall zu lebensbedrohlichen Zuständen führen. Also muss man den Kortison-Spiegel mittels Blutentnahme bestimmen, um zu überprüfen, ob die Nebenniere sich bequemt, wieder selbst zu arbeiten.

Ich unterzog mich also sämtlichen Maßnahmen, die man mir jetzt noch aufs Auge drückte und hoffte einfach inständig, dass das alles in absehbarer Zeit endlich ein Ende hatte. Drei Tage später hatte ich es geschafft und war vom Kortison weg.

Wer nun aber denkt, damit wäre so quasi ratz-fatz alles wieder wie vorher, der irrt an der Stelle gewaltig. Nach wie vor kroch ich umher wie eine alte, bucklige, ziemlich dicke Frau mit völlig verschobenen Gesichtszügen. Das nächste war jetzt also erneut ein Besuch in der Röhre, ein Termin in Heidelberg und dann reifte in mir ein völlig neuer Plan: Ich musste mal raus hier, und zwar dringend. Das musste ich nur noch meinem Mann beibringen. Der hatte sich drei Wochen Urlaub eingeplant und wollte daheim einige kleinere und größere Baustellen abarbeiten. Ich hatte eine Woche nach der letzten Kortison Tablette dann meinen MRT Termin, dieses Mal musste ich nach Heppenheim anstatt nach Weinheim. Dort sind die Röhren etwas kleiner, lauter und stehen „falsch" herum im Raum. Von Weinheim bin ich es gewohnt, dass ich über den Spiegel, der sich an dem Gestell über meinem Kopf befindet, die Menschen draußen vor der Scheibe beobachten kann und mich somit nicht allein fühle. Hier starrte ich nun einfach auf eine kahle Wand. Außerdem wurde ich dieses mal bis zur Hüfte in dieser engen Röhre versenkt und bekam nach einer halben Stunden leicht Schnappatmung. Da hatte ich aber noch gut eine Stunde vor mir. Mit den Röntgen-Assistentinnen hatte ich vereinbart, dass ich wenigsten ab und zu ein kleines Zeichen von ihnen bekam, wie lange ich noch ausharren musste. Ich beschloss, die Augen fest geschlossen zu lassen und mich weit weg zu träumen. Und bloß nicht in die falsche Richtung denken, da käme ich ja sonst wieder mal überhaupt nicht raus. Nach eineinhalb Stunden hatte ich es endlich überstanden und hatte nur noch verdammt dünne Nerven. Überraschenderweise wollte mich der Arzt kurz sprechen, ich ahnte schon fürchterliches. Aber er meinte nur: „Es liegen keine signifikanten Veränderungen vor, also verschlechtert hat sich schon mal nichts." Na prima, dann hat ja das viele Kortison wenigstens etwas bewirkt. Ela meinte zwar dann beim Telefonieren: „Aber das ist doch doof, dass sich nichts verändert hat", aber wenn wir mal ehrlich sind, wäre eine VERSCHLECHTERUNG noch doofer gewesen. Als ich wieder daheim war, war ich völlig am Ende.

Vor allem, weil ich vorher noch in Fürth bei einer Gärtnerei vorbeigefahren war und jetzt auch noch das Auto voller Blumen hatte. Der Weg vom Auto zur Klinik und zurück hatte mir dann komplett den Rest gegeben. Und wieder mal war ich völig frustriert. Jetzt war ich seit knapp einer Woche das Kortison los, und es hatte sich noch nicht wirklich viel getan. Weder an meinem Gang, noch an meiner Ausdauer, geschweige denn an meiner Figur und an meinem Gesicht. Und dass ich Geduld brauchte, konnte ich selbst so ganz langsam nicht mehr hören.

Einen Tag später fuhrwerkte mein Gemahl zuhause mit der Schlagbohrmaschine durch unser Schlafzimmer und durch Svenjas Kinderzimmer im ersten Stock. Vielleicht hatte ich es schon mal erwähnt, aber unser Haus ist älteren Jahrgangs, und ist nicht wirklich gut isoliert. Wenn es mal zwei, drei Tage am Stück wirklich heiß draußen war, bekamen wir die Räume kaum noch runtergekühlt. Gerade oben bei Svenja, direkt unter dem Speicher, wurde es fast unerträglich. Und Svenja schwitzt nun mal auch recht schnell, da sie sich durch den Mangel an Bewegung nicht selbst regulieren kann. Thorsten hatte also beschlossen, Klimageräte zu installieren. Fest an der Wand, mit einem Abluftgerät nach draußen. Wir hatten schon einige Jahre ein transportables Klimagerät, das wir je nach Bedarf in ein Zimmer stellten, um für Abkühlung zu sorgen. Aber dieses Gerät ist erstens riesig, zweitens muss man den Schlauch durch ein geöffnetes Fenster nach draußen legen und drittens ist es so laut, dass man das Gefühl hat, neben einem landet die Heilsarmee mit dem Hubschrauber. Und kaum schaltet man das Gerät wieder ab, wird es kurze Zeit später schon wieder warm. Also nicht wirklich mehr als eine Notlösung. Über zwei Tage hinweg bohrte mein Mann also, schaffte Durchbrüche, schloss Leitungen an und hievte mit Elas Hilfe die Außengeräte aufs Vordach. Und weil das alles so reibungslos funktionierte, hatten am Ende nicht nur wir und Svenja jeweils eine Klimaanlage sondern auch Ela eine in ihrem Schlafzimmer und in ihrem Wohnzimmer. Und in drei Räumen dafür keine Nachtspeicheröfen mehr. Die hatte Thorsten bei der Gelegenheit gleich abgebaut. Außerdem bekam Ela ihre Küche renoviert. Damit begann Thorsten in seiner ersten Woche Urlaub, und am gleichen Tag passierte MIR etwas völig Unglaubliches, nahezu wirklich Lebensveränderndes. Ich hatte mir nochmal einen Termin bei einer Allergologin gemacht.

Dieses Mal in Reichelsheim, ungefähr eine halbe Stunde von uns entfernt und mal in einer völig anderen Richtung. Ich hatte vor einiger Zeit zum Vadder gemeint: „Ich brauche nochmal eine unabhängige Meinung zum Thema Essen. Ich habe auf diese Aufpasserei und die ständige Kontrolle sämtlicher Verpackungsrückseiten überhaupt keinen Bock mehr. Und wenn das alles wirklich nur mein Kopf ist, soll er jetzt gefälligst so langsam mal damit aufhören." Interessant war aber in diesem Zusammenhang auch folgende Situation: Wir hatten am 20. Juni Besuch von Reni und Michael, vier Tage VOR meinem Allergologen-Termin. Ich hatte eine riesige Schüssel Wurstsalat vorbereitet. Und vor meinen ganzen Essens-Eskapaden LIEBTE ich meinen Wurstsalat. Dieses Mal ging ich mit der sicheren Gewissheit in den Abend, dass davon jeder essen würde außer ich. Und fand mich eigentlich wie immer damit ab. Abends saßen wir dann alle zusammen im Hof, ich hatte den Tisch gedeckt und die Pommes und den Wurstsalat auf den Tisch gestellt. Nachdem ich mir meine obligatorische Portion Pommes auf den Teller gehäuft hatte, begann ich zu überlegen. Der Wurstsalat roch verführerisch und hier waren ja eigentlich auch genügend Menschen, die auf mich aufpassten. Sollte ich es wagen? Immerhin war da so ziemlich ALLES drin, was ich jetzt gut drei Jahre gemieden hatte wie die Pest. Zwiebeln, Maggi, verschiedene Gewürze und natürlich Wurst. „Gibst du mir mal die Schüssel?" Thorsten sah mich leicht entgeistert an und Ela und Reni meinten nur: „Ja, probier ruhig. Wir sind ja da und passen auf dich auf." Natürlich hatte ich leichtes Herzklopfen und bekam schwitzige Hände, aber ich wollte partout meinem Hirn ein Schnippchen schlagen. Ich tastete mich an ein kleines Stückchen Wurst heran, so wie ich mich an alles immer heran tastete, wovor ich Angst hatte. Lecken, warten, dran knabbern, warten, kauen, ausspucken, warten, ein kleines bisschen schlucken, warten…. Ich war also erstmal beschäftigt. Aber ungefähr 15 Minuten später wusste ich: JAWOLL, das funktioniert!!! Und haste nicht gesehen, hatte ich drei volle Teller verputzt und war danach der glücklichste Mensch der Welt. Und der Erstaunteste. Hatten alle recht? Waren meine „Allergien" ein Produkt meiner völlig gestörten Psyche? Sollte ich mich vielleicht einfach noch an mehr getrauen? Nein, ich wollte zunächst den Allergologen Termin abwarten. Nicht, dass das mit dem Wurstsalat doch einfach nur Zufall war und ich einfach nur einen guten Tag gehabt hatte.

Thorsten war also an besagten Tag in Elas Küche zugange und ich machte mich auf den Weg nach Reichelsheim.

Ich malte mir aus, was sie mir sagen würde. Immerhin hatte ich ja deswegen schon einige Krankenhaus-Aufenthalte hinter mir und einige Ärzte hatten mir schon die glaubhafte Existenz meiner Symptome bestätigt. Ich hatte also Angst, dass ich gleich zu hören bekommen würde, dass ich nie wieder normal essen können würde, vielleicht auch weil sich mein Körper mittlerweile schon so an die seltsamen Essensgewohnheiten gewöhnt hatte. Ich hatte die Unterlagen von Heidelberg dabei, die besagten, dass ich auf alle getesteten Stoffe NICHT reagiert hatte. Meine Nerven waren zum Zerreißen gespannt. Eine Stunde später saß ich ihr gegenüber und sie war mir auf Anhieb grundsympathisch. Ich schätzte sie auf Anfang, Mitte 50. Sie trug schwarze, leicht wuschelige Haare, enge Jeans, und Cowboy-Stiefel. Zunächst hörte sie sich meine Geschichte an, meine Ausflüge in die umliegenden Krankenhäuser, meine Symptome und meinen selbst erarbeiteten Essens-Plan. Und ich sagte ihr auch, dass ich eigentlich ja nur jemanden bräuchte, der mir entweder sagt, dass da Allergien vorhanden sind und ich halt nichts anderes tun kann, als auf fast alles zu verzichten, oder eben einer, der mir klipp und klar sagt „Mädchen, du hast einen an der Waffel, aber gewaltig!" Dann fragte sie, seit wann das alles so wäre.

„Naja, eigentlich schon seit etwas mehr als drei Jahren, aber so richtig schlimm wurde es erst vor ungefähr zwei Jahren." Sie schaute mich nachdenklich an. „Ist in dem Zeitraum etwas Besonderes vorgefallen?" Ich berichtete ihr in kurzen Worten von Ronja und sie schüttelte fassungslos und traurig den Kopf. Dann fragte sie, was ich so in letzter Zeit gegessen hatte. „Oh, da war ich etwas mutiger. Ich habe sogar letzten Samstag Wurstsalat gegessen. Aber auch nur, weil ich noch so viel Kortison in mir habe." „Wieso müssen Sie denn Kortison nehmen?" Wieder ein etwas erstaunter Blick. Ich erzählte ihr von meinem extremen Schub und dessen Auswirkungen. Dann sah sie mich durchdringend an. „Haben Sie vielleicht schon mal über den Aufenthalt in einer psychosomatischen Klinik nachgedacht? Da könnte man sich all Ihrer Probleme einmal richtig annehmen." Und ich erwiderte, fröhlich mit den Schultern zuckend:" Naja, darüber nachgedacht habe ich schon, aber ich habe noch eine schwerbehinderte Tochter zuhause, und die möchte ich ungern alleine lassen." Jetzt war es um ihre Fassung völlig geschehen, ich sah es deutlich in ihrem Gesicht. „Und dann wundern Sie sich ernsthaft noch über das, was Sie da haben? Mich wundert es ja jetzt fast nur, dass Sie nicht noch mehr Krankheiten entwickelt haben über die Zeit.

Ich hätte Sie jetzt eigentlich als erstes nach Heidelberg in die Allergologie geschickt. Dort sitzen wahre Experten. Aber da kommen Sie ja quasi her. Und der Befund, der mir hier jetzt vorliegt, besagt eindeutig, dass Sie auf NICHTS reagiert haben. Und ich muss schon sagen, die Heidelberger haben wirklich sehr ausführlich getestet. Da bleiben eigentlich keine Fragen mehr offen. Also möchte ich Ihnen gerne folgendes sagen, wenn auch nicht so extrem, wie Sie das vorhin formuliert haben. Ihre ganzen „Allergien" (sie zeichnete mit ihren Fingern Gänsefüßchen in die Luft) sind hausgemacht. Und zwar in einem Ausmaß, das selbst mir in meiner langjährigen Praxis noch nicht untergekommen ist. Ich glaube Ihnen jedes einzelne ihrer Symptome, aber Sie sollten wirklich wieder anfangen, das Essen zu genießen. Es gibt doch nichts Schöneres für Körper und Geist, als wenn man mit lieben Menschen am Tisch sitzt und ein leckeres Essen genießen kann, ohne dass man sich über irgendetwas Gedanken machen müsste. Und ich verspreche Ihnen: Sie können ALLES essen, ohne jegliche Einschränkung. Und es wird Ihnen auch nichts mehr passieren." Wow, das war jetzt aber mal eine Ansage. Ich konnte noch gar nicht so richtig glauben, was sie mir da eben ziemlich deutlich vor den Latz geknallt hatte. Und natürlich musste ich nachhaken. „Sie meinen also, ich hätte tatsächlich einen absoluten Vollknall und sollte ab jetzt wieder essen können wie jeder „normale" Mensch auch?? Was ist denn, wenn es wieder anfängt zu kribbeln?" Sie grinste mich an. „Dann lassen Sie es einfach kribbeln, ich verspreche Ihnen, es hört auch wieder auf und es wird Ihnen nichts passieren. Sie sollten wieder Freude am Essen haben, bei all dem, was Sie sonst noch an der Backe haben." Ich nickte, sah sie dankbar an und erhob mich. „Danke, dass Sie mir den Kopf zurechtgerückt haben. Ich werde versuchen, meine Angst vor Essen abzulegen. Ich bin mal gespannt, wie lange ich dafür brauche." Sie nickte mir nochmal aufmunternd zu und ich verließ ziemlich motiviert die Praxis und machte mich auf den Heimweg. Im Auto begann ich zu überlegen, was das in Zukunft für mich bedeuten würde. Würde ich tatsächlich wieder ganz normal essen und vor allem auch kochen können? Das wäre ja zu schön um wahr zu sein. Ich liebte das Kochen und Backen und konnte mich früher stundenlang in der Küche verlustieren. Ich experimentierte gerne mit Gewürzen, Zutaten und Zusammenstellungen. Und das sollte ich jetzt alles wieder machen dürfen? Als ich wieder daheim war berichtete ich Thorsten von dieser fast unglaublichen Neuerung in meinem Leben.

Er brachte gerade eine neue Holzdecke in Elas Küche an, sah von der Leiter auf mich herunter und meinte: „Alla dann Muddi, was kochen wir denn heute Schönes?"

Ich kann an der Stelle Folgendes verraten: Ich habe seitdem ALLES gegessen, worauf ich Lust hatte. Und zwar, ohne groß darüber nachzudenken. Auch wenn ich zugeben muss, dass ich bei dem Biss in ein Stück Paprika und eine Apfelspalte dann doch Katharina an meiner Seite haben musste. Da hat mein innerer Vogel dann doch etwas zu laut gezwitschert. Aber für alles andere habe ich meinen Kopf ausgeschaltet, einfach gemacht und gegessen. Muss ich hier irgendjemandem erklären, wie GEIL das war? Salat, Currywurst, „Gschdambte" (also Karotten-Kartoffel Stampf mit Kassler), Wraps, Tortelloni, Hot Dogs, sämtliche Arten von Gemüse und Obst, Marmelade… all das war auf einmal überhaupt kein Thema mehr. Und als ich mir zum ersten Mal nach einer gefühlten Ewigkeit ein ganz „normales" Stück Schokolade in den Mund steckte, verdrehte ich verzückt die Augen und hätte fast ein Tränchen vergossen. Die Allergologin hatte absolut recht: Essen ist Genuss und trägt nachhaltig zum allgemeinen Wohlbefinden bei. Und natürlich auch zu dem ein oder anderen Kilo mehr auf der Waage. Aber darum machte ich mir gerade noch die allerwenigsten Sorgen. Immerhin hatte ich ja auch noch meine „Kortison-Wasser-Kilos" sprichwörtlich an der Backe. Also, ran an den Herd und an den Backofen und her mit all den Köstlichkeiten, die ich mir jetzt jahrelang selbst verwehrt hatte.

Ein paar Tage später waren Thorsten und ich im Baumarkt unterwegs und auf dem Weg zur Kasse blieb mein Blick an einem Ständer mit gemusterten Fliesen hängen. Traumhaft schön und genau mein Fall. Wie einige von Euch ja bestimmt noch wissen, sind wir nach dem Tod meiner Schwiegermutter 2016 ins Erdgeschoss gezogen und haben dort alle Räume von Grund auf renoviert und ihnen unseren persönlichen Touch verpasst. Das einzig Große, das wir nicht verändert haben, ist die Küche. Also die Möbel wohlgemerkt. Meine Schwiegermutter hatte sie damals von einem Schreiner anfertigen lassen, sie war also schweineteuer und bietet zugegebenermaßen einen Haufen Platz in den Schränken. Aber sie ist halt auch überhaupt nicht wirklich mein Fall. So ein bisschen „Eiche rustikal". Wir haben damals die Tapete erneuert (natürlich im maritimen Stil) und ich habe versucht, mit viel Deko zu arbeiten. Und ja, sie wirkt nun gemütlich und anheimelnd. Und gerade an regnerischen, kalten Herbsttagen liebe ich es, mit einer Tasse Kaffe oder Tee am Küchentisch zu sitzen und zu schreiben. Aber oberhalb des Herdes und der Spüle befanden sich über die Jahre hinweg schon immer weiße Fliesen. Und weiße Fliesen gehören für mich, wenn, dann am ehesten noch ins Bad. Wobei sie am besten in einer Metzgerei oder im Krankenhaus aufgehoben wären.

Ich stand also vor diesen bunten Fliesen und war absolut verzückt. Sie würden PERFEKT zu meiner Küche passen, jede hatte ein anderes Muster und sie strahlten so viel Wärme, aber auch leicht Nordisches aus, dass ich sogar ganz leise seufzte. Thorsten kam zurück, er hatte zunächst nicht mitbekommen, dass ich stehen geblieben war. „Hm, die sehen gar nicht mal so schlecht aus." Ich strahlte ihn an. „Ja, gell? Die sind mega schön. Soooo schade, dass man die nicht in unsere Küche machen kann." Ihr kennt Frauen und ihr Talent, Welpen-ähnlich zu schauen? Ich war ganz nah dran, diesen Blick gerade zu perfektionieren. Thorsten nahm eine Fliese in die Hand, drehte und wendete sie und meinte dann: „Über den Herd meinst du?" Ich versuchte, nicht allzu enthusiastisch zu wirken und zuckte mit den Schultern. „Ja, zum Beispiel." Wir betrachteten die verschiedenen Muster und legten sie nebeneinander. Es sah wirklich grandios aus. „Ruf mal Ela an, die soll den Fliesenspiegel über dem Herd ausmessen. Dann können wir sie mitnehmen." Na das war ja jetzt ein Kinderspiel gewesen. Ich schrieb Ela sie solle messen, und eine Viertelstunde später fuhren wir mit 21 Fliesen im Gepäck wieder zurück nach Hause. Und schon Abends hatte meine Küche eine ganz andere Optik. Und es war so schön, dass Thorsten mich am nächsten Tag nochmal losschickte, um Fliesen für die gegenüberliegende Wand zu holen. Dort, wo sich die Spüle befindet. Nach zwei Tagen hatte ich also völlig unerwartet eine völlig veränderte Küche und war im höchsten Maße zufrieden.

Was mir auch auffiel, war meine ganz langsam wieder zunehmende Kraft in den Beinen. Ich konnte wieder längere Zeit laufen, ohne das Gefühl zu haben, ich bräuchte gleich jemanden, der mich stützt. Meine Fußzehen hatten ihr Gefühl vollständig wieder und ich hatte keine Spastiken mehr. Im Eifer dieses wieder zurückeroberten Lebensgefühls meldete sich die Idee wieder, mal hier raus zu müssen. Samstagnachmittags, drei Tage nach der Fliesenaktion, wir waren gerade auf dem Heimweg von Michael und Reni, die wir spontan in ihrem Büro besucht hatten, warf ich in den Auto-Innenraum: „Ich will mal wieder hier weg. Am liebsten in die Schweiz!" Nun muss man dazu sagen, dass mein Mann durchaus wahnwitzige Ideen von mir gewohnt ist und von daher nicht gleich völlig in unverständliches Kopfschütteln ausbricht, wenn ich mal wieder mit solchen Gedanken ums Eck komme. Außerdem wäre es ja nicht das erste Mal, dass wir spontan an den Brienzersee fahren würden, nur um Kaffee zu trinken. „Ich will am See sitzen, durch Interlaken schlendern und am liebsten eine Nacht im „Brienzerburli" übernachten und am nächsten Tag am See frühstücken!"

„Du willst über Nacht bleiben?" Gut, ich gebe zu, DIE Idee war neu, damit konnte er nun wirklich nicht rechnen. „Ja, das wäre traumhaft. Du hast doch sowieso Urlaub und Ela hat am Dienstag frei. Da könnten wir wunderbar von Montag auf Dienstag bleiben und uns einfach eine schöne Zeit machen." Ela hatte Nachtdienst und würde erst Montag morgen gegen sieben zu Hause sein. Dafür hatte sie dann am Dienstag frei, was mich ja erst auf diesen grandiosen Einfall gebracht hatte. „Willst du sie vielleicht erstmal fragen, ob sie am Dienstag überhaupt zuhause wäre und auf Svenja aufpassen mag?" Ela hatte seit kurzem wieder einen Freund, und eventuell würde sie ihren freien Tag ja auch wirklich lieber mit ihm verbringen. Ich schrieb sie an und zehn Minuten später war klar: von ihrer Seite aus hatten wir freie Bahn. Ich grinste. Und Thorsten seufzte resigniert. „Dann ruf halt mal an und frag, ob sie für eine Nacht ein Zimmer frei hätten. Dann könnten wir Svenja am Montag morgen noch in den Bus setzen, danach gleich losfahren und wären gegen Mittag unten. Und wenn wir uns am Dienstag nach dem Frühstück so langsam wieder auf den Weg machen würden, wären wir auch pünktlich wieder daheim, wenn Svenja gegen halb drei gebracht wird." De Vadder hatte also schon wieder weiter gedacht und geplant, und mir somit bewiesen, dass meine Idee wohl doch gar nicht soooo schlecht war. Ich rief also im Hotel an und buchte uns ein Zimmer für eine Nacht. Sogar mit Seeblick. Ich war überglücklich.

Montags morgens war ich gegen vier schon auf den Beinen. Ich duschte, packte den kleinen Koffer, richtete unseren Reiseproviant und weckte dann Svenja. Dann hieß es waschen, anziehen, der übliche Corona-Test, Medikamente geben, ihren Rucksack richten, sie um kurz vor sieben in den Johanniter-Bus verfrachten, wir noch einen kleinen Schluck Kaffee auf den Weg, Ela im Vorbeilaufen noch Tschüss sagen und gegen viertel nach sieben dampften wir zufrieden ab Richtung Schweiz. Als die ersten Berggipfel in Sichtweite kamen, hätte ich schon wieder heulen können.

Aber dieses Mal vor Glück. Die Schweiz war der ideale Fluchtpunkt, weil alles andere gerade überhaupt nicht ging. Vom Gefühl her meine ich. Hamburg fühlte sich für uns beide immer komplizierter an, keiner konnte sich vorstellen, dass wir da in absehbarer Zeit mal wieder hinfahren würden. Das gleiche galt für den Bodensee, die Nordsee und Berlin. Wir schauen im Fernsehen regelmäßig bestimmte Serien, von denen blöderweise eine in Hamburg, eine in Berlin und eine in Leer spielt. Und immer, wenn Gebäude oder Landschaften gezeigt werden, an denen wir damals zusammen waren, bekamen wir beide Schnappatmung. Die Schweiz war da unverfänglich, dort war Ronja nie dabei gewesen. Im Nachhinein möchte ich fast sagen „Zum Glück"…

Unterwegs kam mein Gemahl auf eine wirklich glorreiche, wenn auch zunächst etwas komplizierte Idee: „Und wenn wir noch einen Tag dran hängen würden?" Ich sah ihn von der Seite an. „Wie soll das denn funktionieren? Ich weiß ja nicht mal, wie Ela arbeitet. Und ob das Hotel überhaupt noch Kapazität für eine weitere Nacht hätte." Thorsten zuckte mit den Schultern. „Dann ruf halt erstmal Ela an und frag. Dann können wir immer noch gucken, was wir machen." Nach diesem Telefonat war klar: Ela hatte Frühdienst und musste um zwanzig nach sechs spätestens auf der Wache sein. Svenja würde aber erst gegen fünf vor sieben geholt werden. Und dann fiel mir Katharina ein. Fragen kostete ja nichts, und ich weiß, sie würde ehrlich genug sein, zu sagen, wenn mein Plan nicht funktionieren würde. Kurzerhand rief ich sie an, da hatten wir gerade die Grenze überquert. „Schatziiii, ich hätte da mal eine Frage: Wir würden eventuell noch eine Nacht dranhängen wollen, aber Ela hat morgen Frühdienst. Meinst du, sie könnte Svenja zu dir runterschieben und du würdest sie um kurz vor sieben in den Bus setzen? Musst sonst nix machen sie kommt fix und fertig zu dir runter." Und meine Freundin, „moi Herzkersch", die Beste von allen sagte ohne lange zu Überlegen: „Klar mach ich das, ist doch kein Problem." Ich hätte sie durch den Hörer hindurch knutschen können. Gleich danach rief ich im Hotel an und verlängerte unseren Aufenthalt um eine weitere Nacht. Dank Stau waren wir dann aber erst gegen halb drei an unserem Ziel. Wir brachten unser Gepäck aufs Zimmer und fuhren dann sofort weiter nach Interlaken. Das Wetter war traumhaft, die Sonne schien, es war nicht zu warm und ich fühlte mich großartig. Wir stellten Thorstens Auto gegenüber „Hooters" ab und liefen die altbekannte Strecke bis runter an den Bahnhof.

Ich schaute auf einen Sprung in die Buchhandlung, die meine Bücher seit dem letzten Besuch in ihrem Sortiment hatte und dann machten wir uns auf die Suche nach einem schönen Café. Mit Blick auf die „Jungfrau" (also den Berg) ließen wir unsere Gedanken schweifen und die Seele baumeln.

Am Abend saßen wir auf der hoteleigenen Terrasse direkt am See und aßen. Ich hatte mir „Fish&Chips" bestellt mit Sauce Tartare und muss zugeben, so ganz leise begann mein Vögelchen tief im Hinterkopf zu zwitschern. Was, wenn ich das jetzt nicht vertrug? Konnte mir hier einer helfen? Als das Essen vor mir stand, und ich die kräuterlastige Remoulade, den gut gewürzten Fisch und die Pommes mit Gewürz vor mir sah, atmete ich einmal ganz tief durch. Thorsten sah mir meine leisen Zweifel an und meinte nur lakonisch: „Muddi iss, sonst wird's kalt." Ich gebot also meinem Vogel die Klappe zu halten und begann zu essen. Es war herrlich. Die Atmosphäre war gelöst, das Essen schmeckte fantastisch und der Blick auf den See entschädigte mich für die letzten anstrengenden fünf Monate. Außerdem war ich vorher, jedenfalls laut meiner Uhr am Handgelenk schon ungefähr vier Kilometer gelaufen, das muss man sich mal vorstellen. Als wir von Interlaken zurückgekommen waren, sind wir ziemlich entspannt am Seeufer entlang spaziert bis hoch zur Schiffsanlegestelle. Und dann durch den Ort wieder zurück bis zu unserem Hotel. Ich war zwar einigermaßen geschafft, aber meine Beine fühlten sich immer noch gut an, weder taub, noch schwach. Natürlich hatte ich zwischendurch immer mal wieder kurz gestoppt und mich kurz hingesetzt, aber im Großen und Ganzen waren wir in einem guten Tempo unterwegs gewesen. Ich war unglaublich stolz auf mich. Nach dem Essen setzten wir uns noch mit einer Flasche alkoholfreiem Sekts auf den Balkon, und ich hatte das Gefühl, die beste Entscheidung seit langem getroffen zu haben.

Am nächsten Morgen, nach einem wirklich entspannten Frühstück (ich hatte seit Ewigkeiten zum ersten Mal wieder Honig gegessen), fuhren wir zunächst nach Oberried. Ich wollte dort die berühmte Hängebrücke besichtigen und hätte schwören können, sie befindet sich irgendwo in Ufernähe. Wir parkten also und mussten zunächst feststellen, dass uns das nötige Schweizer Kleingeld für die Parkuhr fehlte. Und dann machte mein Mann etwas, das im Nachhinein noch für einige Heiterkeit bei uns sorgte (in solchen Momenten sind wir halt doch eher einfachen Gemütes): Er bezahlte 1 Franken und 50 Rappen mit seiner Kreditkarte. Und freute sich diebisch, dass das so gut funktioniert hatte. Wir spazierten im herrlichsten Sonnenschein am Seeufer entlang, bis hin zu dem Spielplatz, auf dem ich vor Jahrzehnten als Kind schon wie oft gespielt hatte. In mir machte sich ein klein wenig Wehmut breit.

Die Dame, die wir auf halbem Weg nach der Hängebrücke gefragt hatten hatte uns übrigens erklärt, dass sich die Brücke genau gegenüber des Sees, tief im Wald befinden würde. Und der Weg dahin wäre sehr steil und auch recht anstrengend. Upps....

Wir suchten uns also ein neues Ausflugsziel und fuhren zunächst Richtung Aareschlucht. Wir standen quasi schon am Eingang, als uns beiden bewusst wurde, dass wir im Begriff waren, Eintritt zu bezahlen, nur um kilometerweit durch eine Schlucht zu wandern und wir beide nicht wussten, wie weit meine Kraft reichen würde.

Und für eine halbe Stunde „Wasserfall" und „reißenden Fluss" betrachten war mir das Geld zu schade. Wir sahen uns an und wussten beinahe wortlos, wo wir beide jetzt hinwollten. Also zurück ins Auto und auf nach „Grindelwald Grund". Dort fährt die Zahnrad-Bahn bis auf die „Kleine Scheidegg", am Fuße der Eiger Nordwand. Und ja, die Fahrt dorthin kostete uns fast das zehnfache vom Eintritt in die Schlucht, aber es zog uns beide da hoch und ungefähr eine Stunde später saßen wir zufrieden in der Bahn und zuckelten den Berg hinauf. Oben angekommen atmeten wir beide tief durch. Es fühlte sich gut an, wieder hier zu sein. Wir suchten uns ein sonniges Plätzchen auf einer Restaurant-Terrasse und ich genehmigte mir seit Jahrzehnten mal wieder eine Ovomaltine (eine Art Kakaogetränk, nur sehr viel leckerer. Anmerkung am Rande: Daheim schmeckt das nur halb so gut.) Wir blieben so lange oben bis uns das Wetter einen Strich durch die Rechnung machte. Wieder am Brienzersee angekommen drehten wir unsere obligatorische Runde und aßen dann zu Abend. Wir ließen den Abend gemütlich ausklingen und dann kam der Punkt, an dem ich froh war, dass wir am nächsten Tag wieder nach Hause fahren würden. Weil, egal wie schön es hier gerade war: Ronja fehlte halt doch, und zwar ÜBERALL. Und daheim in Wald-Michelbach fühlte ich mich ihr wenigstens noch ein Stückchen näher. Wir fuhren am nächsten Morgen nochmal zum Abschied nach Interlaken und machten uns dann auf den Heimweg. Gegen drei waren wir wieder daheim und nahmen um halb fünf eine freudestrahlende Svenja aus dem Bus in Empfang.

„Grau, grau, grau sind alle meine Haare, „das pflanzen ist des Gärtners Lust" und „auf in den Kampf"

Einige Tage später kursierte in meinem (wahrscheinlich noch vom Rest-Kortison benebelten) Hirn ein neuer, beziehungsweise alter, Gedanke: Wenn sich jetzt schon IN meinem Kopf etwas geändert hat, dann doch bitte auch AUF meinem Kopf. „Ich will eine andere Haarfarbe". Wir saßen auf der Klagebank, Thorsten und ich, und ich starrte gedankenverloren in meine Kaffeetasse. Wir wussten beide, was mir da schon sehr lange vorschwebte und ich wusste auch, dass Thorsten meinen Wunsch da völlig unterstützte. Er fand es sogar ziemlich cool. „Ich glaube nur nicht, dass das bei mir funktionieren wird. Immerhin ist das ja ein echt großer Schritt." Thorsten betrachtete skeptisch meine Haare. „Dann geh doch mal zu deiner Frisörin und frag. Mehr als nein sagen kann sie ja nicht." Eine großartige Idee. Am nächsten Tag schwang ich mich auf meine „Krawalli" und fuhr nach Hartenrod. Ich hatte mir ein Beispiel-Foto aus dem Internet herunter geladen und hielt es meiner Frisörin unter die Nase.
Ihre erste Reaktion war „Hui" und dann „Okay, bist du dir sicher??" Damit veränderst du dich aber dann komplett." Ich strahlte sie durch die Maske hindurch an. „Ja, ich bin mir sicher. Kriegen wir das hin?" Sie kam um den Tresen herum und betrachtete sich meine Haare von nahem. „Ich mache dir jetzt eine Probesträhne, die wäschst du in einer halben Stunde aus, schickst mir davon ein Bild und dann entscheiden wir, ob das funktionieren kann." Gesagt getan. Sie isolierte eine dünne Strähne in meinem Nacken und schmierte reichlich Blondierung darauf. Dann packte sie diese Strähne in Alufolie, ich setzte meinen Helm wieder auf und machte mich auf den Weg zum Brötchen holen und auf den Friedhof. Nach ungefähr einer halben Stunde war ich wieder zuhause, wusch das Bleichmittel wieder runter, machte, wie geheißen, ein Bild und schickte es meiner Frisörin. Die Strähne war leicht gelblich (das hatte ich ja schon mal, erinnert Ihr Euch??)
Einige Minuten später kam die Antwort: „Wir werden die Blondierung einfach ein wenig länger einwirken lassen, dann müsste das eigentlich hinhauen." Ich bekam sogar schon einige Tage später, an einem Samstag einen Termin. Nach einer fünfstündigen Sitzung hatte ich bronzefarbene Strähnen im Haar. Es sah tatsächlich wirklich schön aus… war aber bei Weitem noch nicht das, was ich

mir vorgestellt hatte. Aber wir mussten Schritt für Schritt vorgehen. Zwei Wochen später saß ich erneut auf dem Frisierstuhl und nach einer dicken Schicht Blondierung (bei der stellenweise meine Kopfhaut so dermaßen brannte, als würde ich in Flammen stehen und zwischendurch sogar mein Haar leicht qualmte, und ich so ganz nebenbei mindestens die Hälfte meiner Haarpracht einbüßte) sowie zwei weiteren Farbschichten hatte ich aber dann endlich das, wovon ich mittlerweile schon fast drei Jahre träumte: silbergrau-pinke Haare! Der ein oder andere schaut mich heute noch an, als hätte ich Lack gesoffen. Und ganz viele laufen völlig unvermutet an mir vorbei, weil sie mich schlichtweg nicht mehr erkennen. Aber wisst ihr was die Hauptsache ist? Meiner Familie gefällst, ich finds geil und mein Mann findet mich rattenscharf…

Ausgestattet mit einer nun völlig anderen Frisur starteten wir ein neues, wieder mal etwas grösseres Projekt: Den Garten!

Wir haben ja ein verhältnismäßig großes Haus mit dazugehörigem, recht großen Grundstück. Einziger Nachteil des Ganzen: Alles, aber auch wirklich alle ist schräg. Bis auf den Hof (den habe ich Euch ja aber schon zur Genüge beschrieben.) Der Rest des Grundstücks geht einmal ums Haus herum. Und hinter dem Haus, also zur Küche raus, befindet sich besagter Garten.

Als meine Schwiegermutter noch lebte, war dieser immer in Benutzung. Dort wuchsen Bohnen, Tomaten, Möhren, Erdbeeren, manchmal Salat… eben alles, was sich die ältere Generation so in die Erde pflanzte. Nachdem sie gestorben war, lag dieser Teil dann immer mehr brach. Wir hatten andere Prioritäten, und kümmerten uns zunächst mal um die „Vorderansicht" und den Eingangsbereich. Den hinteren Teil des Hauses bekam eigentlich nie einer zu Gesicht. Wenn ich heute davon erzähle, kommt es vor, dass mich sogar der Großteil meiner Freunde ziemlich irritiert ansieht und fragt: „Von was redest du denn? Wie, ihr habt einen Garten??" Jawoll, und jetzt wurde es Zeit, demselbigen mal wieder etwas Leben einzuhauchen. Zunächst mussten wir, also eigentlich vorrangig de Vadder, für Luft sorgen. Wir hatten uns ja die letzten vier bis fünf Jahre nicht wirklich darum gekümmert. Und natürlich hatte die Natur dort die komplette Alleinherrschaft übernommen. Überall wucherte Unkraut, das Gras stand schon fast meterhoch und von der eigentlichen Grundstückseinteilung war nicht mehr wirklich viel zu sehen. Also machte Thorsten mit der Sense und Harke „Tabula rasa" und einige Tage später konnten wir mit der eigentlichen Planung beginnen.

Wir hatten schon vor Jahren die eine Seite des Gartens in eine Art Terrassen aufgeteilt, um wenigstens zwei gerade Flächen zu bekommen. Und auf die Unterste dieser Terrassen sollte nun ein Gewächshaus. Ich wollte schon immer mal selbst Gemüse anbauen, also Sorten, die wir auch essen würden. Ich weiß ja, dass so ziemlich jeder in seinem Garten gerne Zucchini und Auberginen anbaut… aber keiner von uns isst das (außer Ela vielleicht ab und zu). Also warum sollte ich dann so etwas pflanzen? Ich hatte also freie Hand, womit ich mein kleines zukünftiges Häuschen bevölkerte und entschied mich zunächst für Kopfsalat, Tomaten, Kürbisse, Melonen, Karotten, Kohlrabi, Rosenkohl, kleine Gurken, Radieschen, Erdbeeren und Paprika. Etwas später kamen dann noch Süßkartoffeln hinzu. Ihr seht, mein Wille und mein Enthusiasmus für frisches Gemüse waren geweckt und ich hatte so richtig Lust auf diese neuen Erfahrungen. Und wenn nichts draus werden würde, hatte ich wenigstens so ein klein wenig „Gärtnerinnen-Feeling". Als Nächstes bestellten wir Beerensträucher (man kommt ja schließlich so schön langsam in das Alter, in dem man gerne mal Marmelade selbst einkocht… wie so`ne alte Oma, mal ehrlich!) Blumen waren natürlich elementar wichtig, wie jeder weiß LIEBE ich ja Blumen. Vorzugsweise sollten es Stauden sein, die würden wenigstens jedes Jahr wiederkommen, wenns denn gut lief. Wir unternahmen in den nächsten Wochen also regelmäßig Ausflüge in die umliegenden (und weniger umliegenden) Baumärkte und Gärtnereien. Und wer hätte das gedacht: je später man im Jahr auf die Suche nach Stauden geht, desto günstiger werden diese Gewächse. Wir haben echt einige tolle Schnapper gemacht und hatten in schöner Regelmäßigkeit das Auto so dermaßen voll, dass nicht mal mehr ein Gänseblümchen reingepasst hätte. Ende September vervollständigten noch drei Spalier-Obstbäumchen unser Sortiment und ich war ziemlich zufrieden. Zwischenzeitlich hatte ich schon die ersten Erdbeeren, Tomaten und Gurken geerntet und war stolz wie Bolle. Jeden Tag zu sehen, wie es im Gewächshaus grünte und blühte, erfüllte mich mit tiefer Zufriedenheit. De Vadder hatte im unteren Teil des Gartens ein „überdachtes Etwas" gebaut, eigentlich für Tomaten nächstes Jahr. Ich nannte es liebevoll „Tomatenbushäuschen", weil es ungelogen genau so aussieht. Dann entschloss ich aber kurzfristig, darin Mais anzubauen, der Name ist allerdings geblieben. Und auch Thorsten sah sich oft in seinem neu erblühten, kleinen Paradies um und seufzte: Ach Muddi, hier ist es wie im Urlaub." Er hatte recht. Mittlerweile waren wir mehr auf unserem gemütlichen Küchenbalkon anzufinden als vorne im Hof. Wir frühstückten sonntags in der Sonne und genossen die noch lauen Spätsommer-Abende bei einem leckeren Abendessen, begleitet von fröhlichem Vogelgezwitscher. In unsere neu entdeckte „Garten-Liebe" passte da natürlich dann nichts besser als ein kleines Vogelhäuschen und eine Futterstelle für Eichhörnchen, die sich, dank des umliegendes Waldes, immer ziemlich nah um uns herum-trieben. Es fühlte sich unglaublich entspannend und richtig gut an. In dieser Garten-Entstehungsphase passierten noch zwei weitere Dinge, die der Erwähnung wert wären: zum einen hatte Svenja Sommerferien, wie immer sechs endlos lange Wochen. Ich hatte schon im Vorfeld leichtes Bauchgrummeln, da ich ja noch nicht wirklich wusste, was ich mit ihr alles so würde unternehmen können, Corona mal wieder sei Dank). Ständig gab es neue Änderungen und Vorschriften, und außer Ela waren wir ja auch alle noch nicht geimpft. Ich würde nun auch für längere Zeit nicht geimpft werden können, dazu gibt's aber natürlich eine kleine (beziehungsweise etwas größere) Erklärung: Ich hing ja nun dieses Jahr schon wirklich sehr in den Seilen, der massive MS Schub über mehr als fünf Monate hinweg hatte mich und meine Lebensplanung ja nun etwas durcheinander gewirbelt. Und meine Neurologin hatte ja nun auf eine erneute MS-Therapie bestanden. Da sie kompatibel mit unserem Kinderwunsch sein sollte, kam nur eine Infusionstherapie in Frage. Und unter dieser Therapie machen Impfungen jeglicher Art überhaupt keinen Sinn, da sie nur in einer ziemlich geringen Prozentzahl wirken. Ich hätte mich natürlich sehr wohl noch VOR Beginn der Infusionen impfen lassen können, muss aber ehrlicherweise gestehen, dass ich keinerlei Lust hatte, schon wieder tagelang außer Gefecht zu sein. Das war nämlich genau das, was meine Neurologin befürchtete. Auch wenn sie natürlich ebenso erwähnte, dass eine mögliche Corona-Infektion für mich noch viel schlimmere Folgen haben könnte. Ich hatte also im Endeffekt so ein wenig die Wahl zwischen Pest und Cholera und entschied mich GEGEN eine Impfung. So wie so viele meiner Freundinnen auch. Auch wenn uns durchaus bewusst war, dass wir irgendwann mit Konsequenzen, sprich Ein -schränkungen, zu rechnen hatten. Aber dazu komme ich später. Ich hatte also Ende Juli meinen ersten Termin in der Kopfklinik in Heidelberg und muss gestehen, ich war ziemlich aufgeregt. Auf zum Kampf gegen die heimtükische MS. Ich wurde im Vorgespräch schon ausreichend darüber informiert, dass die Infusion so einiges an Nebenwirkungen zu bieten haben würde.

So wie zum Beispiel allergische Reaktionen. Da ich aber, bedingt durch meinen Ausflug zu der Allergologin, noch immer voller Enthusiasmus über meine neuen Essgewohnheiten war, machte ich mir über etwaige allergische Reaktionen überhaupt keine Gedanken. Am 30. Juli ging es los. Ich hatte mich morgens gegen acht Uhr in der neurologischen Ambulanz einzufinden, und sollte dort als erstes ein Antiallergikum und eine Paracetamol Tablette bekommen. Man ging nämlich davon aus, dass die Infusion auch gerne durchaus mal Fieber auslöst. Meine Begeisterung über die nun folgenden Stunden hielt sich jetzt dann doch arg in Grenzen. Nach der Tabletten-einnahme bekam ich zunächst eine kleine Infusion mit Kortison angehängt. Na super, schon wieder Kortison, ich hatte ja auch nicht schon genügend. Danach hatte ich eine halbe Stunde Pause, in der ich Ela anrief, die zu Hause auf Svenja aufpasste. Ich telefonierte noch kurz mit Thorsten und dann ging ich zurück in das kleine Räumchen, in dem die Infusion verabreicht werden sollte. In diesem Raum befinden sich 7 gemütliche Sessel, die man bei Bedarf auch nach hinten kippen konnte, so dass man während den Infusionen eine ganz bequeme Liegeposition einnehmen konnte. Ich hatte mir eine Tasche gepackt und war somit eigentlich bestens versorgt. Darin befand sich eine kleine Thermoskanne mit Kaffee, zwei geschmierte Brote, etwas Süßes und mein Tablet. Wenn es gut lief und ich mich wohlfühlte, hatte ich vor, noch etwas zu arbeiten. Die Schwester, die für mich zuständig war, schloss mich an die Infusion an und erläuterte mir den weiteren Ablauf. „ Wir werden jetzt die Tropf-Geschwindigkeit alle Viertelstunde erhöhen, wenn irgendetwas sein sollte geben sie mir bitte Bescheid. Auch die kleinste Auffälligkeit oder Miss-empfindung ist wichtig, also melden Sie sich einfach. Ich bin für Sie da."
Ich lächelte sie motiviert an, holte dann mein Tablet aus der Tasche und versuchte, mich ein bisschen auf meine angefangene Geschichte zu konzentrieren. Die ersten zwei Stunden lief auch alles wirklich super. Wir näherten uns der letzten Tropf Erhöhung und ich war guter Hoffnung, dass ich in spätestens zwei Stunden hier raus sein würde. Einige Minuten, nachdem die Schwester die Tropf - Geschwindigkeit erhöht hatte merkte ich, wie es in meinem Hals etwas zu Kribbeln begann. Es kratzte ein wenig, ich maß dem Ganzen keine große Bedeutung zu, musste mich aber trotz allem des öfteren ein wenig räuspern. Die Schwester bekam das mit und kam an, um nach mir zu sehen. „Ist alles okay bei ihnen Frau Weber?" Ich nickte und sagte: „Ja, alles ganz wunderbar, außer dass es mir ein wenig im Hals kratzt."

Sie schaute mich leicht erschrocken an. „Wieso sagen sie das denn nicht? Wir müssen die Infusion kurz stoppen, sehr wahrscheinlich werden Sie demnächst etwas Probleme mit dem Atmen bekommen." Und da war dann der Punkt erreicht, an dem ich ehrlich gesagt anfing, leicht panisch zu werden. Keine fünf Sekunden später merkte ich, wie es in meinem Hals eng wurde und ich tatsächlich das Gefühl hatte, als würde auf meinem Brustkorb ein schwerer Sack stehen. Ich meldete gehorsam alle Symptome der Krankenschwester und die eilte hinfort, um meine Neurologin zu holen. Kurze Zeit später stand diese vor mir und meinte: „Machen sie sich keine Gedanken, wir wussten ja, dass das passieren kann. Wir werden jetzt die Infusion mindestens eine halbe Stunde aussetzen und wenn sie wollen, können Sie gerne auch nochmal ein Antihistamin bekommen. Aber keine Angst, wir haben sie im Blick und passen auf sie auf. Es kann ihnen nichts passieren." Sie merkte mir an, dass mein innerer Vogel wohl gerade mal wieder ziemlich laut piepste. Die Symptome wurden in den nächsten Minuten noch ein wenig schlimmer und ich musste mich stark beherrschen, nicht komplett auszuflippen. Ich hatte mich zwar die letzten Wochen extrem gut im Griff gehabt, was meine „Allergien" und den dazugehörigen Dachschaden betraf, aber das hier kostete mich gerade schon wieder alle hart erarbeiteten Nerven. Ich redete mir immer wieder ein, dass ich ja hier in guten Händen war und dass sie mich bestimmt nicht so mir nichts dir nichts ersticken lassen würden. Und tatsächlich ging es mir in den nächsten 15 Minuten dann erheblich besser.

Wir warten noch ab, bis alle Symptome wieder gänzlich verschwunden waren und dann startete die Krankenschwester die Infusion aufs Neue. Ich brauche wohl niemandem zu sagen, dass mein Hirn in dem Moment, in dem die Infusion wieder lief, erhebliche Kapriolen schlug. Ich musste mich unglaublich zusammenreißen, mir nicht irgendwelche Symptome herbeizureden, die es vermutlich gar nicht geben würde. Ich schnappte mir wieder mein Tablet, und machte mich an meine neue Idee. Ich wollte einen Roman schreiben, etwas ganz anderes als „Muddi". Das Thema dazu hatte ich im Vorfeld schon Tage und Wochen mit Katharina verhackstückt und wir waren beide zu dem Entschluss gekommen, dass das eine großartige Geschichte werden könnte. Die Arbeit daran machte mir Spaß, und ich hatte somit die Chance, mich ein wenig von meinem immer noch ziemlich laut piepsenden Vogel im Hirn abzuwenden. Die Schwester hatte die Tropf - Geschwindigkeit der Infusion wieder verringert, und ich sah somit meine Felle davonschwimmen. Wenn ich mir den Rest des Inhaltes der Flasche so ansah, würde es wohl noch mindestens drei Stunden dauern, bis ich hier die heiligen Hallen wieder verlassen würde. Gegen 16 Uhr floss der letzte Tropfen des Medikaments in meine Vene und ich atmete hörbar auf. Das Schlimmste war überstanden. Jetzt noch eine halbe Stunde mit Kochsalz nachspülen und ein kurzes Nachgespräch mit meiner Neurologin, dann verließ ich um kurz vor 17 Uhr völlig erschöpft die Kopfklinik. Ich hatte wie erwartet leichtes Fieber entwickelt und wollte eigentlich nur noch nach Hause.

Zwei Wochen später begann das gleiche Spiel von vorne. Wieder sollte ich mich um acht Uhr morgens in der Kopfklinik einfinden und verspürte dieses Mal schon im Vorfeld, in Gedanken an das letzte Mal, eine unglaubliche Unlust. Wir starteten auch dieses Mal mit dem Antiallergikum und der Paracetamoltablette, dann kam das Kortison, eine halbe Stunde Pause, und dann das eigentliche Medikament. Die Schwester sah mir meine Bedenken wohl ziemlich deutlich an, jedenfalls sagte sie zu mir: „Sie brauchen sich heute wirklich keine Gedanken zu machen, die Symptome, die sie beim letzten Mal verspürt haben, werden heute völlig ausbleiben. Der Großteil der Patienten reagiert immer nur auf die erste Infusion so, die zweite Infusion wird im Prinzip immer sehr gut vertragen." Ich lächelte etwas gequält, behielt aber meine Gedanken wohlweislich für mich. Ich versuchte es mit positiver Autosuggestion und redete mir krampfhaft ein, dass ich ja schließlich auch den letzten Aufenthalt hier ohne Probleme überlebt hatte. Außerdem hatte ich wieder Arbeit dabei und würde mich ausreichend ablenken können.

Und siehe da: Dieses Mal verließ ich das Krankenhaus knapp sechs Stunden später, ohne dass irgendwelche allergischen Reaktionen aufgetreten wären, dafür mit dem wirklich guten Gefühl, endlich mit den geeigneten Waffen gegen das A...Loch „MS" zu kämpfen. Im Februar nächsten Jahres würde ich wieder dort antanzen müssen, um mir die nächste Ladung Infusion abzuholen. Bis dahin konnte ich mein Leben genauso leben wie ich es wollte, und brauchte mir wenigstens über die MS vorerst keine Gedanken mehr zu machen.

„Von Schaukeln, Helden auf vier Pfoten und anderen Triggern"

Dafür machte ich mir jetzt umso mehr Gedanken über die Feriengestaltung für Svenja. Ich wusste, solche Dinge wie Zoobesuche oder auch größere Ausflüge würde ich mir sparen können. Die ersten zehn Minuten sind dabei immer noch sehr interessant, ab dann fängt sie in regelmäßigen Abständen an, zu nörgeln. „Wann gehen wir wieder, was soll ich denn hier, ich habe Hunger, ich habe Durst, ich will heim in mein Bett, ich will fernsehen, ich muss noch was für die Schule machen, brauchst du noch lange….??"
All das trug nicht wirklich zu einem entspannten Ausflug bei. Deshalb hatte ich mir ein paar kleinere Ausflüge überlegt, die ihr bestimmt Spaß machen würden. Von denen ich aber auch wusste, dass sie mich an meine emotionalen Grenzen bringen würden. Trigger gab es nun mal überall und da, wo ich mit Svenja hingehen wollte, war ich vor nicht mal allzu langer Zeit auch noch mit Ronja gewesen. Den Anfang machte ein Ausflug in die Eisdiele. Reni und Michael hatten sich für den Tag angemeldet und es sollte schönes Wetter geben. „Was haltet ihr davon, wenn wir mit Svenja ein Eis Essen gehen würden? Ich hatte das heute sowieso geplant und ich glaube, sie würde sich wahnsinnig freuen, wenn ihr dabei wärt." Ich hatte eigentlich vorgehabt, mit den dreien nach Wahlen in die Eisdiele zu fahren, weil die mit weniger Erinnerungen behaftet war. Leider boten sie dort ihr Eis wegen Corona nur über den Straßenverkauf an, und so musste ich wohl oder übel meinen inneren Schweinehund bekämpfen, und in unsere Eisdiele nach Wald-Michelbach gehen. Svenja freute sich tierisch, und ich versuchte krampfhaft, mir meine innere Aufgewühltheit nicht anmerken zu lassen. Wir vier ließen uns unser Eis schmecken und dabei kam mir noch eine kleine Idee. Ich sah Reni und Michael an. „Habt Ihr heute noch was vor, oder kann ich Euch mit verplanen?" Ich grinste. Michael schmunzelte nur, sah Reni an und meinte: Wir haben den ganzen Tag Zeit, also mach ruhig was immer du vorhattest." Nachdem wir bezahlt hatten, lud ich Svenjas Rolli und sie wieder ins Auto und zu viert fuhren wir hoch in den Elchpark. Seit die behindertengerechte Schaukel dort stand und von Svenja offiziell eingeweiht worden war, hatte ich es nicht mehr geschafft, mit ihr hierher zu kommen. Der Schub und seine Folgen hatte es mir unmöglich gemacht. Jetzt, auch mit der tatkräftigen (und emotionalen) Unterstützung von Reni und Michael,

wollte ich es ihr wieder mal ermöglichen, zu schaukeln. Als wir auf den Parkplatz fuhren, hörte ich sie schon auf dem Rücksitz jubeln: „Gehen wir schaukeln?" Und als ich ihr kleines strahlendes Gesicht im Rückspiegel sah, wusste ich, dass das die richtige Entscheidung gewesen war, egal, wie sehr ich innerlich gerade zu kämpfen hatte. An der Schaukel angekommen platzierte ich sie und gab ihr den ersten sachten Schubser. Sie juchzte und freute sich so sehr, dass mir fast die Tränen kamen. Das lautstarke Treiben um uns herum versuchte ich gekonnt zu ignorieren, auch wenn die Kulisse „Kinderspielplatz" das fast unmöglich machte. Nach ein paar Minuten entspannten Schaukelns tönte es von der Liegefläche: „Ich will jetzt was anderes machen, das ist langweilig!" Na großartig. Zum einen wimmelte es hier überall nur so von kleinen Kindern, zum anderen war alles das, was man „anderes" hätte machen können, für Svenja fast unmöglich. UND ich musste dafür einen Teil des Spielplatzes betreten, den ich zuletzt mit Svenja und Ronja ZUSAMMEN besucht hatte. In mir zog sich alles zusammen, und die Kraft, die ich in diesem Moment zum „Lächeln und Weitermachen" brauchte, war fast unmenschlich. „Ich will auf die Rutsche." Nun denn. Michael bot mir an, Svenja zu nehmen, aber ich wollte es zunächst selbst versuchen (verdammter Stolz…)

Ich trug sie vor bis zur Rutsche, um dort festzustellen, dass es nicht funktionieren würde. Weder bekamen wir sie den Turm hoch, noch konnten wir sie auf halbem Weg irgendwie rutschen lassen. Dasselbe Spiel hatten wir dann an dem Schaukeltier, dem kleinen Karussell und der Wippe. NICHTS davon konnte ich mit Svenja auch nur ansatzweise benutzen. Ich merkte ihr ihre Frustration sehr wohl an und verfluchte mich selbst, dass ich es nicht ändern konnte. „Dann will ich auf eine richtige Schaukel." Ich sah sie an. „Wollen wir nicht noch mal auf deine Schaukel? Das ist doch viel einfacher." „Nein", zickte sie, „da ist es langweilig. Ich will auf die normale Schaukel". Ihre Wut machte sich in Worten Luft und ich konnte sie nur zu gut verstehen. Also drückte ich Svenja Michael in die Arme und setzte mich vorsichtig auf die Sitzfläche einer Schaukel. Vorsichtig deshalb, weil ich ja immer noch mit den Restbeständen der Kortison-Einlagerungen zu kämpfen hatte und leichte Bedenken hatte, dass die Schaukel unter meinem grazilen Popo in die Knie gehen würde. Sie schien mich aber ziemlich gut auszuhalten und ich bat Michael, mir Svenja auf den Schoß zu setzen. Ich suchte mir mit ihr einen sicheren Halt, dann schubste ich uns mit den Füßen an. Sie jubelte und freute sich wie ein kleiner Schneekönig, während ich krampfhaft versuchte, uns im Gleichgewicht zu halten, nicht von der Schaukel zu fallen und vor allem, nicht zu heulen. Keine fünf Minuten später war das Vergnügen auf Svenjas Seite allerdings auch schon wieder vorbei. Meines schon etwas eher. „Können wir dann gehen? Ich habe keine Lust mehr." Mir sollte es recht sein, mein Bedarf an inneren Kämpfen war für heute ausreichend gedeckt. Auch mich zog es wieder nach Hause, in meinen sicheren, ruhigen Hafen. Wir liefen zurück ans Auto und machten vorher nochmal kurz bei den Enten halt. Da Svenja da aber dann auch nur meinte: „In dem Teich ist genügend Wasser um bei meiner „Feuerwehr-App" alle Menschen zu retten und alle Häuser vorm Verbrennen zu schützen" sind wir ohne weiteren Zwischenstopp wieder ans Auto.

Der nächste Ausflug führte uns einige Tage später ins „Rhein-Neckar-Zentrum" nach Viernheim. Dieses Mal war Katharina mit dabei. Und zu der darf ich Euch noch etwas ganz Wundervolles erzählen: Sonntags den 08.08. gegen halb drei bekam ich eine WhatsApp: „Liegst du im Bett? Ich brauche dich kurz, JETZT!" Zur kurzen Erklärung: Thorsten und ich frühstücken Sonntags gemütlich, dann mache ich mit Svenja Hausaufgaben, wir spielen zu dritt irgendwas, danach kann es sein, dass wir uns wieder ins Bett verziehen, gerade an verregneten Sonntagnachmittagen. Es gibt für mich eigentlich mittlerweile nichts Schöneres, als mich einfach nochmal am helllichten Tag zurück ins Bett zu kuscheln. Wir schauen fern, erzählen, essen Kuchen, trinken Kaffee und ganz oft planen wir unser Abendessen sogar so, dass wir es im Bett einnehmen können. Ihre Frage, ob ich im Bett liegen würde, war also durchaus berechtigt. Ich schoss aus den Federn und flitzte zu ihr runter. Ich klingelte, sie öffnete und schob mich gleich mal ein Stück weiter zurück mit den Worten „Das soll hier nicht gleich jeder mitkriegen." Ich war leicht angespannt und starrte sie argwöhnisch an. „Dann streckte sie die Hand aus und hielt mir einen Schwangerschaftstest unter die Nase. Und der war eindeutig positiv! Ich riss meine Augen auf, sie kniff ihre Augen zusammen. „Ja, freust du dich denn gar nicht??" In ihrem Gesicht stand jetzt nicht wirklich die himmelhochjauchzende Freude. „Naja, ist schon schön, aber eben ziemlich überraschend. In eins, zwei Jahren hätte das ja auch noch gereicht." Ich nahm sie in den Arm und musste lachen. „Na hör mal, die Ersatztante hier freut sich gerade wie ein Schneekönig." Das tat ich tatsächlich. Ich wusste, dass Katharina und Tobi gerne noch weitere Kinder gehabt hätten und ich hatte die ganze Zeit die leise Befürchtung, sie hält sich wegen mir zurück. Ich hatte also Angst gehabt, sie würde denken, dass mich das auf irgendeine Art und Weise verletzen würde, dass sie schwanger werden könnte und ich eben nicht. Offen gestanden fiel mir ein Stein vom Herzen, dass es nicht so wahr. Auch wenn das Baby sich nun für alle eher unerwartet auf den Weg gemacht hatte. Ich drückte sie nochmal, weil ich mich wirklich unglaublich freute. Mittlerweile hatte ich ja auch mit ihrer mittleren Tochter Emilia gar keine Probleme mehr, ich hatte ihr sogar einige Wochen zuvor mal die Haare geschnitten. Und mit Roman, ihrem Ältesten sowieso nicht. Einzig der Anblick von dem kleinen Ludwig, der jetzt zwei Jahre alt war, zerriss mich innerlich noch fast jedesmal. Katharina wusste das natürlich und hielt ihn so gut es ging von mir fern. Ich schwor mir, dass ich dieses Baby von Anfang mit begleiten würde, ich wollte Katharina zuliebe und vor allem auch mir zuliebe mich wieder mehr auf dieses Gefühl einlassen können.

Aber nun zurück zu unserem geplanten Shopping-Bummel. Ich hatte ein bestimmtes Ziel vor Augen, das habe ich immer, wenn ich in ein Einkaufszentrum fahre. Ich bin da um einiges anders als mein Mann. Der fährt unheimlich gerne in diverse Shoppingcenter nur „um mal zu gucken". Ich bin da ja überhaupt keine „richtige" Frau im herkömmlichen Sinne, ausgedehnte Shoppingtouren sind mir seit eh und je eher suspekt. Ich weiß meistens, was ich will wenn ich zum Beispiel ins „Rhein-Neckar-Zentrum" fahre. Dann suche ich mir zielstrebig die dazu passenden Geschäfte und wenn ich dort nicht fündig werde, bin ich schneller wieder draußen als mein Mann vor einer Spritze flüchten kann. Und Ihr wisst ja: „Trigger gibt es überall." Und im „Rhein-Neckar-Zentrum" sogar haufenweise. Als ich Svenja morgens fertig machte, war sie von meinem Plan schwer begeistert. „Super, dann gehen wir zur „Nordsee", Fisch und Pommes essen." Genau DAS hatte ich befürchtet. Es war eines der größten Trigger, die man mir im RNZ zumuten konnte. Die Erinnerungen schwappten über mich wie eine riesige Welle, unaufhaltsam und gnadenlos. Ich wusch Svenja, zog sie an und versuchte dabei, immer die witzige und unterhaltsame Mutter zu mimen. „Weißt du, es könnte sein, dass wir wegen Corona gar nicht in die „Nordsee" rein dürfen. Und in den Gängen darf man ja gerade auch nichts essen oder trinken. Dann nehmen wir aber was mit und essen im Auto, ist das in Ordnung?" Svenja war natürlich sofort einverstanden, sie liebte es, im Auto zu essen (ganz im Gegensatz zu mir). Außerdem war das nicht mal wirklich gelogen. Thorsten und ich waren einige

Wochen zuvor schon mal im „RNZ" und wollten wie immer dort zunächst einen Kaffee trinken gehen. Und wurden prompt mit den Worten „tut uns leid, nur für Geimpfte, Genesene oder negativ Getestete" abgewiesen. Und einen Test hatten wir selbstverständlich nicht dabei, damit hatten wir nicht gerechnet.

„Was willst du eigentlich dort?" Ich kämmte ihr die Haare und meinte: „Ich bin der Meinung, du brauchst unbedingt mal neue Klamotten. Du bist so groß geworden, dass dir bald nichts mehr passt. Außerdem willst du doch bestimmt im neuen Schuljahr schick aussehen, oder?" Na, da hatte ich sie aber am Schlafittchen, neue Klamotten findet Svenja nämlich ziemlich gut. „Kaufen wir auch was von Feuerwehrmann Sam?" Batsch, da war sie, die nächste emotionale Klatsche. Ich hatte seit den gleichen Jogginghosen, die ich vor zwei Jahren für meine beiden Mädchen gekauft hatte und die Ronja auf ihrer Reise in den Himmel trug, bewusst nichts mehr von Feuerwehrmann Sam gekauft. Und in dem Moment hier im Bad dachte ich, mich zerreißt es innerlich. Svenja sollte das aber nicht merken, ich wollte, dass sie in der gleichen entspannten Stimmung blieb, in der sie gerade war. „Wenn wir etwas Schönes finden, wird es gekauft, versprochen!" Sie freute sich, ich schluckte. Wir sammelten Katharina ein und verbrachten einen einigermaßen entspannten Vormittag zusammen in Viernheim. Wir durften sogar IN der „Nordsee" essen und ich gab mir alle Mühe, Svenja bei guter Laune zu halten. Außerdem hatte ich ein paar wirklich schöne neue Kleider für sie erstanden, auch wenn sie den Großteil davon erst gesehen hat, als ich sie ihr nach den Ferien das erste Mal anzog. Svenja hatte nämlich viel mehr Spaß daran, mit ihrem Rolli die Gänge unsicher zu machen, und da sie beim selbst fahren nun wahrlich nicht die Allerschnellste ist (eigentlich kommt sie tempomäßig gleich hinter einer Rennschnecke), ließ ich sie gewähren. Sie kurvte im „C&A" durch die Kinderabteilung, während Katharina und ich uns nach schönen Klamotten für unseren Nachwuchs umsahen. Gegen Mittag waren wir durch, genau richtig um schön langsam wieder den Heimweg anzutreten. Jetzt füllte sich das „Rhein-Neckar-Zentrum" mit Familien und der Weg zum Auto glich bei mir eher einer Flucht. Aber wir waren erfolgreich, Svenja war zufrieden und vor allem satt und murmelte vom Rücksitz „so, jetzt aber nix wie heim, ich will in mein Bett und an mein Pad."

Das mit den Feuerwehrmann Sam Klamotten ließ mir aber irgendwie dann doch keine Ruhe.

Ich wollte Svenja so gerne eine Freude machen und wäre sogar mit ihr zusammen nochmal in den „KiK" nach Fürth gefahren (dort hatten wir vor zwei Jahren die Jogginghosen gekauft…).

Thorsten sah mir meine Zweifel (und auch meine Angst) davor an und schlug vor, doch nochmal mit Svenja ins „RNZ" zu fahren und gezielt nach Feuerwehrmann Sam Klamotten zu schauen. Dieses Mal nahmen wir Ela mit. Zu Svenjas Enttäuschung (und zugegebenermaßen meiner Erleichterung) gab es weder im „H&M" noch im „C&A" irgendetwas von Feuerwehrmann Sam. Dafür beim „C&A" einiges von „Paw Patrol". Ein mir bisher völlig unbekanntes Terrain. Dafür kannte sich Svenja damit offenbar sehr viel besser aus. Auf jeden Fall flippte sie neben mir in ihrem Rolli fast aus, als ich ihr völlig ahnungslos ein Langarm-Shirt mit einem Hund in Feuerwehr-Klamotten unter die Nase hob. „AHH, das ist Marshall, ICH RASTE AUS!!" Okay, mit dieser Reaktion hatte ich nun nicht wirklich gerechnet. „Heißt das, Du möchtest das haben?" Sie sah mich strahlend an. „Oh ja, bitte bitte bitte!" Mir sollte es natürlich absolut recht sein, das war weit entfernt von irgendwelchen Erinnerungen oder Triggern, damit konnte ich richtig gut leben. Ela war damals beispielsweise sehr lange ein riesengroßer „Spongebob"-Fan. Wir hatten alles, was das unendliche Spektrum des Merchandising hergab. Danach kam „Pokémon", dann irgendwann Mark Forster, jetzt aktuell sind es Pandas. Es war also für mich nicht wirklich verwunderlich, dass auch Svenjas Geschmack etwas vielfältiger war und sie sich nun offensichtlich auch für andere Dingen interessierte. Wir verließen also an diesem Tag das „Rhein-Neckar-Zentrum" mit „Paw Patrol"- T-Shirts, einer Jogginghose, Unterwäsche und einer mit „Fish&Chips" vollgefutterten Svenja. Und mit einem augenzwinkernden Tipp der netten „C&A" Verkäuferin im Gepäck: „Sie wissen, dass da gerade der Kinofilm davon läuft?" Hmmm….

Am darauffolgenden Wochenende gingen Thorsten und ich mit ihr in den „Burger King" nach Viernheim. Eigentlich war der in Weinheim immer unser Favorit gewesen, aber ihr wisst ja…

In der folgenden Woche liefen Ela und ich mit ihr morgens zum „Café Lipp", dort wo auch schon zwei meiner Lesungen stattgefunden hatten. Frühstücken gehen ist etwas, was Svenja auch sehr gerne macht, und ich wollte die Möglichkeit nutzen, meine Kondition wieder ein Mal ein wenig zu verbessern. Als wir so gemütlich bei Kaffee, Kuchen und Brötchen saßen meinte Ela zu mir: „Wäre das keine gute Idee, das mit dem Cinema?"

Wenn Svenja dabei ist und wir etwas als eventuelle Überraschung für sie planen, reden wir oftmals in Englisch oder bauen englische Wörter in unsere Sätze ein. Ich sah Svenja an und musste unwillkürlich lächeln. Die würde ausflippen vor Freude. „Gerne, kümmerst du dich darum?" Am besten irgendwann vormittags oder früh nachmittags." Ela ging raus zum Telefonieren und kam achselzuckend wieder. „Ich habe jetzt in Viernheim nachgefragt, aber da scheint es gerade Schwierigkeiten mit dem Rolliplatz zu geben. Wir könnten aber auch nach Weinheim gehen, soll ich da mal nachfragen?" Und mein Kind mit den Rhababer-Ohren fragte prompt: „Wo gehen wir denn hin?" Ich musste aufpassen nicht zu lachen und meinte nur: „Wir gehen nirgends hin, Ela wollte nur was wissen für sich und eine Freundin." Manchmal bin ich froh, dass mein Kind sich mit so wenig Auskunft zufrieden gibt. Nachmittags war dann klar: Wir gehen nach Weinheim ins Kino, Montags nachmittags. Noch hatte ich ehrlich gesagt nicht wirklich Lust und befürchtete, es würde so ein ähnliches Desaster geben wie damals, als ich mit Ela zum ersten Mal im Kino war. Da war sie so ungefähr sieben oder acht Jahre alt und fand „Mr. Bean" ganz toll (ich merke gerade, meine Tochter hat von jeher offenbar einen etwas seltsamen Geschmack). Ich konnte mit diesem hampelnden Engländer jetzt eher wenig bis gar nichts anfangen, ging aber natürlich ihr zuliebe mit. Und was passierte?? Mein Kind schlief bei der Hälfte des Filmes ein, während ich mich durch den Rest quälte und sogar noch ganz alleine fast das Popcorn essen musste.

Wobei Svenja ja vor eineinhalb Jahren schon mal im Kino gewesen war und das damals echt super fand. Ich bin nur prinzipiell etwas skeptisch, was die Zeichentrickfilme und Serien der neueren Generation betrifft. Ich bin mit den guten alten Trickfilmen wie „Dr. Snuggles", „Wickie", „Heidi" oder „Biene Maja" aufgewachsen. „Es war einmal das Leben" habe ich geliebt, ebenso wie „Nils Holgersson" und das „Nesthäkchen". Klar gibt es einige dieser Filme und Serien heute noch, beziehungsweise wieder, in neuer Aufmachung. Aber das ist nun mal bei Weitem nicht dasselbe wie noch vor 30 Jahren. Und dementsprechend war ich innerlich nicht wirklich sonderlich begeistert von der Aussicht, heldenhaften Hundewelpen beim Retten der Zivilisation zuzuschauen. Aber was macht man nicht alles für seine Töchter?

Den Sonntag davor dachte ich dann allerdings, wir könnten unseren geplanten Kinobesuch wieder streichen, weil wir nämlich nachmittags einen ganz anderen Ausflug zu dritt unternahmen:

Ela und ich fuhren mit Svenja mal wieder in die Kinderklinik nach Heidelberg. Und das aus einem völlig bekloppten und eigentlich wirklich fast schon blamablen Grund:

Mein Kind hatte sich über Nacht den Arm abgeschnürt. Und zwar den RECHTEN! Jeder einigermaßen vernünftig denkende Mensch wird jetzt sofort überlegen: Wie soll die das denn gemacht haben, erzählt uns die Mutter nicht schon die ganze Zeit, dass Svenja ihren linken Arm eigentlich gar nicht wirklich benutzen kann? Und wisst Ihr was? Genau DAS habe ich mich an dem Morgen auch gefragt: Wie zur Hölle hat sie das gemacht??" Ich muss dazu sagen, dass ich schon des Öfteren morgens in ihr Zimmer gekommen war und sie sich einen Haargummi um den rechten Oberarm gewickelt hatte. Und jedesmal habe ich geschimpft und sie (wenn auch etwas dramatisiert) darauf aufmerksam gemacht, dass sie sich irgendwann mal die Blutzufuhr am Arm abschnüren würde und dann könnte sie den Arm im Extremfall nie wieder richtig benutzen. Sie hat (wie so oft) nur ziemlich herausfordernd gelacht und seitdem achte ich immer peinlich genau darauf, dass ich ihr Abends vorm Schlafen sämtliche Haargummis vom Kopf und aus dem Bett entferne. Nur habe ich sie an besagten Abend nicht fertig gemacht. Und als ich Sonntags morgens zu ihr kam, um sie fertig zu machen, traute ich meinen Augen kaum. Sie hatte sich ihr Haargummi vom Vortag ZWEIMAL um den rechten Oberarm gewickelt. Die Haut darunter war dick erhoben und bläulich. Ich rannte los, holte eine Schere und schnitt ihr das Gummi von der Haut. Zurück blieben drei dicke, rot-blaue Striemen, die ihr offenbar ziemlich weh taten und ein doppelt so dicker Oberarm als sonst. Ich war absolut fassungslos und musste natürlich gleichzeitig versuchen, Svenja zu beruhigen. Die war sich dem, was sie da angestellt hatte, mit einem Schlag bewusst und weinte bittere Tränen. „Kann ich jetzt meinen Arm nie wieder bewegen, muss der jetzt ab?" fragte sie mich unter Tränen. Offen gestanden war ich mir in diesem Moment nicht wirklich sicher, wie das ausgehen würde, der Arm sah grauenhaft aus. Ich lagerte ihn hoch und holte Kühlakkus, außerdem verabreichte ich ihr ein paar Arnika-Globuli und rieb die Striemen mit Wund- und Heilsalbe ein. Irgendwann nachmittags kam Ela runter. „Mama, kannst du mal nach Svenjas Hand schauen? Die ist ganz dick." Ich atmete tief durch. Na ganz wunderbar, das hieß, dass die Lymphe nicht richtig arbeitete und ich begann, mir Sorgen zu machen. Ich schaute mir die Hand an und beschloss: So kann das nicht bleiben, da muss ein Arzt drauf schauen.

Eventuell bräuchte sie etwas entzündungshemmendes oder irgendetwas anderes, auf alle Fälle ging ich davon aus, mindestens eine Nacht mit ihr zur Beobachtung bleiben zu müssen und richtete schon mal eine Tasche. „Musst du nicht, ich habe schon was gerichtet, wenn, dann werde ich mit ihr drin bleiben."

Ela kam zu mir in die Ankleide und sah mich ein paar Kleidungsstücke zusammen suchen. Sie hatte die Woche darauf Urlaub, und war sowieso ein wenig „desolat", davon erzähle ich Euch aber gleich noch. Dass Ela mit Svenja eventuell eine Nacht im Krankenhaus bleiben würde, nahm mir aber schon mal eine große Last von den Schultern. Wir machten Svenja fertig und sagten Thorsten noch Tschüss. „Soll ich nicht doch mitfahren?" Natürlich wäre er mitgefahren, das stand außer Frage. Aber es durfte immer noch nur einer mit Svenja ins Krankenhaus, sämtliche Begleitpersonen mussten vor der Tür warten. Ich wäre sogar alleine gefahren, war aber froh, dass Ela sich als „Mitübernachter" angeboten hatte. In der Kinderklinik mussten wir weit über eine Stunde warten. Svenja nagte in der Zeit das schlechte Gewissen und sie beteuerte immer wieder, dass sie das ganz bestimmt nie wieder machen würde. O-Ton: „Wirklich Mama, ich habe daraus gelernt!" Ich vermutete mal, es tat wahrscheinlich auch ziemlich weh, auf alle Fälle sah es fürchterlich aus. Die Ärztin, die nach einer gefühlten Ewigkeit dann mal im Raum erschien, meinte dann nur: „Okay, WIE genau hat sie das denn hinbekommen?" Sofort hatte ich, wenn auch völlig grundlos, ein unglaublich schlechtes Gewissen und ein verdammt ungutes Gefühl. Ich hatte die Befürchtung, als würde sie mir vielleicht unterstellen wollen, mein Kind zu misshandeln. Weil es ja nun mal mehr als offensichtlich war, dass Svenja mit der linken Hand nicht wirklich sonderlich gut umgehen kann. Und um sich diesen Haargummi gleich zweimal um den Arm zu wickeln, bedurfte es mit Sicherheit einiger Kraft und Fingerfertigkeit. Ich frage mich heute manchmal noch, wie sie das bewerkstelligt hat. Aber es half ja jetzt nichts, es war so und fertig. Ob sie mir das nun glauben würde oder nicht. „Ich denke, es wird reichen, den Arm hochzulagern und zu kühlen. Sie können ihr bei Bedarf natürlich auch was gegen die Schmerzen geben. Aber ich denke, bis morgen müsste die Hand und auch der Arm wieder erheblich abgeschwollen sein. Die Striemen werden allerdings noch eine ganze Weile sichtbar sein, wenn nicht sogar über Jahre." Svenja wurde in ihrem Rollstuhl ganz klein und wenn sie gekonnt hätte, wäre sie ein Stück weiter nach unten gerutscht.

Dann begann sie jämmerlich zu weinen. „Es tut mir leid, ich wollte das gar nicht. Du hast immer gesagt, ich soll das nicht machen, aber ich habe nicht drauf gehört." Ich nahm sie in den Arm. Die Ärztin war rausgegangen, um in Ruhe ihren Brief zu schreiben, danach würden wir gehen können. „Alles gut, in der Woche habt ihr beide was gelernt, du und deine Schwester." Ich musste schmunzeln, auch wenn Svenja nur Bahnhof verstand. Kurz zur Erklärung: Ela hatte sich auf einen völlig irren „Wettbewerb" eingelassen. Zusammen mit einem, sagen wir mal Arbeitskollegen, nahm sie die Herausforderung an, wer die meisten „Center Shock" in den Mund nehmen und kauen konnte. Das sind Kaugummis mit einem EXTREM sauren, flüssigen Kern. Für „normale" Menschen ist oftmals einer schon zu sauer, mein Kind hat sich allerdings dazu hinreißen lassen, 15 „Center-Shocks" auf einmal in den Mund zu nehmen und zu zerbeißen. An dem Tag fand sie das auch alles noch super lustig und hat sich wahnsinnig gefreut, die Wette gewonnen zu haben. Am nächsten Tag klagte sie über leichte Halsschmerzen, zwei Tage später konnte sie nichts mehr schlucken, weder essen noch trinken. Sie war dann zweimal beim medizinischen Notdienst und hat dort Medikamente bekommen. Ergebnis dieser wahnwitzigen Aktion: eine bakterielle Mandelentzündung wegen der Verätzung durch die Säure und einige offene Stellen im Mund-Rachen-Raum, die erst wieder abheilen mussten. Sie musste Lidocain, Mundspülung und Antibiotika nehmen und war erst über eine Woche später danach wieder einigermaßen hergestellt. Also hatten definitiv BEIDE Kinder eine grundlegende Lektion gelernt. Und sie würden es beide wohl nie wieder tun.

Am nächsten Tag konnte aber also somit unser geplanter Kino-Besuch stattfinden. Svenja wusste immer noch nichts von ihrem Glück, die wollte ich vorm Kino überraschen. Wir steuerten die „Galerie" in Weinheim an, ein Einkaufscenter, wo ich auch mit Svenja schon öfter alleine war. Es liegt genau neben dem Kino und besitzt ein Parkhaus, von wo aus wir es nicht allzu weit zu laufen hatten. Wir besuchten zunächst ein Café und Svenja verdrückte ein großes Stück Käsekuchen. „Also für mich hat sich dieser Ausflug bisher wirklich schon gelohnt." Sie leckte sich über die Lippen und ich freute mich diebisch über Ela´s und mein kleines Geheimnis. Danach marschierten wir los Richtung Kino. Da es als solches nicht wirklich von außen erkennbar war für Svenja und sie sowieso nicht damit rechnete zeigte sie keinerlei Regung, als ich kurz verschwand, um die reservierten Kinokarten zu holen, während sie

mit Ela am Eingang der Fußgängerzone wartete. Strahlend kam ich mit den drei Karten auf sie zu und kniete mich neben sie. „Du weißt ja, das wir heute in Weinheim sind, aber weißt du auch, was wir hier machen?" Sie blinzelte mich an. „Nein, ich dachte wir gehen Kuchen essen." Ich zeigte ihr die Karten. „Siehst du, was die Mama da hat?" Ihre Augen wurden groß. „Sind das etwa Kinokarten??" Ich nickte und lachte. Dann fragte ich sie: „Weißt du auch, in welchen Film wir gehen?" Und da jubelte sie: „IN „PAW PATROL"??
Sie war völlig aus dem Häuschen und ich so glücklich, dass meine Überraschung geglückt war. Auch wenn ich schon wieder, so ganz für mich alleine, ein ganz anderes Problem hatte: Zu viele Kinder. Was natürlich abzusehen war, schließlich gingen wir in einen „Kinderfilm". So ab vier Jahren aufwärts war da wirklich alles dabei, inklusive einer ganzen Kindergarten-gruppe, alle mit den gleichen gelben Mützen. Ich wusste nicht wirklich, wo ich hinschauen sollte und hätte mir auch am liebsten die Ohren zugehalten. Ela sah mir meine Pein an und meinte: „Ich will eh noch kurz in den „H&M", ich nehme Svenja mit." Ich lief mit runter an den Eingang der „Galerie" und telefonierte in der Zeit mit Thorsten. Um zwanzig nach zwei liefen wir zurück zum Kino, der Film sollte um halb drei beginnen. Wir wurden mit Svenja zu einem Seiteneingang gebracht, der uns direkt zur ersten Reihe führte, wo wir Svenjas Rolli wunderbar parken konnten. Alle anderen Kinobesucher saßen mehrere Reihen hinter uns, so dass ich von Kindergekicher und Geräuschen weitgehend unbehelligt blieb. Ich hatte noch Popcorn und Nachos besorgt und dann warteten wir, dass der Film anfing. Die eine gespannt und aufgeregt (Svenja), die Älteste im Bunde (ICH) eher zurückhaltend und abwartend. Die Mittlere (Ela) hätte sich eigentlich gerne am Popcorn gütlich getan, das blieb ihr aber, dank ihrer (Entschuldigung, aber ist doch so!) eigenen Blödheit und der damit verbundenen Rachenverätzung versagt. Während ich mir, dank meiner neu gewonnenen Essensfreiheit, sogar Nachos genehmigt hatte. Und dann ging's los. Und mein Kind sang die Titelmelodie mit, glücklich und lauthals. Ich hätte fast geheult. Und soll ich euch was sagen? Der Film war gar nicht mal so schlecht. Zwischendurch sah Ela mich sogar von der Seite an und fragte: „Hast du etwa gerade gelacht??"
Als wir danach ziemlich entspannt wieder zurück zum Auto wollten, entdeckte Svenja noch etwas anderes: Ihren „Clown". Eine Art kleines Kinderkarussell im unteren Stock der „Galerie". Eine Clownsfigur, die in

einem Auto sitzt, welches sich ruckelnd und zuckelnd in Bewegung setzt, sobald man eine Münze eingeworfen hat. Sie war vor knapp zwei Jahren zum letzten Mal damit gefahren, jetzt könnt Ihr Euch natürlich denken, wer damals mit dabei war… Nun denn, wenn sie unbedingt fahren wollte sollte ihr mein Hirn ja nicht im Weg stehen. Das tat dann nämlich schon etwas ganz anderes. Nämlich ihre Beine. Mein Kind war mittlerweile einfach zu groß für „Clown fahren", ihre langen Beine passten nicht mehr unter die Armatur. Das Geheule war augenblicklich groß, ebenso wie ihre unglaubliche Enttäuschung. Mir brach es fast das Herz. Kurz entschlossen setzten Ela und ich sie so auf die Sitzfläche neben der Clownsfigur, dass ihre Füße über den Rand des Autos baumelten. Und ich ließ sie gleich zweimal hintereinander fahren. Sie war so fröhlich und glücklich, dass das definitiv für alle ein wunderbarer Abschluss dieses Tages war. Fazit: Wir gingen alle drei ziemlich zufrieden nach Hause. Und ich war insgeheim stolz auf mich, dass ich mich trotz so vieler Trigger und Erinnerungen doch noch so gut im Griff hatte. Und bald darauf erwartete mich ja auch schon mein nächstes großes „Abenteuer"…

September und Oktober: „Kurt, der Kamizkaze-Kanarie", „Mein Herz hat Flügel und es trägt deinen Namen" und „Tests und Tablets"

Zuallererst möchte ich Euch aber gerne einen neuen Mitbewohner vorstellen: Kurt, unseren völlig durchgeknallten, absolut wirr aussehenden und sehr freiheitsliebenden Kanarienvogel, zoologisch auch (Achtung, ich kann NICHTS dazu:) „Closter Corona" genannt. Und der nicht mal wirklich wie ein Kanarienvogel aussieht. Also er ist weder gelb, noch kann er so schön trällern wie seine Vorgänger. Wieso haben wir Kurt? Weil seine gelben Artgenossen kurz nacheinander den Löffel abgegeben haben. O-Ton der Zoohandlung: „das kann schon mal vorkommen, war wohl ein schlechter Wurf." Also, Kurt singt nicht, sondern krakeelt eher wie ein volltrunkener Seemann. Am lautesten, wenn eines seiner Futterschälchen leer ist. Dann bekommt man als Vogel-Frauchen ganz schnell das Gefühl, als ginge es hier buchstäblich um Leben und Tod. Und wie gesagt, gelb ist er auch nicht, sondern gleicht eher einem etwas dicklichen Spatz mit völlig entgleister Frisur. Wir haben Kurt gekauft, da war er noch ganz jung, erst wenige Wochen alt und mitten in seiner schönsten ersten Mauser. Er hat sich ziemlich schnell bei uns und in seinem Käfig eingelebt. Was ich aber nicht eine Sekunde geglaubt hätte: Dieses Vogelvieh hat es faustdick hinter seinen kleinen, gefiederten Ohren. Ich hatte heraus-gefunden, dass er seine Zeit wahnsinnig gerne auf dem Boden sitzend verbringt. Eigentlich geht er nur zum Fressen auf seine Stängchen. Wir saßen eines schönen Sonntag nachmittags auf dem Küchenbalkon und spielten gerade mit Svenja UNO. Ich gehe im Allgemeinen am Tag bestimmt sechs bis sieben mal zu Kurt ins Wohnzimmer, rede mit ihm, schaue nach, ob er noch Futter und Wasser hat und versuche, ihn an mich zu gewöhnen. An diesem besagten Sonntag bin ich also wieder ins Wohnzimmer, um nach ihm zu sehen. Ich öffnete die Wohnzimmer-Tür und ging frohen Mutes vor zum Käfig. Moment mal... WO WAR KURT?? Ich zweifelte kurzzeitig an meinem Verstand und suchte mit meinen Augen verzweifelt den Käfig ab. Alle Käfigtüren waren zu, also wo sollte er denn hin sein? Im Augenwinkel sah ich etwas hüpfen und drehte langsam den Kopf zur Balkontür. Da saß er auf dem Boden, und schaute mich mehr als empört an. Er hüpfte und schimpfte wie ein (Achtung Wortspiel) Rohrspatz.

Offenbar fand er es mehr als doof, dass ich ihn bei seinem Ausbruch ertappt hatte. Bei näherem Hinsehen fand ich dann auch seine „Fluchttür". Offenbar hatte ich beim letzten Füttern morgens das Schälchen nicht richtig in die Verankerung gehängt. Er nutzte dann wohl die günstige Gelegenheit, um seinem Futtertrog einen Schubs zu geben. Dieser segelte gen Erde und die Klappe darüber stand somit offen und der Weg frei für Kurt. Ich ging raus zu Thorsten und meinte nur: „Wir hätten da ein kleines Problem: Kurt sitzt auf dem Boden!" Natürlich sah er mich leicht skeptisch an und meinte nur schulterzuckend: „Na und, das macht er doch sonst auch?" „Jaaa, aber doch nicht auf dem Parkett!" Mein Mann riß seine Augen auf, starrte mich an und meinte: „Nicht dein Ernst, und jetzt?" Tja, die Frage war gut und durchaus berechtigt. Kurt war bei weitem noch nicht so zahm, dass er freiwillig zu mir kommen würde. Wir schnappten uns einen Einkaufskorb und wollten erstmal probieren wie weit wir damit kämen. Zu zweit gingen wir zurück ins Wohnzimmer, wo Kurt immer noch vorne an der Balkontür saß und raus schaute. Als er uns kommen sah, fing er wieder an zu motzen, dass der freiwillig zurück in seinen Käfig ging, putzte ich mir in dem Moment komplett von der Backe. Zunächst versuchten wir es mit gutem Zureden, dann stülpten wir den Korb über ihn. An sich ein genialer Plan, jetzt konnte er wenigstens nirgends mehr hin. Aber wie brachten wir jetzt den Vogel zurück in den Käfig? Ich griff beherzt darunter und versuchte, ihn mit der Hand zu erwischen. Mit einem überaus sportlichen Hüpfer war Kurt mir aber (natürlich) entwischt und saß fröhlich krakeelnd schon wieder vorne an der Fensterscheibe. Also dann, auf ihn mit Gebrüll. Ich beschloss, gar kein großes Aufsehen zu machen, ging auf ihn zu und versuchte ihn einfach in die Hand zu nehmen. Ich bin ja im Nachhinein nur froh, dass das keiner gefilmt hat. Ich auf Knien dem Vogel hinterher und der geckernd und zwitschernd immer hüpfend in die entgegensetze Richtung (warum er nicht einfach weggeflogen ist, weiß ich allerdings auch nicht). Es war, als würde er sich einen unglaublichen Spaß mit mir machen wollen, fast konnte man ihm seine diebische Freude an den Augen ansehen. Nach endlosen Minuten war es mir gelungen, ihn zu schnappen. Und ich sage es Euch: Der war mega sauer! Ich brachte ihn zurück in seinen Käfig, wo er mich die nächsten drei Tage nicht mal mehr mit seinem Federpopo anschaute. Mittlerweile sind wir aber wieder richtig gute Freunde. Er fängt sogar ganz langsam an, hie und da ein wenig zu trällern.

Kommen wir jetzt zu dem zweiten Satz in der Überschrift. Es würde, neben meiner neuen Haarfarbe, die größte Veränderung für mich werden dieses Jahr. Ich bekam noch ein Tattoo, dieses Mal am linken Unterarm, also auf der Herzseite. Es sollte eine Erinnerung an Ronja werden und war somit wieder ein emotional sehr großer Schritt für mich. Den Termin hatte ich mir schon im März ausgemacht, in einem Tattoo-Studio in Affolterbach. Ich war lange unschlüssig, was ich haben wollte, schließlich sollte es meinem Gefühl gerecht werden, aber durfte mich auch beim Ansehen nicht jedesmal komplett aus den Schuhen werfen. Ein Portrait kam von daher natürlich überhaupt nicht in Frage. Nach langem Hin und Her fiel es mir Nachts (wann auch sonst?) wie Schuppen von den Augen: Ich wollte das Herz mit Flügeln, das als Cover auf meinem Bildband war. Und in die Mitte des Herzens sollte ein schön geschwungenes „R". Ich hatte zwar noch keine direkte Vorstellung, wie das Ganze sich dann auf meinem Arm machen würde, vertraute da aber voll und ganz der Tätowiererin. Die hatte einen unglaublichen Ruf, von nah und fern kamen Menschen zu ihr zum Tätowieren. Als ich unserem Nachbarn Halil davon erzählte, zeigte er mir seinen Unterarm. Dort prangt ein unglaubliches Portrait seiner Tochter, so detailgetreu und echt wirkend als hätte er ein Bild darauf geklebt. Unfassbar lebendig, kleinste Einzelheiten sind deutlich darauf zu erkennen. Eine absolut unglaubliche Arbeit. Und weil ich ja vorher schon wusste, wie realitätsgetreu Sissy tätowierte, kam natürlich ein Portrait von Ronja überhaupt nicht in Frage. Ich würde tagtäglich bei dem Anblick fast durchdrehen. Dann sagte er: „Von Sissy tätowiert zu werden ist fast schon eine Ehre, die ist eigentlich über Monate hinweg ausgebucht. Und sowas, wie du es willst, macht sie ja eigentlich sowieso nicht mehr. Sie hat sich auf Portraits spezialisiert." Das wusste ich, Sissy hatte es mir erzählt, als ich bei ihr im Studio war und den Termin ausgemacht habe. Sie sagte zu mir, dass sie meine Geschichte berühren würde und sie nur deshalb so ein relativ kleines Tattoo selbst stechen würde. Ich fühlte mich tatsächlich geehrt, nach Halils Aussage sowieso. Und ich war wahnsinnig nervös. Vielleicht erinnern sich einige noch an mein erstes Tattoo, unseren „Familien-Anker" auf meinem rechten Knöchel. Das war ja schmerztechnisch damals eine wahre Katastrophe gewesen. Ich hatte natürlich eine Heiden-Angst davor, dass es dieses Mal genauso werden würde. Der Unterarm ist ja nun auch nicht wirklich die Stelle mit dem meisten Fettgewebe, nicht mal bei mir.

Es war der 02. September, Ela hatte sich extra an dem Tag Zeit genommen, um nach Svenja zu sehen. Die hatte nämlich immer noch Ferien und ich sehnte mittlerweile den Schulbeginn herbei. Um elf Uhr sollte ich in Affolterbach im Studio sein. Ich beschloss, davor noch den Schatzkistenplatz für den Herbst aufzuhübschen. Wie Zuhause auch hatte ich für ihr Grab jahreszeitlich passende Deko und die Sommerblumen hatten ihre schönste Zeit auch schon hinter sich. Ich war also fast eineinhalb Stunden am Grab zugange, entfernte die alten Blumen, harkte die Erde, pflanzte neu und verteilte die Herbstdeko zwischen den Blumen. Und die ganze Zeit redete ich mit ihr. Erzählte ihr, dass ich mir heute ein Tattoo für sie stechen lassen würde, redete über Zuhause und wie sehr sie dort doch fehlt. Als ich gegen halb elf mein Werk vollendet hatte, war ich zufrieden und innerlich sehr viel ruhiger als vorher. Ich fuhr nochmal kurz zuhause vorbei und dann machte ich mich auf den Weg nach Affolterbach, ins Tattoo-Studio „electric07". Nervös war ich jetzt nur noch ein wenig wegen der mir bevorstehenden Schmerzen, das würde ich aber hier niemals zugeben. Wir hatten Sissys Freund vorab die Datei mit dem Bild geschickt, das ich mir als Tattoo wünschte. Und Sissy meinte nur: „Ich mach dir da ein wunderschöneres „R" in Schönschrift rein, vertrau mir." Ja, natürlich vertraute ich ihr... Schiss hatte ich trotzdem. Gegen zwölf saß ich dann auf dem Stuhl vor ihr und sie platzierte meinen Arm, so dass sie gut dran kam. Ich biss mir auf die Lippen, um nicht in völliger „Mimimi-Manier" zu fragen: „Wird's arg weh tun?" Immerhin waren hier noch mehr Menschen anwesend, alle ziemlich tätowiert und alle unglaublich nett. Ich wollte aber trotzdem nicht dastehen wie ein vollkommenes Weichei und meinte deshalb nur betont lässig: „Ich bin ja jetzt mal gespannt, wie sich das dieses mal anfühlt. Am Knöchel tat´s ja sch...weh." Sissy richtete sich ihre Farben und Nadeln und wischte mir dann ein paarmal über den Arm, wo sich seit gut einer halben Stunde die „Schablone" zu meinem Herz befand. Ich schwitzte innerlich, mein Herz hämmerte gegen meinen Brustkorb. Und dann setzte sie die Nadel an, als sei es das Natürlichste auf der ganzen Welt. „Das kommt auch immer darauf an, wer sticht. Ich verspreche dir, das hier wird nicht wirklich weh tun." Und als sie loslegte dachte ich nur: „Ach guck mal, sie hat recht. Es tut ja gar nicht weh!" Ich muss natürlich zugeben, dass es an der ein oder anderen Stelle gehörig zwickte, aber durchaus erträglich. Als der erste Flügel und das Herz fertig war

machten wir eine kurze Pause. Danach fing sie mit dem „R" an. Freihändig und ohne, dass das vorher in der Schablone zu sehen war. Sie zog ganz feine Linien vom Rand des Herzens aus nach innen und ich begann schon wieder zu schwitzen. Ich konnte mir noch keinen Meter vorstellen, wie das wohl gleich aussehen würde, wenns fertig war. Immerhin konnte man da dann weder mit einem Radiergummi noch mit Tipp-Ex irgendwas dran ändern. Als das „R" in absolut umwerfender Schönschrift in der Mitte des Herzens erkennbar wurde, kamen mir die Tränen. Es war unglaublich schön. Als ich gegen halb eins das Studio verließ, war ich annähernd glücklich (ihr wisst ja, dass ist so eine Sache bei mir mit dem „Glücksgefühl"..)
Die Tätowierung ist traumhaft schön, viel schöner, als ich es mir vorgestellt habe. Ich trage meine Krawalli nun sichtbar immer bei mir, auf meiner Herzseite: „Mein Herz hat Flügel und es trägt Deinen Namen!"

Bald darauf ging für Svenja die Schule wieder los, die seeeeehr langen Sommerferien waren somit überstanden. Und ja, es war dieses Mal nicht ganz so schlimm, wie ich befürchtet hatte. Auch wenn ich mich darauf freute, endlich wieder in Ruhe und alleine einkaufen zu gehen, mich ohne Zeitdruck auf dem Friedhof aufzuhalten und morgens gleich meine Arbeit machen zu können, ohne dass ich ständig unterbrochen wurde. Und Svenja freute sich wahnsinnig darauf, endlich wieder ihre Schulkameraden und Lehrer zu sehen. Einige Tage vorher bekamen wir eine E-Mail von der Schule. Darin wurden wir darauf aufmerksam gemacht, dass Svenja zukünftig mit noch anderen Kindern im Bus sitzen werde. Also nicht „klassenweise" transportiert werden würde wie noch vor den Ferien, sondern alle die Kinder, die hier in der Umgebung wohnten und nach Ladenburg in die Schule gingen, würden dann mit ihr im Bus sitzen. Völlig alters- und klassenunabhängig. Und jetzt komme ich zu dem Punkt, an dem ich doch mal kurz auf Corona eingehen möchte. Der Virus ist nun mal weiterhin sehr präsent und bestimmt unser aller Leben. Und ja, das betrifft die Ungeimpften wie auch die Geimpften. Und damit bin ich bei den weiter oben schon erwähnten Einschränkungen. Wie Ihr ja nun wisst, gehöre ich zu den „Ungeimpften" und kam mir mit diesem Umstand manchmal vor, wie ein Mensch zweiter Klasse. Mittlerweile gab es so gut wie überall die sogenannte „3G-Regel". Sprich, man durfte bestimmte Dinge nur noch machen, wenn man geimpft, genesen oder getestet war. Und dabei zählten nicht die handelsüblichen Tests, die man weiterhin überall kaufen konnte, nein, es musste ein korrekt ausgefüllter Test von einem Testzentrum sein (den brauchten wir im Kino natürlich auch und weil der 12 Stunden galt waren Svenja und ich am darauffolgenden Tag nach dem Großeinkauf noch bei „Mc Donalds". Da hätten wir sonst nämlich auch nicht mehr rein gedurft.) Nun hat ja nicht jeder jederzeit einen tagesaktuellen Test auf Tasche und so blieb zum Beispiel Thorsten und mir schon der ein oder andere Kaffee im „Innenraum" versagt. Damit können wir leben, dann trinken wir ihn eben daheim. Als wir aber im Außenbereich eines Baumarktes, an einem Tisch, wo weit und breit keiner um uns rum saß, an der frischen Luft, nach einem aktuellen Corona-Test gefragt wurden, zweifelte ich doch schon sehr an der Logik mancher Regelungen. Ich bin sehr gespannt, wo uns das Ganze noch hinführt. Ich blieb weiterhin meiner „Schiene" treu, ging sowieso nur zum Einkaufen und um auf den Friedhof zu gehen außer Haus. Da mein Immunsystem durch die Infusionen praktisch auf null runtergefahren war, passte ich gut auf mich auf, setzte mich keinerlei unnötigem Risiko aus und desinfizierte am laufenden Band meine Hände. Und genauso hielten wir es eigentlich auch mit Svenja. Sie wurde nur dorthin mitgenommen, wo es nicht anders ging, bekam ihre Maske auf und durfte nichts und niemanden berühren. Und dann sollte ich sie tagtäglich mit drei wildfremden Kindern durch die Gegend kutschieren lassen? Mein Blutdruck stieg bei dem Gedanken. Außerdem dachte ich dabei noch an etwas anderes. Wir müssen Svenja dreimal die Woche zuhause testen, bevor sie in die Schule geht. Und ja, natürlich findet sie das Stäbchen in ihrer Nase auch nicht wirklich prickelnd. Aber sie versteht den Grund dahinter sehr wohl, und erinnert mich abends schon daran, wenn wir am nächsten Tag testen müssen. Und lässt es fast stillschweigend über sich ergehen. Die Tests werden uns von der Schule gestellt. Nach Ablauf der 15 Minuten, die der Test braucht, wird er abgelesen, dann unterschreibe ich einen Zettel, der versichert, dass der Test an dem Tag negativ war. Die Lehrerin in der Schule zeichnet ihn gegen und das wars. Ich möchte hier mal etwas boshaft ein Szenario beschreiben, von dem ich nicht weiß, ob es das tatsächlich so gibt. Aber stellen wir uns mal folgendes vor: es gäbe da Familien, die das mit dem Testen nicht ganz so verstehen und vielleicht auch nicht richtig ausführen. Unsere „besonderen" Kinder sind da ja stellenweise noch viel schwieriger zu händeln, was das Rumgebohre in der Nase betrifft, als die völlig „normalen" Kinder. Nun gibt es mit Sicherheit so einige Kinder, die sich morgens partout nicht testen lassen wollen.

Was macht man da als Eltern? Zwingt man sein Kind, hält man es vielleicht fest und versucht ihm, mit Gewalt dieses vermaledeite Stäbchen in die Nase zu schieben? Oder denkt man sich nicht vielleicht: „Warum soll ich mein Kind zu etwas zwingen, was es überhaupt nicht will, wenn ich einfach nur den Zettel unterschreiben muss…?"

Ihr versteht, was ich meine?

Meine Skepsis (und auch meine Angst) waren ziemlich groß ob dieser neuen Beförderungs-Regelung. Und wie ich dann erfuhr, war auch die Schule nicht wirklich begeistert. Die Kinder wurden dort nämlich sofort wieder klassenweise separiert, hatten kaum Kontakt zu den anderen Schülern in der Schule. Was ja aber im Endeffekt nicht wirklich etwas brachte, wenn sie morgens und nachmittags wieder kreuz und quer heimkutschiert wurden. Ich telefonierte mit dem Kreis und machte meinem Ärger über diese Situation Luft. Und bekam Folgendes zur Antwort: „Das ist politisch so vorgesehen!"… Ernsthaft, so manches Mal fehlen sogar MIR die Worte. Sie fährt heute noch genau in der Konstellation wie am ersten Tag nach den Ferien. Ich kann es nicht ändern, bin aber weiterhin entsetzt, wie leichtfertig offenbar dann doch mit der Gesundheit unserer Kinder umgegangen wird, die ohne Test nicht mal mehr in den Mäcces dürfen.

Ach, und nur mal so am Rande: Das so dringend benötigte Tablet für Svenja haben wir auch noch nicht. Und auch dafür gibt's seitens der offiziellen Stellen natürlich eine ausreichend ausführliche, wenn auch ziemlich hanebüchene Antwort: Also JETZT müssen Sie halt eine Klage beim Sozialgericht einreichen.

Ich dachte damals, ich hätte mich am Telefon verhört, als der gute Mann von der AOK mir das unterbreitete. Die Vorgeschichte dazu war, dass ich ja über Monate hinweg Widersprüche eingelegt hatte, und auch die Schule dazu zwei wirklich gut formulierte und stichfeste Angaben gegenüber der Krankenkasse gemacht hatte. Jetzt fehlte nur noch ein Schreiben unserer Kinderärztin. Das sollte bis spätestens Mai der AOK vorliegen. Als ich im Juni einen Brief der Krankenkasse erhielt, in dem stand, dass leider das Schreiben der Kinderärztin immer noch fehlen würde, rief ich natürlich leicht erbost in der Praxis an und wollte eigentlich mit Anlauf loswettern. Bekam dann aber gesagt, dass unsere Kinderärztin im Mai ein Extremfrühchen zur Welt gebracht hatte und somit alles andere völlig in den Hintergrund getreten war. Ich schnappte am Telefon nach Luft, dann kamen mir die Tränen.

Wer konnte so eine unerwartete Ausnahmesituation besser verstehen als ich? Ich wusste, was für eine unglaublich harte Zeit nun vor der Familie lag und entschuldigte mich tief für mein etwas harsches Auftreten vorher. Ich bekam aber versprochen, dass sich trotzdem noch im Laufe der Woche um Svenjas Schreiben gekümmert werden würde. Diese Information gab ich der AOK so weiter. Drei Tage später hatte ich tatsächlich den Schrieb im Briefkasten und leitete ihn sofort per Email weiter an die zuständige Sachbearbeiterin. Eine Woche später kam dann der entscheidende Brief, der besagte, dass ja nun der Antrag unserer Kinderärztin zu spät eingegangen sei und die Kasse sich somit außerstande sähe, das Tablet zu genehmigen. Ich muss zugeben, mein Tonfall war danach eventuell nicht mehr der Allerfreundlichste. Aber wenigstens hatte ich mich noch so weit unter Kontrolle, dass ich den Mann am Telefon, mit dem ich es dann zu tun hatte, nicht fragte, ob in dem Saftladen nur hirnverbohrte, schwachsinnige Hohlkörper arbeiteten, die von Tuten und Blasen aber mal so gar keine Ahnung hatten. Anders konnte ich es mir nämlich nicht erklären, wie man einem neunjährigen, körperlich schwer behinderten Mädchen ein notwendiges „Arbeitsgerät" ablehnte. Das letzte Wort war da ja wohl bestimmt noch nicht gesprochen. Zumal ich von einer Freundin folgendes erzählt bekommen habe: Der Sohn einer Bekannten (auch ein Extremfrühchen, aber bei Weitem nicht so eigeschränkt, also auch vor allem körperlich, wie unsere Svenja) geht auf eine ganz „normale" Schule. Um dort aber adäquat und im gleichen Tempo wie seine Mitschüler dem Unterricht folgen zu können, bekommt er SELBSTVERSTÄNDLICH ein Tablet von der Krankenkasse genehmigt. Ohne große Diskussionen. Das wäre der sogenannte „Nachteilsausgleich". Ihr könnt euch denken, dass ich diese Regelung sagen wir mal leicht uncool finde. Ehrlich gesagt komme ich mir sogar extrem veräppelt vor.

„Jetzt wird's kuschelig", schon wieder ist ein Jahr vorbei" und „Sam und Marshall, zwei Fellnasen entern meinen Heimathafen"

Und damit wieder zurück zu den jüngsten Ereignissen und zum Thema „jetzt wird's kuschelig". Wir hatten ja nun schon länger den Einbau unserer Pelletöfen in Planung und Ende September kam dann der Anruf: „Wenn Ihr wollt, können wir nächste Woche spontan loslegen. Dienstags, Mittwochs und Donnerstags." Prinzipiell super, wir hatten ja nun schon lange darauf gewartet. Aber warum ausgerechnet jetzt in dieser Woche? Warum genau über diesen Tag? Ich rede von dem 30.09., dem zweiten „Engelgeburtstag" meiner kleinen Ronja. Ich wollte zwar den Tag dieses Jahr nicht wirklich so aufwändig gestalten wie im letzten Jahr, aber Reni und Michael wollten kommen, Katharina würde mich auch nicht alleine lassen und ich hatte angemerkt, wenn sonst noch jemand an dem Tag zu uns an den „Engelgarten" komme wolle, sei er herzlich willkommen. Nun würde aber genau an diesem Tag ein Gerüst unser Haus zieren und die Handwerker würden einige Löcher in unsere Hauswand machen müssen. Hätten wir den Termin allerdings nochmal verschoben, wären wir bei Anfang November gelandet. Und bis dahin war es wahrscheinlich definitiv schon zu kalt, um hier völlig ohne Heizung zu sitzen. Also beugte ich mich der Entscheidung und hoffte, wenigstens auf schönes Wetter, um mit den Leuten draußen im Hof sitzen zu können.

Aber ich hatte noch etwas ganz anderes für diesen Tag im Hinterkopf: meine Freundin Biggi wollte ihren langjährigen Lebenspartner Robert heiraten und sie hatte mir das einige Wochen zuvor schon erzählt. Erinnert Ihr Euch noch an Biggi: Das ist die, die mir meine allerersten Lesungen im „Café Lipp" in der Cityfiliale organisiert hatte. Eine Seele von Mensch und immer für einen da. Jedes Jahr an ihrem Geburtstag bekommt sie von mir ein Ständchen als Sprachnachricht geschickt und wenn ich mal erst gegen Abend dazu komme, sagt sie immer „ich hab dich schon vermisst, das ist immer mein Highlight des Tages." Also war für mich ziemlich schnell klar: Ich möchte sie gerne überraschen und an ihrer Hochzeit für sie singen! Thorsten und auch Katharina äußerten beide leichte Zweifel. „Glaubst Du wirklich, das ist genau an dem Tag eine gute Idee? Glaubst du nicht, du wärst da eventuell schon mental belastet genug?" Besonders Katharina machte sich Sorgen,

sie befürchtete, ich würde psychisch an meine Grenzen kommen. Schließlich hatte ich einige Wochn zuvor mal wieder eine Zeit gehabt, die alles andere als leicht war. „Moi Herzkersch" will ich damit gerade irgendwie nicht mehr wirklich so arg belasten. Ich will, dass sie sich voll und ganz dem neuen Leben in ihrem Bauch widmen und sich darauf freuen kann. Ich litt mehr oder weniger still vor mich hin, begann wieder, intensiv und sehr real von Ronja zu träumen und der Schmerz über ihren Verlust raubte mir fast die Sinne. Oftmals saß ich nach so einer Nacht morgens in der Küche und weinte, bis Thorsten mit Svenja im Arm zur Tür rein kam. Er sah es mir immer an, wenn es mir mal nicht gut ging, kam dann meistens wortlos zu mir und nahm mich in den Arm, bis ich mich einigermaßen beruhigt hatte. An diesen Tagen ging ich auch seit langem das erste Mal wieder heulend auf den Friedhof und vom Friedhof wieder heim. Ich war unglaublich dünnhäutig, jeder noch so kleine Erinnerungsfetzen und jeder noch so geringe Trigger machte mir unglaublich zu schaffen und brachte mich über den Tag hinweg immer wieder an meine Grenzen. Ich wusste zwar, dass auch das wieder vorbeigehen würde, aber es war doch jedesmal mehr als anstrengend, seelisch sowie körperlich. Ich schlief gottserbärmlich, hatte ständig Kopfschmerzen, auch vom vielen Weinen, und mir war übel und schwindelig. Nach ungefähr zwei Wochen war der „Spuk" dann wieder vorbei und mein Seelenleben beruhigte sich so langsam wieder. Das war aber alles VOR Ronjas zweitem Todestag. Dementsprechend groß war die Angst meiner Familie und Freunde, dass mich dieser Tag wieder aus der Bahn werfen würde. Aber komischerweise wurde ich, je näher der Tag rückte, innerlich immer ruhiger. Ich wusste ja, dass sich an diesem Tag rein gar nichts ändern würde, weder zum Guten noch zum Schlechten. Meine Gefühle würden die gleichen bleiben, ich vermisste sie an diesem Tag genauso wie an jedem anderen Tag. Und wenn ich einigermaßen aufpasste, und die Erinnerung nicht die Oberhand gewinnen lassen würde, würde ich diesen Tag bestimmt genauso rumkriegen, wie alle anderen Tage bisher auch. Und so beschloss ich zwei Wochen vorher: „Ich singe an Biggis und Roberts Hochzeit!" Mir war klar, dass sie mit mir an diesem Tag überhaupt nicht rechnen würde.
Ich verbündete mich mit ihrer Mutter, unserem Bürgermeister und dessen Sekretärin und klärte, wie ich wann wo auftauchen dürfte um die Beiden zu überraschen.

Dienstags, zwei Tage vorm „Engelgeburtstag", rückten morgens um acht die Handwerker an und legten los. Außer ständig Kaffee zu kochen konnte ich nicht allzu viel tun. Ich zog mich bei herrlichstem Wetter auf den Küchenbalkon zurück und schrieb. Dafür war Thorsten umso beschäftigter. Er hatte sich extra für diese drei Tage Urlaub genommen und half tatkräftig mit. De Vadder freute sich unheimlich auf die Pelletöfen, ich war zunächst noch skeptisch. Unser Ofen würde ziemlich präsent im Esszimmer stehen und an den Anblick würde ich mich erstmal gewöhnen müssen. Mittwochs fand man mich dann den ganzen Tag in der Küche. Ich backte Kuchen, erstens war ich auf diese Art und Weise wunderbar abgelenkt und zweitens voll in meinem Element. Da war es wieder, dieses unglaublich schöne Gefühl, alle Zutaten verwenden zu können, die ich wollte. Ich hatte die letzten Wochen über schon den ein oder anderen Zwetschgen- und Apfelkuchen, Apfelstrudel, Zwiebel-Kräuterbrote und diversen anderen Kram gebacken, an den ich mich die letzten zwei Jahre nicht mehr ran getraut hatte. Die beiden Handwerker und mein Mann wuselten durchs Haus und fingen an, Löcher in die Wand zu bohren. Entgegen meiner Befürchtung hielt sich der Dreck sehr in Grenzen, einzig der feine Staub, der dabei entstand, legte sich auf jedes verfügbare Möbelstück.

Am nächsten Tag war ich entspannter, als ich selbst vermutet hatte. Thorsten hatte mir schon Kaffee gemacht als ich gegen sechs Uhr in die Küche kam, ein Luxus, den ich in letzter Zeit öfter hatte. Überhaupt umsorgte er mich sehr und zeigte mir jeden Tag aufs Neue, wie sehr er mich liebte. „Alles gut bei Dir, Muddi?" fragte er mich, als er Svenja ins Bad gelegt hatte. Er nahm mich in den Arm und strich mir über den Rücken und sofort fühlte ich mich unendlich geborgen, ein Gefühl, als könne mir nichts passieren, egal wie kalt und brutal diese Welt da draußen doch war. Ich drückte ihn. „Ja, es ist alles gut."

Ich machte Svenja für die Schule fertig und schickte ihrer Lehrerin dann eine Sprachnachricht: „Moin, ich weiß, dass Ihr wahrscheinlich daran denkt, dass heute Ronjas zweiter Todestag ist. Aber ich glaube, Svenja weiß das nicht. Und ich möchte, dass das auch so bleibt. Sprecht sie bitte einfach nicht darauf an, für sie ist Ronja ja sowieso jeden Tag sehr präsent. Ich will nicht, dass sie mehr oder weniger mutwillig an den Tag vor zwei Jahren erinnert wird." Ihre Lehrerin verstand mich sehr gut und versprach mir, sich darum zu kümmern, dass niemand Svenja auf den „Engelgeburtstag" ansprechen würde. Als der Bus sie abgeholt hatte, kochte ich Kaffee für die Handwerker, ging unter die Dusche und machte meine Kuchen fertig. Danach begann ich, mich einzusingen. Singen tu ich im Allgemeinen immer noch ziemlich viel und sehr gerne, nur halt eben unter Ausschluss der Öffentlichkeit. Jetzt durfte ich also seit langer Zeit mal wieder vor Publikum singen. Und wie immer, wenn ich sang, war mir meine Krawalli ganz nah. Es verband uns, in Gedanken und im Herz. Kurz vor halb elf machte ich mich auf den Weg zum Einhaus, unsere besondere Location in Wald-Michelbach, die auch als Standesamt diente. Um elf Uhr war die Trauung angesetzt, ich wollte vorher vor Ort noch ausprobieren, wo ich am besten meine Box hinstelle und wie laut ich sie machen konnte. Viertel vor elf kam unser Bürgermeister, mit dem ich mich dann solange gut unterhielt, bis Biggi, Robert und die Hochzeitsgesellschaft den Raum betraten. Ich versteckte mich hinter der Theke und wartete, bis das Brautpaar mit dem Rücken zu mir saß. Dann lauschte ich der sehr herzlichen und humorvollen Rede von Sascha und als er sagte „Sie dürfen die Braut jetzt küssen" war das mein Stichwort. Ich startete die Box und als die ersten Töne des Liedes erklangen, das Biggi so liebte, sah ich, wie sie sich verwirrt im Raum umsah. Dann begann ich „the Rose" zu singen und beide fuhren herum und starrten mich an. Biggi fing sofort an, zu weinen. Ich sah ihr ins Gesicht und hätte fast mitgeweint. Meine Töne wurden dadurch zwar ein wenig wackeliger, das war mir aber grad egal. Als ich fertig war und Biggi aufstand, um mich zu drücken, während der Rest der Gäste klatschte, wusste ich, dass ich genau das Richtige getan hatte. Auf dem Heimweg fuhr ich am Schatzkistenplatz vorbei und redete lange mit ihr. Sie hatte mir schon im Standesamt ein kleines Zeichen geschickt (ein Herz auf dem Fußboden) und jetzt, auf dem Weg zurück zum Auto, fand ich noch ein Herz auf dem Boden des Friedhof-Weges. Ich lächelte. Das mit den Zeichen hat sie echt drauf. Und immer, wenn ich überhaupt nicht mehr weiter weiß und mich die Traurigkeit übermannt, sendet sie mir welche, auf die vielfältigste Art und Weise. Ich schaue immer mal wieder zum Himmel und bedanke mich bei ihr. Sie lässt mich so sehr spüren, dass sie mir immer noch unglaublich nah ist. Thorsten fragt mich manchmal, wie mir diese vielen kleinen Zeichen eigentlich auffallen würden. Denn ich fotografiere sie immer und zeige ihm später die Bilder. Die Wahrheit ist: Ich weiß es selbst nicht. Ich suche sie nicht, das wäre ja mehr als mühselig. Es fühlt sich eigentlich mehr so an, als würde Ronja mich mit der Nase drauf stoßen. Sie lenkt also quasi meine Blicke immer genau da hin, wo ich dann ein Zeichen von ihr sehe. Sei es oben im Himmel oder auf dem Boden unter meinen Füßen. Ich fuhr zurück und fand meinen Mann auf der Straße, das Gerüst abbauend. „Die machen gerade Mittag, da dachte ich, ich könnte ja schon mal was tun." Er grinste. Thorsten ist ein „Schaffer", ohne Arbeit geht's dem nicht gut. Er langt hin, ist keiner, der sich auf die faule Haut legt. Rund ums Haus macht er alles selbst, hat ständig neue Ideen, die er dann auch kreativ umsetzt und weiß für fast alles eine Lösung. Klingt das gerade ein wenig schwärmerisch? Vielleicht… aber die meiste Zeit bin ich nun mal wirklich stolz auf meinen Mann, und ich liebe ihn sehr.

Ich machte uns einen Kaffee und wir setzten uns zusammen auf das Mäuerchen vor unseren neuen zwei Kaminen, die silberglänzend die Hauswand empor bis übers Dach reichten. Die Öfen standen mittlerweile an Ort und Stelle, irgendwann gegen nachmittag würden wir sie wohl zum ersten Mal versuchsweise anfeuern. Die Klagebank hatte wegen den Außenarbeiten und dem Gerüst die letzten drei Tage weichen müssen, sobald alles fertig sein würde wollte Thorsten sie wieder hinstellen. Ich erzählte ihm von der Trauung und er mir von den voranschreitenden Arbeiten. „Heute nachmittag wollen wir sie Öfen mal probeweise anfeuern. Bin ich mal gespannt, wie das wird." Er freute sich wahnsinnig auf sein neues „Spielzeug". Ich glaube, das ist bei den meisten Männern noch so ein Überbleibsel aus der Steinzeit, als es darum ging, Feuer zu machen und das erlegte Mammut heim zu der Frau in die Höhle zu bringen. Wobei ich mir hin und wieder darüber Gedanken mache, ob nicht die Steinzeit-FRAU sich auch um das Feuer gekümmert hat… so wie ich heute quasi den Herd zum Kochen anmache. Oder so ähnlich. Während wir da so saßen, uns unterhielten und unseren Kaffee tranken, hielten einige Nachbarn in ihren Autos bei uns an. Alle wollten sie uns versichern, dass sie gerade an diesem Tag ganz arg an uns denken würden. Ich war gerührt über so viel Anteilnahme und Fürsorge. Thorsten fing an, weiter zu arbeiten und ich bereitete mich auf Reni und Michael vor. Ich machte den Tisch im Hof sauber und richtete schon mal das Kaffeegeschirr.

Im Esszimmer und im oberen Stock in meinem Lesezimmer ging es zwischenzeitlich schon wieder voll zur Sache. Die Handwerker waren von ihrer Pause zurück und werkelten zusammen mit Thorsten an den mittlerweile aufgestellten Öfen. Ela und Svenja hatten beide Schule und würden erst später kommen. Und noch während ich so vor mich hin räumte erschienen Reni und Michael auf der Bildfläche.

Wir unterhielten uns eine ganze Weile in der Küche, dann setzten wir uns bei herrlichstem Wetter in den Hof. Kurze Zeit später kam Katharina noch dazu, die Handwerker tranken auch noch mit am Tisch Kaffee und bekamen ein Stück Kuchen und etwas später kam noch meine alte Freundin Sandra. Also nicht alt im Sinne von „reich an Jahren", im Gegenteil, sie ist so alt wie ich. Aber sie kenne ich von all meinen Freundinnen am längsten, nämlich schlappe 42 Jahre. Sie war es, die mir damals nach Ronjas Unfall diese wunderschöne Laterne mit ihrem Bild geschenkt hatte. Und mit ihr traf ich mich in schöner Regelmäßigkeit zum Frühstücken. Zwar jetzt nicht wirklich jede Woche, aber alle zwei bis drei Monate bekommen wir das schon hin. Sandra brachte mir ein bezauberndes Teelicht mit, auf dem stand „Was bleibt, wenn alles Vergängliche geht, ist die Liebe – Ronja 2017-2019". Umrandet war dieser Spruch von Pusteblumen, von denen der Wind vereinzelt Schirmchen davongepustet hatte. Katharina brachte mir einen wunderschönen Herbstkorb mit, voller Blumen und kleinen, künstlichen Kürbissen. Wir unterhielten uns und ich merkte, wie ich trotz der eigentlichen Bedeutung dieses Tages innerlich ruhig und entspannt wurde. Ich hatte wieder mal den besten Beweis bekommen, was für wunderbare Herzmenschen ich doch an meiner Seite hatte.

Einige Tage später, am 07.10., bekamen wir die erste Lieferung Holzpellets unseres Lebens, ganze 132 Säcke. Thorsten schleppte jeden Sack einzeln in die obere Garage, während ich „Ampelmännchen" spielte und mich auf die Straße stellte, sodass er ohne ständig gucken zu müssen hin und her laufen konnte. „Muddi, ist dir eigentlich mal aufgefallen, dass unsere Öfen genau an Ronjas Todestag zum allerersten Mal in Betrieb genommen worden sind? Als wenn sie wollte, dass wir es ab jetzt schön warm haben sollen." Ich musste lächeln und schlucken gleichzeitig, denn an eines hatte mein Mann natürlich nicht gedacht. Und ich nahm es ihm auch keinesfalls übel, das ist nämlich eigentlich kein Datum, das man sich merken muss. „Ja, das weiß ich, da habe ich auch schon dran gedacht. Und weißt du was noch? Heute vor zwei Jahren haben wir Ronja beerdigt, und jetzt sorgt sie offenbar abermals dafür, dass wir es schön kuschelig bekommen." Und wenn ich nicht aufpasste, würde ich gleich hier mitten auf der Straße anfangen zu heulen…

Drei Tage später war dann so ein Tag, der mir gedanklich schon im Vorfeld sehr viel schwerer fiel als Ronjas Todestag: Ihr Geburtstag, der dieses Jahr auf einen Sonntag fiel.

Mit dem 10.10.2017 verband ich unzählig viele Erinnerungen. Der Tag ihrer Geburt war bis auf alle Ewigkeit in mein Hirn eingebrannt, wenn ich nur ein bisschen mehr darüber nachdenken würde, könnte ich mir jede Sekunde davon ins Gedächtnis zurückholen. Aber genau DAS versuchte ich ja angestrengt zu vermeiden. Reni und Michael hatten angeboten, gemeinsam mit uns diesen Tag zu verbringen. Ich hatte lange überlegt, ob ich das wirklich wollte. Und mich letztendlich dagegen entschieden. Ich wollte nach Möglichkeit gar nicht allzu viel machen. Wir würden wie immer frühstücken, dann sollte es Geburtstagskuchen geben und dann wollte ich, dass der Tag am besten wie im Flug vorbei gehen würde. Und vor allem hatte ich mir vorgenommen, emotional einigermaßen stabil zu bleiben. Das war mir ja die letzten drei bis fünf Tage auch ganz gut gelungen.

Aber schon Samstags merkte ich, dass sich mein mühsam zurechtgelegter Plan in Luft aufzulösen schien. Thorsten und ich saßen früh morgens gemeinsam bei einem Kaffee in der Küche. Er redete über die Öfen, die Stromzähler, den Strom, den wir bald einsparen würden und und und… ich merkte, wie meine Ohren auf Durchzug stellten und meine Augen ein Eigenleben entwickelten. Kennt ihr dieses Gefühl, wenn man merkt, dass man die nächsten Sekunden die Tränen nicht mehr zurückhalten kann? Ich kämpfte innerlich wie eine Löwin. Thorsten sah mich an. „Ist alles gut Muddi?" Und wie, als hätte er einen unsichtbaren Knopf gedrückt, kamen die Tränen wie wahre Sturzbäche aus meinen Augen. Ich war selbst erstaunt über diese Heftigkeit, mit der mich dieses Gefühl überrannte. Thorsten sprang auf, nahm mich sofort fest in den Arm und meinte nur: „Ich habe dir eben an den Augen angesehen, dass etwas nicht stimmt." Und dann hielt er mich fest und strich mir über den Rücken, bis ich mich endlich wieder beruhigt hatte. „Es tut mir so leid, ich weiß nicht, wo dieses Gefühl eben so schnell herkam." Es war mir schon fast peinlich, dass ich mich offenbar emotional so wenig im Griff hatte. Er küsste meinen Kopf. „Ach was, das muss dir doch nicht leid tun! Ich verstehe dich nur zu gut. Kann ich dich aber jetzt so alleine lassen?" Eigentlich wollte er nämlich zu Michael, weil er noch was bei ihm holen wollte. „Natürlich kannst du, es geht ja auch schon wieder. Fahr ruhig." Eine halbe Stunde später stand ich in der Küche, rührte den Teig für Svenjas und Thorstens so geliebten Käsekuchen und dachte nochmal über die Situation von morgens nach. Das passierte mir in letzter Zeit öfter.

Die Tränen und die damit verbundene, tiefe Verzweiflung kamen wie aus dem Nichts. Ich konnte das Gefühl weder steuern noch konnte ich es aufhalten. Ich war meistens nur froh, dass ich entweder allein daheim war oder eben dass de Vadder bei mir war. Ihm musste ich nichts erklären, er verstand meinen Schmerz auch ohne große Worte. Und er wusste, wie ich mich fühlte, wenn solche „Attacken" auftraten. Da brauchte ich nichts lange zu erklären, das hätte nämlich das Ganze sowieso noch viel schlimmer gemacht.

Nach dem Käsekuchen backte ich noch einen Schokokuchen und dekorierte ihn mit vielen kleinen Sternchen, Perlchen und Zuckerglitzer. Er sollte am nächsten Tag als Geburtstagskuchen fungieren. Abends, als wir Svenja wie immer zusammen Gute Nacht sagten, sprach ich sie an. Anders als an Ronjas zweitem Engelgeburtstag wollte ich nämlich, dass Svenja wusste, dass morgen eigentlich Ronjas vierter Geburtstag sein würde. Was heißt „eigentlich"? Es IST Ronjas vierter Geburtstag. Während ich sie nochmal richtig lagerte, fragte ich sie: „Weißt du, was morgen für ein Tag ist?" Und mein schlaues Kind antworte mir: „Na klar, Sonntag." Ok, neuer Versuch. „Ja, aber weißt du auch was wir morgen machen?" Sie dachte kurz nach: „Frühstück?" Oh Mann Corinna, frag halt gscheid! „Ja, auch. Aber wir feiern morgen auch Geburtstag." (Ich bin manchmal ein wenig kompliziert, ich weiß. Ich hätte ihr das mit Ronjas Geburtstags ja einfach rundherum erzählen können.) „Echt jetzt? Wer hat denn?" Tz, sie machte es mir aber auch echt nicht leicht. Also dann, Butter bei die Fische. „Na Ronja wird morgen vier Jahre alt. Und da dachte ich, wir essen morgen Nachmittag zusammen Kuchen." Völlig entgegen meiner Erwartung strahlte Svenja übers ganze Gesicht. „Oh, Ronja wird schon vier? Da ist sie ja schon richtig groß!" Oh, wunderbar, solche Sätze hatten mir zu meinem wahren Glück heute ja gerade noch gefehlt. „Ja nicht wahr? Ein richtig großes Mädchen. Und ich habe sogar ein kleines Geschenk, das du morgen für sie auspacken darfst. Und natürlich darfst du auch wieder die Kerze auspusten." Mit diesem Gedanken schlief Svenja zufrieden ein, während ich in der Nacht mal wieder mit Albträumen zu kämpfen hatte, wie so oft in letzter Zeit.

Der Sonntag begann ruhig, äußerlich wie innerlich. Wir frühstückten gemütlich, danach machte ich mit Svenja Hausaufgaben und am frühen Nachmittag deckte ich sozusagen den „Geburtstagstisch". Thorsten hatte in einem Spielzeugfachgeschäft „Paw Patrol" Servietten entdeckt.

Da bekam jetzt jeder eine auf seinen Teller, natürlich auch Ronja auf ihrem lilafarbenen Teller an ihrem angestammten Platz. Dann steckte ich die große bunte „Vier" aus Wachs auf den Schokokuchen und zündete sie an. Svenja sang aus vollem Herzen das Lied „Wie schön, dass Du geboren bist" und ich versuchte eisern, mein Lächeln auf dem Gesicht festzutackern. Dann pusteten wir gemeinsam die Kerze aus und Svenja fragte prompt: „Und wo ist jetzt das Geschenk?" Ich muss kurz dazu sagen, dass wir ja an Ronjas zweitem Geburtstag, den sie auch schon nicht mehr mit uns feiern durfte, ein Feuerwehr-Auto für die Babyflitzerbahn besorgt hatten. Aber auch nur aus dem einen Grund, weil Svenja es vermisste, weil wir es Ronja auf ihre Reise in den Himmel mitgegeben hatten. Im Jahr darauf hatten wir Luftballons aufgeblasen und Svenja gesagt, das wäre Ronjas Geschenk, weil wir davon später einen in den Himmel zu ihr fliegen lassen könnten. Dieses Jahr hatte ich durch Zufall Schokokekse von „Paw Patrol" gefunden. Sie erschienen mir auf Anhieb als das Richtige und Svenja sah das offensichtlich genau so. „Hm lecker, Schokokekse. Na da wird sich Ronja aber freuen." Ich musste kurz lächeln weil ich dachte „ja, das würde sie sich wirklich", dann sagte ich: „Du darfst sie nachher mit hoch nehmen, aber bitte mit deiner Schwester teilen, wenn ihr später zusammen fern seht." So, und jetzt dürfen alle Zweifler, „Nicht-an-Engel-Glauber" und Realisten gerne die örtliche Psychiatrie verständigen.

Ich hatte an dem Tag noch zwei solcher, für mich sehr kräftezehrenden, emotionalen Aussetzer. Einmal ohne und einmal mit Thorsten. Und wieder war er einfach nur da, hielt mich fest und ließ mich spüren, dass wir das alles zusammen irgendwie schaffen!

Fast genau zwei Wochen später geschah dann aber etwas, von dem ich Euch hier gerne noch erzählen möchte. Bestimmt erinnert sich der ein oder andere an „Nana", die sehr süße, aber auch ziemlich anstrengende junge Boxerhündin. Ich hatte mir ja damals geschworen, dass mir kein Tier mehr ins Haus kommt, mit dem ich Gassi gehen muss oder dass mir die gesamte Bude auf links dreht. Deshalb gab es ja auch „Ronja die Dritte" und „Schorsch den Zweiten", unsere beiden Kampffische, und Kurt, den Kamikaze-Kanarie. Alle drei sehr drollige und vor allem äußerst pflegeleichte Mitbewohner. Ich meine, ich putze ja nun wirklich oft und meistens auch gerne. Aber das ich STÄNDIG einem undichten Welpen hinterherlaufe konnte nicht im Sinne des Erfinders sein.

Für mich war also das Thema „Hund" damit völlig vom Tisch. Für Thorsten eigentlich auch. Und trotzdem... irgendetwas fehlte hier (außer natürlich Ronja und mit viel Glück vielleicht nochmal ein Baby). Immer wieder kam das Gespräch zwischen meinem Mann und mir auf Haustiere. „Muddi, wie wäre es mit Hasen?" Hatte ich schon, war so gar nicht meins. Ela hatte ja vor über acht Jahren auch mal einen Zwerghamster namens „Pummel". Tagsüber langweilig, nachts nervtötend. Und keinesfalls zum Kuscheln geeignet. Also auch ein Schuss in den Ofen. „Und Hühner?" Über sowas kann ich nur müde lächeln. „Und dann stellen wir uns noch ein Schwein und Kühe in den Garten und können uns bei Bedarf immer ein Stück Fleisch runter säbeln, oder wie?" Ich nahm solche Vorschläge mit Humor und überhaupt nicht ernst. Auf gar keinen Fall kämen mir Hühner in den Garten. Und jetzt könnt Ihr lachen oder nicht: Aber de Vadder guckt Katzenvideos. Ich auch, habe mir aber, außer ab und an „oh wie süß", nicht wirklich viel dabei gedacht. Thorsten offenbar dann doch schon eher. „Sag mal, du hattest doch schon Katzen. Was hältst du davon?" Stimmt, ich hatte schon „Mascha", dieses unglaublich bekloppte Katzenvieh, das Thorsten damals angeschleppt hatte. Wir waren gerade in unserer „Trennungsphase" (dieses drei Monate, die heute gar nicht mehr zählen). Wir hatten aber weiterhin Kontakt und eines schönen Tages hatte er den glorreichen Gedanken, mit mir auf einen Bauernhof in der Nähe von St. Leon Rot zu fahren. Thorsten hatte in der Zeit des Öfteren beruflich in der Gegend zu tun und hatte mit jemanden geredet, der wusste, dass es dort junge Katzen gab. Und mein Zukünftiger hielt es für eine grandiose Idee, mir so eine Katze ins Haus zu holen („dann bist du doch nicht so alleine!") Mascha zog also in Siedelsbrunn ein, und wir waren uns vom ersten Tag an überhaupt nicht grün. Sie wurde weder zutraulich noch zahm, im Gegenteil. Sowie sie auch nur ansatzweise die Möglichkeit hatte bekam man hinterrücks eine gewischt. Und nicht einfach nur mal so ein „Tätschler" mit der Pfote, nein, Mascha hieb einen so dermaßen mit ihren Krallen, das ich nach ein paar Wochen aussah, als sei ich in ein Kakteen-Beet gestürzt. Als ich dann mit Ela schwanger wurde und wir nach Wald-Michelbach umgezogen sind, kam Mascha nach Affolterbach zu meiner Oma. Und schlug sich dort sprichwörtlich durch (wobei das ja durchaus auf Gegenseitigkeit beruhte). Ich hatte also zunächst jahrelang die Schnauze voll von Katzen. Außerdem steckte mir das „Nana-Drama" immer noch im Hinterkopf. Aber Thorsten hatte recht, es wäre wirklich schön, noch irgendwas Lebendiges im Haus zu haben. Und immerhin waren wir jetzt älter und reifer, es sollte doch wohl also möglich sein, dass wir mit so einer kleinen Katze zurechtkämen. Ich bin ja der „Googler" vorm Herrn, also wurde sich zunächst mal fleißig in das Thema „junge Katzen und ihre Eingewöhnung in ein neues Zuhause" eingelesen. Sollten wir uns wirklich dazu entschließen, es nochmal mit einer Katze zu probieren wollte ich nicht völlig ahnungslos in die Materie reinschlittern. Immer mehr und immer öfter kam das Thema nun auf den Tisch (Gott sei Dank war damit wenigstens das Thema „Hühner" weg von selbigem). Irgendwann war klar: wir holen uns eine Katze aus dem Tierheim. Ich telefonierte mich also Montags schlau, und bereits Freitags hatten wir einen Termin im Tierheim Heppenheim. Wir hatten uns vorher auf deren Webseite umgesehen, wo die Tiere vorgestellt wurden, aber ich musste zugeben, da war nicht nicht eins dabei, was mir zugesagt hätte. Am Telefon sagte mir die Dame aber dann, sie hätten noch zwei Katzen-Brüder da. Die wären ein halbes Jahr alt und würden am Donnerstag kastriert werden. Also gut, anschauen konnte man sich die beiden Herren ja mal. Wir schnappten uns also Freitags Svenja und fuhren gemeinsam nach Heppenheim. Ich war innerlich noch leicht skeptisch. Auch wenn ich wusste, dass Katzen eigentlich nicht unbedingt arbeitsintensiv waren. Gassi gehen fiel definitiv weg und großartig Dreck machten sie ja eigentlich auch nicht. Ich würde auf jeden Fall nicht mit ihnen nächtelang im Hof sitzen müssen und Thorsten könnte auch MIT Haustieren seine Zeit mit MIR verbringen, und musste nicht im Freien darauf warten, dass irgendjemand endlich sein Geschäft erledigte. Wir waren also optimistisch angespannt als wir Svenja in den Rolli setzten und zum Eingang schoben. Die hatte sich zu dem Thema „Haustiere" selbst auf Nachfragen nicht mehr wirklich geäußert. Nach Nana und dem ganzen Tohuwabohu war sie nicht mehr gewillt, sich nochmal von irgendwas den Wohnzimmerboden streitig machen zu lassen. Sie hielt sich also völlig raus und ließ ihre durchgeknallten Eltern einfach mal machen. Eine nette junge Dame führte uns in den „Katzenbereich". Ich wollte ja eigentlich viel lieber ein Katzenbabys, so eine ganz kleine, die man sich noch wunderbar würde erziehen können. Gleich der erste Käfig neben dem Eingang beherbergte einen solchen Minitiger. Mir entfuhr ein gerührtes „Ohhhh". Die Katze war offensichtlich erst wenige Wochen alt und benahm sich hinter ihren Gittern wie ein angezündeter Flummi. Mir wurde schon beim Zusehen schwindelig und Thorsten raunte mir ins Ohr: „Muddi, willst du wirklich so ein verrücktes Ding bei uns zuhause? Guck mal, die ist ja kaum zu bändigen." Er hatte recht, man konnte ihr fast gar nicht mit den Augen folgen, so flitzte die in ihrer Box hin und her und an den Gitterstäben rauf und runter. Nein, die war viel zu hibbelig, das konnte ich Svenja nicht schon wieder antun. In der nächsten Box stand eine Kiste, die von der Tierpflegerin jetzt vorsichtig geöffnet wurde. Als der Deckel fast unten war hörte ich Thorsten nur sagen „Wow, sind die schön." Ich konnte noch keinen Blick erhaschen, dazu musste ich mich auf die Zehenspitzen stellen. Aus der Box schauten mich vier gelbe Katzenaugen müde an, ansonsten sah ich nur grau-weißes Fell. Und ich musste meinem Mann recht geben. Sie waren wunderschön. Thorsten holte Svenja aus dem Rollstuhl und ließ sie ebenfalls einen Blick in die Box werfen. Ihr „oh wie süß" kam schon, da konnte sie noch nicht mal ein Stück Fell gesehen haben. Ich kenne das von von Svenja. Wenn man zu ihr sagt „Guck mal, sieht das nicht toll aus?" dann sagt sie meistens schon eine Sekunde später: „Ja, richtig schön." Obwohl sie nicht mal ansatzweise in DIE Richtung geschaut hat, in die man gedeutet hat. Oder wenn ich ihr etwas unter die Nase hebe und sie daran riechen lassen will. Dann sagt sie schon einen Meter vorher „Hm, das riecht gut." Dementsprechend wusste ich, es war ihr gerade irgendwie völlig egal, wie die Katzen aussahen. Sie hatte keine Lust, sich darauf einzulassen. Wir redeten mit der Tierheim-Angestellten. „Wann könnten wir die Beiden den mitnehmen?" Es war klar, dass war wir sie nicht trennen würden, und wo eine Katze satt wird, werden ja schließlich auch zwei satt. Außerdem hatten wir genügend Platz. Und wenn sie sich MITEINANDER beschäftigen und spielen würden wäre ihnen bestimmt auch nicht so schnell langweilig und sie kämen auf keine dummen Gedanken. Also dann war es beschlossene Sache: Wir bekommen ZWEI Katzen-Kinder. „Also wenn Sie wollen können sie die beiden sofort mitnehmen." Nun, da wir keine Transportboxen dabei hatten konnten wir das natürlich nicht. Aber wir hatten vorsorglich schon mal alles zuhause. Auf die jungen Herren wartete ein Kratzbaum, ein Bettchen, Futter, Spielzeug und zwei Katzenklos. Und eben auch eine Transport-Box. Die war nun aber eigentlich nur auf EINE Katze ausgelegt. Da die Zwei aber auch erst einen Tag zuvor kastriert worden waren wollte sie sowieso nicht gleich mit nach Hause nehmen. Wir vereinbarten, am nächsten Tag um zehn wieder da zu sein und kauften auf dem Nachhauseweg gleich noch eine größere Box.

Am darauffolgenden Tag kehrten wir gegen Mittag mit zwei jungen Katzen nach Hause zurück. Svenja hatte sie noch im Auto auf die Namen „Marshall" und „Sam" getauft. Wie die beiden Hauptfiguren aus „Paw Patrol" und „Feuerwehrmann Sam" (was auch sonst?) Danach flaute das Interesse aber auch wieder schlagartig ab. Sie mied im Auto regelrecht den Blick auf die Transportboxen und ich wusste sehr wohl, was in ihrem kleinen Köpfchen vor sich ging. Thorsten sah des Öfteren in den Rückspiegel und bemerkte auch, das Svenja sich gerade ein wenig seltsam benahm. Er schaute mich fragend an. Ich saß mit hinten, bei Svenja und den Katzen. Jetzt ist mein Mann des Englischen nicht so sehr mächtig, dass ich ihm hätte verklickern können, was Svenja gerade so sehr beschäftigte. Also schrieb ich es ihm als Nachricht. „Svenja hat Angst, dass die beiden raus dürfen und ihnen dann etwas passiert. Das war auch mit Nana damals das gleiche Problem." Thorsten erinnerte sich und nickte. Svenja wollte damals nicht, dass wir mit Nana spazieren gingen, sie hatte Angst, es könnte ein Auto kommen…
„Svenja, du brauchst keine Angst zu haben, Sam und Marshall sind Hauskatzen, die dürfen gar nicht raus auf die Straße. Die bleiben drin in der Wohnung und dürfen es sich dort gut gehen lassen." Wir sahen uns im Rückspiegel an. Darüber hatten wir den Abend zuvor schon geredet. Auch wir wollten natürlich nicht, dass den Beiden etwas passierte und von daher würden sie einfach Hauskatzen werden. Sie waren ja sowieso bisher nichts anderes gewohnt. Zuhause angekommen ließen wir sie aus der Box und beobachteten, was sie als Nächstes taten. Und eigentlich hätten wir ja mit nun Folgendem rechnen müssen. Wir hatten ihnen das Wohnzimmer als bevorzugten Aufenthaltsort zugesprochen. Wir waren nicht mehr so oft dort, die meiste Zeit verbrachten wir entweder im Esszimmer, in der Küche, im Freien oder im Schlafzimmer (ich verweise hier freundlichst auf meine Erklärungen zum Thema „Sonntage im Bett", bevor jetzt hier einer frivol grinst). Also durften die Kätzchen den gesamten Raum in Beschlag nehmen. Fressen würden sie in der Küche, da hatte ich sie wenigstens im Blick. Was wir also aber vergessen hatten einzukalkulieren war, dass auch Kurt im Wohnzimmer stand. Und da bin ich ja dann auch eher diesem „Schneewittchen"-Denken verfallen. Alle Tiere mögen sich und akzeptieren sich, wenn sie zusammen aufwachsen. Tja, ein völliger Trugschluss. Keine zehn Minuten, nachdem Sam und Marshall ihr Territorium inspiziert hatten hatten sie Kurt entdeckt und zunächst wie paralysiert fixiert.

Sekunden später hing Marshall hinten quer am Käfig und Kurt hüpfte hinter seinen Gittern um sein Leben. Sämtliche „Nein", „Weg da" und „es werden keine Mitbewohner gefressen"-Rufe verhallten logischerweise völlig ungehört und wir mussten Kurt mehr oder weniger gewaltsam aus den Fängen der hungrigen Meute befreien (IM Käfig versteht sich). Also musste Kurt umziehen, soviel stand fest. Ich konnte mich ja schlecht den ganzen Tag auf die Couch setzen und den Vogel bewachen. Er steht nun oben in Elas Küche und scheint darüber nicht mal allzu sehr unglücklich zu sein. Nach wie vor sehe ich ein paarmal am Tag nach ihm und er ist so phlegmatisch wie eh und je. Sam und Marshall sah man unterdessen die ersten zwei Tage kaum. Sie versteckten sich hinter dem Fernseher und kamen nur dann zum Fressen hervor, wenn man sich in ihrer Gegenwart weder bewegte noch hektisch atmete oder laut redete. Sie waren immer ganz dicht beisammen, wo der eine war war der andere nicht weit. Nachts waren sie aktiv , in der ersten Nacht erkundeten sie auf leisen Pfoten ihr neues Revier (ein Puzzle und eine Pflanze fiel dieser nächtlichen Erkundungstour zum Opfer). Am dritten Tag wagte sich Sam beim Füttern in meine Nähe und ließ mich sogar kurz sein Köpfchen streicheln. Aktuell, während ich hier sitze und diese Sätze niederschreibe, sind sie den vierten Tag bei uns. Sam kommt immer öfter und möchte kurz beschmust werden. Marshall beobachtet das Ganze immer ein wenig auf Abstand, er kommt mir immer nur mehr so „aus Versehen" zu nahe, wenn ich nicht schnell genug mit dem Futter bin. Beiden muss man noch sehr stark ihre Grenzen aufzeigen. Ich möchte zum Beispiel nicht, dass sie auf den Esszimmer Tisch gehen oder in der Küche über Tisch und Schränke spazieren. Das werden sie irgendwann manifestiert haben, da bin ich mir ziemlich sicher (auch wenn ich Sam wahrscheinlich noch öfter von den Aquarien weg beziehungsweise runter holen muss). Er guckt zwar nur, so als sei das das interessanteste Fernsehprogramm der Welt, aber man muss seinen Instinkt ja nicht auf die Probe stellen). Es tut wahnsinnig gut, die beiden Fellnasen um mich herum zu wissen und auch Thorsten wirkt tiefenentspannt, wenn er sich um seine beiden Stubentiger kümmern darf. Svenja fragt ab und zu nach ihnen, aber im Grunde genommen ist es ihr egal. Die drei haben noch nicht wirklich etwas miteinander zu tun. Ela hat die „Jungs" bisher nur auf Videos und Bildern gesehen. Sie hatte „Klinikeinsatz", wir haben uns die letzten vier Wochen schon nicht gesehen. An den Wochenenden ist sie bei ihrem Freund, ein sehr netter, sympathischer Mensch, den wir an Svenjas Geburtstag schon kennenlernen durften. Am 01. November sehen wir uns wieder, ich freue mich sehr auf sie. Auf Ela bin ich unglaublich stolz, sie geht ihren Weg, wenn auch natürlich immer mehr ohne uns. Aus Kindern werden Leute und aus der etwas chaotischen Jugendlichen ist eine wunderschöne junge Frau geworden, die genau weiß, was sie will. Mittlerweile ist sie im zweiten Lehrjahr zur Notfallsanitäterin und liebt das, was sie tut. Man könnte sagen, sie hat ihre Berufung gefunden.

Unsere „Familien-Konstellation" hat sich also wieder mal ein wenig verändert. Jetzt sind wir wieder zu fünft, wenn auch auf eine ganz andere Art und Weise. Thorsten und ich sind in den letzten Monat immer mehr zu einer liebenden Einheit zusammengewachsen. Unser Verhältnis hat sich wieder geändert. Wir gehören seit mehr als 24 Jahren zusammen, aber dieses liebevolle, respektvolle Miteinander haben wir jetzt erst wieder entdeckt. Sam und Marshall werden zu einem festen Teil unserer Familie werden und Ela wird immer wieder mal zu uns zurück kommen. Denn wie heißt doch so schön? „Gebt den Kindern Flügel und Wurzeln"…

Einer meiner letzten Überschriften lautete ja „und schon wieder ist ein Jahr vorbei". Da werden sich einige bestimmt gewundert haben, schließlich ist es ja noch eine Weile hin bis Silvester. Aber seit Ronjas Tod habe ich eine andere Zeitrechnung. Für mich ist ein Jahr dann vorbei, wenn sie Geburtstag hatte. Weihnachten und Silvester sind unwichtig geworden, notwendige, aber lästige Feiertage ohne viel Sinn. Ich werde viele meiner Einstellungen nochmal überdenken und überarbeiten müssen. Zum Beispiel meinen Kinderwunsch, der nach wie vor mal mehr, mal weniger präsent in meinem Hirn und in meinem Herz vorhanden ist. Ich werde nächstes Jahr 46 Jahre alt, und bin realistisch genug, mich so ganz langsam von diesem Wunsch zu lösen. Zumal die medizinischen Voraussetzungen immer schwieriger werden. Über kurz oder lang werde ich mich mit dem Gedanken befassen müssen, meine Gebärmutter entfernen zu lassen. Die „Adenomyosis" und ihre Folgen setzen mir Monat für Monat immer mehr zu. Und irgendwann wird dieser Zustand nicht mehr tragbar sein. NOCH bin ich nicht soweit, aber ich weiß natürlich, dass meine Uhr fast abgelaufen ist.

Svenja wird nächstes Jahr für zwei Tage in ein Landschulheim fahren. Eine Erfahrung, die uns alle wieder ein Stück reifen lassen wird. Wir verändern uns und unser Umfeld ständig, das Wort Stillstand ist im „Weber´schen"

Vokabular nicht vorhanden. Aber Veränderung heißt in unserem Fall ja auch immer ein Schritt in eine neue Richtung. Und gerade in diesem Jahr waren die Veränderungen ja eigentlich durchweg positiv.

Ich habe mich von ganz unten wieder nach oben gekämpft. Vom Rolli zurück auf meine eigenen Beine. Von so vielen psychischen Tiefs immer wieder zurück ins Leben. Nie mein Lachen verloren, auch wenn es mich an manchen Tagen unfassbar viel Kraft gekostet hat. Und ich werde immer wieder weiterkämpfen, für mich, meine Familie und meine tollen, tollen Herzensmenschen um mich herum. Aufgeben ist keine Option, das Leben geht immer irgendwie weiter. Unser Weg ist zwar weiterhin offenbar etwas steiniger als der unserer Mitmenschen, aber für was bin ich denn mit einem überaus fähigen Handwerker verheiratet? Wir werden uns die Steine aus dem Weg räumen und er wird uns etwas Schönes daraus bauen, da bin ich mir ziemlich sicher. Und ich werde das „Bauwerk" dann dekorieren. Und eigentlich könnte man ja sagen, wir haben alles recht gut im Griff.

EIGENTLICH….

ENDE

Noch ein paar Worte zum Schluss:

Ja, so schnell war jetzt dann wieder ein Jahr vorbei. Und wieder mal komme ich an der Stelle zu dem Punkt, an dem ich so vielen Menschen einfach mal ein dickes, riesengroßes DANKE da lassen möchte.

Da wäre zum einen natürlich an vorderster Stelle Katharina. Du „moi Herzkersch" bist und bleibst mit der wichtigste Mensch in meinem Leben. So viele Stunden und Momente hast Du mich wieder aufgebaut, warst immer für mich da, hast mir zugehört und mich wieder vom Boden hochgeholt. Du bist eine meiner schärfsten Kritikerinnen und die, die mich am meisten motiviert und anspornt. Mein Leben wäre definitiv um einiges ärmer, wenn es DICH nicht gäbe.

Liebe Reni, lieber Michael, Eure Freundschaft und der Glauben an mich ist nicht mit Gold aufzuwiegen. Ihr seid IMMER für uns da, egal, in welches Dilemma wir in diesem Jahr auch wieder mal reingerutscht sind. Ihr sagt, was Ihr denkt und habt mich damit schon oft zum Nachdenken angeregt. Ich bin froh, Euch in unserem Leben zu haben.

Meine liebe Svenja, mein Löwenbaby. Auch Dir möchte ich an dieser Stelle wieder Danke sagen. Du holst mich meistens wieder auf den Boden der Tatsachen zurück. Das Leben mit Dir ist wahrlich nicht immer einfach, und ganz oft in diesem Jahr war ich nah dran, einige meiner Aufgaben, die mit Dir zusammenhängen, abzugeben. Für DICH hat sich mein Kampf zurück auf meine eigenen Beine aber absolut gelohnt, und für Dich würde ich immer wieder kämpfen. Du zeigst mir eigentlich jeden Tag aufs Neue, dass das Leben lebenswert ist, egal, mit wem oder was man sich gerade so herumschlägt.

Liebe Ela, meine große so geliebte Tochter. Auf Dich bin ich unglaublich stolz, Du hast meinen allergrößten Respekt. Du hast in Deinem gewählten Beruf die absolute Erfüllung für Dich gefunden und leistest jeden Tag Großes. Auch wenn ich mich zu Anfang etwas schwer mit dem Gedanken tat, dass Du nun immer weniger bei uns zuhause bist. Aber trotz allem sind wir immer ganz nah miteinander verbunden und Du bist immer eine der Ersten, die sich meine neuesten geistigen Ergüsse zu Gemüte führen, kommentieren und kritisieren darf. Ich ziehe meinen Hut vor Dir und wünsche mir nichts mehr, als dass unser Verhältnis immer so wundervoll bleibt, wie es ist.

Nicht zum Schluss aber als wichtigste Person in meinem Leben: DU mein Mann, meine Liebe, mein Anker, mein Heimathafen, „de Vadder"!
Du hast die letzten Monate soviel Herz, Verständnis, Gefühl und Liebe in mein Leben gebracht, wie ich es mit Dir schon lange nicht mehr gefühlt habe. Ganz oft, wenn ich Dich jetzt so heimlich von der Seite ansehe, wird mir bewusst, dass DU der Mann bist, mit dem ich alt werden möchte. Wir haben uns in diesem vergangenen Jahr auf so vielfältige Art und Weise miteinander arrangiert und wieder zueinander gefunden. Du fängst mich auf, wenn ich nicht mehr weiter weiß und hast meistens für alles eine Lösung. Ich liebe es, wie Du mich liebst und wie Du alles dafür tun würdest, dass es uns gut geht und es uns an nichts fehlt.

Ganz zum Schluss geht auch ein riesengroßer Herzensdank an Dich meine kleine Ronja „Krawalli", meine über alles geliebte und so schmerzlich vermisste Räubertochter. Ohne Deine unermüdliche Art, mir zu zeigen, dass Du immer noch ganz nah bei mir bist, hätte ich so manche Tage bestimmt nicht überstanden. Du bist, solange ich atme, ein riesengroßer Teil meines Herzens und unseres Lebens. Wir werden sehen, was dieses neue Jahr jetzt wieder alles für uns bereit hält. Ich wäre ja mal prinzipiell für die etwas schöneren Überraschungen. Und wenn Katastrophen sein müssen, dann aber bitte nur die ganz kleinen.

Ich weiß, dass ich so vieles nun mal einfach nicht erzwingen kann, egal wie sehr ich mir etwas wünsche und erhoffe. Ich weiß aber auch, dass da Menschen sind, die immer für mich da sein werden. Auch die, die hier an dieser Stelle nicht genannt werden wollen. Und das ist das schönste Gefühl und der größte Schatz, den man besitzen kann.

Egal, was uns allen die nächsten Monate noch so bringen mögen, eines ist mir hier an dieser Stelle unglaublich wichtig:
Passt auf Euch auf, bleibt gesund und lasst Euch von nichts und niemandem Euer Lachen nehmen!!!

Bis zum nächsten Mal, ich komme wieder (die einen dürfen das als Drohung sehen, die anderen als ein Versprechen ;-)

Eure Muddi